C000056828

Philippe Labro

Quinze ans

Gallimard

Philippe Labro est né en 1936 à Montauban. Il part à dix-huit ans pour les États-Unis. Étudiant en Virginie, il voyage à travers tous les États-Unis. À son retour, il devient reporter à Europe n° 1 puis à *France-Soir*. Il fait son service militaire de 1960 à 1962, pendant la guerre d'Algérie. Il reprend ensuite ses activités de journaliste (R.T.L., *Paris-Match*, TF1 et A2) en même temps qu'il écrit et réalise plusieurs films. En 1985, il est nommé directeur général des programmes de R.T.L., puis, en 1992, vice-président de la même station.

Il a publié chez Gallimard *Un Américain peu tranquille* (1960), *Des feux mal éteints* (1967), *Des bateaux dans la nuit* (1982). En 1986, *L'étudiant étranger* a obtenu un grand succès en librairie et lui a valu le prix Interallié. En 1988, *Un été dans l'ouest* a connu le même succès et obtenu le prix Gutenberg des lecteurs. En 1990, *Le petit garçon* et, en 1994, *Un début à Paris* sont venus compléter le cycle de ses romans d'apprentissage.

Pour Netka.

« Les choses qui vous échappent ont plus d'importance que les choses qu'on possède. Un amour insatisfait a plus d'importance qu'un amour pleinement consommé. »

SOMERSET MAUGHAM

PROLOGUE

A cette époque de la vie, j'avais l'impression de toujours attendre quelque chose, je ne savais trop quoi. Une sorte de prescience habitait mes jours et mes nuits.

En était-il de même pour les autres ?

Mains dans les poches, immobile, adossé au mur sous le préau, je les regardais s'agiter dans ce quadrilatère dallé de ciment gris, bordé de colonnes de fonte recouvertes d'une peinture brunâtre, qu'on appelait « la cour des grands ». Mes yeux parcouraient cet espace que j'avais imaginé vaste mais que je trouvais étroit, étouffant, maintenant que j'avais quitté la « petite cour ». Un jardinet la scindait en deux. Je revois les cerceaux d'acier qui protégeaient les plantes éparses survivant dans un tas de terre rouge et, au milieu de la cour, une sorte de bâtiment bas, avec, sur sa façade, une suite de portes en bois bringuebalantes, derrière lesquelles s'abritait une rangée de toilettes individuelles, des chiottes à la turque, vétustes, quoique bien entretenues. Au-dessus de nous, le ciel semblait uniformément gris, comme le sol; comme les blouses des pions; comme les tableaux dans les salles de classe, qui n'étaient plus noirs depuis longtemps, tant la craie utilisée par des générations successives d'élèves et de professeurs avait affadi leurs teintes premières. Je regardais, indifférent à cette couleur d'ennui, entièrement absorbé par ma conviction intime.

Un événement allait jaillir, qui transformerait du tout au tout une existence qui me paraissait dénuée de signification, mais je ne pouvais dire d'où il viendrait. Seule, cette violence tempérée de mélancolie qui s'empare de l'adolescent me dictait que l'instant était proche, et je le désirais et le redoutais alors dans un même élan.

C'était un frémissement, à fleur de cœur, un voile invisible qui m'enveloppait et me dissociait des autres. Je le ressentais surtout le matin, lorsque je quittais le domicile familial et allais, à pied, livres et cahiers serrés dans un cartable que je tenais sous mon bras, descendant la rue de Longchamp, traversant le rond-point du même nom, pour approcher de la haute grille sombre du Grand Lycée. Et j'enviais et plaignais à la fois la cohorte de jeunes gens de mon âge qui convergeait en désordre vers l'imposante masse de pierre entourée de barrières en métal, car je me disais :

16

— Ils ne savent pas ! Il va m'arriver quelque chose de prodigieux et personne d'autre que moi ne le sait.

Et je me croyais seul dans le flot des lycéens, isolé dans leur foule ; malheureux, certes, et c'est pourquoi je les enviais, puisque je ne pouvais imaginer qu'ils fussent plongés dans la même rêverie informulée, la même hésitation de leurs sens ; mais heureux, aussi, et c'est pourquoi je les plaignais, puisque je m'estimais différent, détaché du commun, désigné par le destin pour connaître — bientôt ! — une émotion unique, qui me délivrerait de la gêne qui prend au piège la première jeunesse.

Comment aurais-je pu concevoir, en contemplant mes camarades, qu'ils éprouvaient un désarroi similaire ? J'étais trop prisonnier de mon égotisme pour pouvoir lire derrière leurs visages acnéens et inachevés, qu'ils connaissaient peut-être le même malaise, le même espoir contredit par la même poussée de cafard. Carray à la tête ronde, flottant dans des vêtements trop grands pour son petit corps ; Chalaneilles, joli gosse de riche, avec ses boucles blondes ; Susskind, le plus malin, en jacquard à carreaux jaunes et bleus ; le Guadeloupéen Assama, peu loquace et bon élève ; Bosco, qui donnait des gifles aux plus faibles que lui dans le couloir obscur et humide conduisant au gymnase. Étaient-ils tous, autant que moi, embarrassés de leur chair, anxieux de jouer un rôle et sortir de cet état transitoire : arrachés à l'enfance mais pas encore des hommes, honteux de leur corps, juvénile et sans pouvoir ? Nous n'aurions pas su partager un tel secret et confesser nos tares respectives, et si j'avais osé interroger les jeunes filles qui, au croisement des rues, se dirigeaient vers leur propre lieu d'études, eussent-elles fait la réponse que je n'obtenais pas de mes pairs, la chanson de l'incompréhension d'autrui, des parents, du reste du monde ? Le monde dehors. Et moi, dans mon moi, hanté par mes pressentiments. Silence cotonneux, à la cloison duquel vient cogner un désir de vie, d'aventure, d'amour. La nuit, le sang vous bat comme le cœur, comme le sexe, et l'on se réveille épuisé, paraissant désabusé de tout sans avoir pourtant rien connu.

— Il a son « spleen », disait ma mère en m'observant, buté, muet, incapable de répondre à sa tendresse, figé devant mon bol de café au lait.

Âge ingrat, années grises : on s'habille à la hâte, on évite de chercher son image dans le miroir, car si l'on a aimé s'y regarder aux heures creuses de l'oisiveté, on s'y trouve laid le matin, et l'on part rejoindre les autres adolescents réunis sur le trottoir devant les grilles, attendant que le Capitaine Crochet vienne, depuis l'intérieur du lycée, ouvrir au moyen de sa grosse clé la porte principale, afin de vous laisser pénétrer dans la cour.

Nous l'appelions Capitaine Crochet parce que, à l'image du personnage des *Aventures de Peter Pan,* le concierge de l'établissement était manchot et ne possédait, en guise d'avant-bras, qu'un morceau oblong de vieux bois luisant et serti de fer, au bout duquel un chirurgien militaire, au cours de quel conflit colonial?, avait fixé une espèce de moignon mi-cuivre, mi-cuir. La chose pendait au bout du tronçon valide de son bras gauche et déséquilibrait son allure, déjà pataude. Il était grand, épais, et claudiquait ostensiblement, car la mitraille dont il avait été autrefois victime avait aussi entamé les nerfs d'une cheville. Et comme il s'agissait de la cheville de la jambe droite, on l'eût cru disloqué du haut jusqu'en bas, un coup à gauche, un coup à droite, et sa démarche suscitait le rire ou la compassion plus souvent que l'effroi. Ajoutez à cette silhouette malgracieuse des vêtements rapiécés et sales sentant une cuisine à l'ail mitonnée dans la loge par Madame Crochet, avec, recouvrant l'ensemble, une veste de cuir élimée comme en portaient alors certains chauffeurs de ces taxis à toits noirs et portières rouges qui sillonnaient les rues de Paris presque vides de voitures, ou bien certains cheminots dans les gares. Il avait fait coudre à son revers un ruban plus large que ne le veut l'usage, pour rappeler ses exploits et son statut d'ancien combattant qui lui conférait, outre son allure surprenante et son titre officiel de Gardien du Grand Lycée, une autorité et une arrogance frisant l'hostilité à l'égard des élèves, quel qu'ait pu être leur niveau scolaire, ou le rang social tenu par leur famille.

« Tous des petits merdeux », bougonnait-il

immanquablement en faisant jouer loquets et grilles, et, dans le grincement des serrures et le bruit des souliers sur le sol qui partaient en rafales vers les aires de jeux avant que sonne l'heure de se mettre en rang le long des murs, on entendait la voix acariâtre du Capitaine Crochet, jurant et pestant. Bousculé par la ruée de ces corps fragiles et agiles, il les confondait dans le même anathème pour se venger des injustices de cette vie dont ils attendaient tant, cette chienne qui ne lui avait rien donné, rien prêté, rien rendu.

Si j'évoque ainsi, à l'amorce de ce récit, le Capitaine Crochet et son amertume, la vision de la grille aux extrémités pointues comme des épées, qui délimitait l'univers où nous consumions la majeure partie de nos journées, c'est parce que se mêlent dans le souvenir ce champ clos du lycée avec cette autre prison intime au sein de laquelle fermentaient le besoin de passion, la quête d'absolu, l'attente d'un amour.

Nous avions quinze ans.

PREMIÈRE PARTIE

Alexandre

1

Madame Ku.

J'entendis pour la première fois ce nom étrange en prêtant l'oreille aux chuchotements de mes deux plus proches voisins de classe. L'un, rond et falot, s'appelait Barbier. L'autre répondait au nom flamboyant d'Alexandre Vichnievsky-Louveciennes. Il était grand, il avait de beaux cheveux noirs, sa tenue et son allure contrastaient avec celle du reste de mes camarades. Tout dans sa démarche, ses gestes et paroles, éveillait ma curiosité et je le trouvais attirant et inquiétant à la fois. Il était assis derrière moi et je l'entendis s'adresser à Barbier :

— Tu viens avec moi chez Madame Ku tout à l'heure ?

— Je ne peux pas, je n'ai pas le temps, répondit l'autre.

— Je le dirai à Madame Ku, reprit vivement Alexandre. Elle va être vexée, elle n'aimera pas ça, elle ne voudra plus te recevoir chez elle, il faut que tu viennes. Tu sais très bien que Madame Ku déteste qu'on lui fasse défaut.

Qui était cette Madame ? Tenait-elle un salon privé quelque part dans Paris ? Pouvait-on y rencontrer d'autres femmes ? Quel ascendant cette mystérieuse personne exerçait-elle sur un garçon comme Alexandre pour qu'il en parle avec tant de révérence ? Comment s'épelait son nom ? Était-ce une simple lettre, un sigle pour un code : Q ? ou bien, plus scandaleux, l'équivalent du mot « cul », que nous prononcions rarement, tant notre langage à l'époque accordait aux expressions les plus crues leur poids véritable, leur dose d'interdit, leur authentique salacité. Et s'il s'agissait bien d'un pseudonyme, alors en quoi consistait le pouvoir charnel, la particularité physiologique de celle qui provoquait un tel émoi ? Je voulus en savoir plus et me retournai vers Alexandre et Barbier, mais le professeur du moment me rappela à l'ordre :

— Cessez de vous agiter, là-bas !

Cependant, Alexandre avait perçu mon mouvement et il murmura à mon intention :

— Tout à l'heure, dans la cour.

J'étais ravi. Depuis le premier jour où je l'avais entrevu, rien ne m'importait plus que de gagner l'estime et l'amitié, au pis la simple reconnaissance d'Alexandre qui m'avait jusqu'ici ignoré.

Il était arrivé parmi nous au milieu du premier trimestre, alors que les classes étaient déjà formées, les places prises, les amitiés ébauchées. La porte s'était ouverte et le pion de service avait annoncé à Dubarreuilles, notre professeur principal :

— Je vous amène un nouveau.

24

Aux côtés du pion vêtu de gris, se tenait un jeune homme d'un aspect singulier, de taille plus haute que la plupart d'entre nous, au visage d'une beauté classique, immaculé. Nous étions en décembre, il faisait froid, et le jeune homme avait délibérément laissé la porte grande ouverte. On sentait un vent glacé pénétrer dans la salle.

— Fermez-moi cette porte, grommela le vieux Dubarreuilles.

Le jeune homme ne bougeait pas. Il toisait le pion, pour lui signifier que c'était à lui d'obéir à l'injonction du professeur. Le pion s'exécuta. Par sa simple immobilité, sa position droite et élégante, les mains dans les poches d'un grand manteau croisé à longs revers, qui paraissait doublé de fourrure, « le nouveau » avait déjà impressionné. Il passait sur son visage un ennui amusé, un sentiment de supériorité qui ne se discute pas, une aristocratique distance entre lui et les autres.

— Bon, fit le pion, je m'en vais.

— C'est cela, fit Dubarreuilles.

Et s'adressant au « nouveau », il lui demanda de s'identifier.

— Je m'appelle Alexandre Vichnievsky-Louveciennes, en deux noms, s'il vous plaît, répondit « le nouveau ». Si cela s'avère difficile et trop long à prononcer, vous pouvez m'appeler Alexandre. C'est ainsi que l'on procédait dans l'établissement que je fréquentais avant de vous rejoindre.

Il avait parlé avec lenteur, une certaine morgue. Son vocabulaire nous parut pesé, choisi, plus diversifié que le nôtre, avec, dans le ton d'une voix déjà débarrassée des enrouements de la mue adolescente, quelque couleur étrangère, un imperceptible roulement des « r ». Il parlait comme un comédien, sans doute, mais avec un débit qui ne sonnait pas faux, y mettant suffisamment de charme pour espérer rallier ceux qui auraient pu le trouver dédaigneux. Car les commentaires avaient aussitôt fusé :

— Prétentiard... Snobinard... Crâneur... Qu'est-ce que c'est que ce type? Pour qui se prend-il?

Je trouvai mes camarades mesquins et médiocres. « Le nouveau » m'avait séduit d'emblée. Dubarreuilles voulut mettre un terme aux murmures et aux rires qui avaient suivi les phrases redondantes d'Alexandre.

— Allez vous asseoir là-bas, lui dit-il. M'est avis que vous êtes un gommeux et un insolent, mais nous verrons vite si votre savoir est à la hauteur de votre discours. En attendant, je vous appellerai comme bon me semblera.

— A votre guise, monsieur, répliqua Alexandre, qui partit vers un siège vide dans le fond de la salle, sous les regards jaloux et admiratifs de l'ensemble des élèves.

Il en était de notre classe et de notre lycée comme de toute communauté humaine : « le nouveau » souffre d'un handicap certain. Il lui faut s'insérer dans les cercles de connivence, aller à la recherche d'alliances, se soumettre aux codes établis, payer par ses silences ou ses compromis le prix de la greffe indispensable à sa survie. La greffe doit réussir, sinon l'on devient un paria, un souffre-douleur. Le jeu principal se déroule non pas dans la salle de classe, mais lors des récréations dans la cour et aux heures de sortie ou de rentrée. Selon l'habileté du « nouveau », cela peut se résoudre en quelques jours ou quelques semaines, mais c'est au « nouveau » à subir l'épreuve et se plier à l'immuable et imbécile règle sociale. Le « nouveau » doit acquitter son dû ; les anciens, narquois, forts de leur seule supériorité, qui est celle de la durée, attendent, jugent, jaugent, et finissent par rejeter ou admettre. On apprend, à la faveur de cet exercice, l'hypocrisie des faibles dès qu'ils sont en troupeau, la cruauté des forts lorsqu'ils se savent impunis. Pour peu qu'on en tire les leçons nécessaires, on accepte le principe et l'esprit du jeu, et une fois l'admission obtenue, on se surprend malgré soi à savourer cet aigre plaisir que donne la faculté de faire souffrir autrui sans se sentir entièrement responsable de l'humiliation dont, après avoir été la victime, on devient le complaisant spectateur.

Il ne fut rien de tout cela dans le cas d'Alexandre. Dès la première récréation, alors que nous nous attendions à ce qu'il tente de s'assimiler, nous le vîmes prendre position le long d'une des colonnes du préau, enveloppé dans ce manteau qu'on eût dit emprunté à un homme mûr et cossu.

Avec son visage fin, au teint pâle, son nez un peu long et pointu, ses cheveux sombres qui flottaient légèrement au vent de l'hiver, son front haut et bombé, levé vers le ciel comme en attente de quelque signe, son corps arc-bouté contre la colonne de fonte, un sourire lointain sur ses lèvres ourlées, Alexandre Vichnievsky-Louveciennes faisait penser à un marin à la proue de son vaisseau, qui semble goûter la solitude autant que la rigueur du climat et de l'océan. Décontenancés, nous assistions à cette inversion de comportement : il ne sollicitait aucunement notre aval. Tout, dans son attitude, exprimait son refus délibéré de nos traditions. Le manège dura toute la journée ainsi que le lendemain et les regards comme les conversations s'étaient concentrés sur celui que nous appelions déjà « Alexandre », sans nous apercevoir que, ce faisant, nous nous étions soumis à sa suggestion d'origine :

— Vous pouvez m'appeler Alexandre.

Alors que, comme dans n'importe quelle cour de lycée de l'époque, les garçons se connaissaient et s'interpellaient exclusivement par leurs noms de famille. Les professeurs avaient hésité. Les uns lui donnèrent du Vichnievsky, d'autres du Louveciennes, mais Dubarreuilles, sous l'autorité duquel nous passions le plus grand nombre d'heures (français, latin et grec, soit un bon tiers de la semaine), choisit, en gardien de l'ordre qu'il était, de prononcer le nom dans son entier, quitte à accélérer les syllabes en fin de parcours.

Dubarreuilles... Il y a des voix de professeurs qui retentissent encore aux oreilles, quelque trente ou quarante ans après que ces individus, haïs ou chéris, eurent disparu et que les adolescents qui les écoutèrent furent devenus ce que l'on a coutume de considérer comme des grandes personnes. Et ces voix, mystères impalpables qui définissent parfois un être, telle une chanson oubliée que fait resurgir le hasard, emportent leur cargaison de vanité et de regrets. Ainsi de Dubarreuilles. Il était l'une des légendes vivantes du lycée. Il y avait façonné des régiments d'élèves. Monument du corps professoral, désormais à quelques années de la retraite, petit corps flasque et rabougri, masque sans structure en bas duquel pendaient des chairs molles, les yeux aqueux protégés par des lunettes à la monture d'un autre siècle, les gestes lents et fatigués, comme si d'avoir instruit des milliers de jeunes gens et d'être parvenu à leur faire obtenir le nombre suffisant de points (son taux de réussite au bac de Lettres, première partie, eût été, si l'on avait procédé selon les critères de l'époque, proche du nombre parfait), comme si d'avoir répété les mêmes préceptes et asséné les mêmes punitions, l'avait, au fil des décennies, recouvert d'une chape de lassitude. Il était vêtu couleur de cendre. Col cassé amidonné, nœud lavallière noir, costume de notaire de province au tissu noir foncé et luisant sous l'usure, chapeau mou à large bord, brodequins noirs et des guêtres — oui, des guêtres grises ! dont nous imaginions qu'il lui fallait de longues minutes le matin pour les boutonner, tant son corps, son dos, ses bras et ses courtes jambes paraissaient raides, perclus de

29

rhumatismes, incapables d'effectuer les gestes les plus simples. Cette sorte de silhouette ne se rencontre plus beaucoup dans les rues. De même, sa pédagogie et le respect qu'inspiraient ses méthodes ; l'acharnement qu'il mettait à former des jeunes gens qu'il réceptionnait au milieu d'un âge difficile et indécis ; son obstination à les faire se pencher « vingt fois sur le métier » ; son refus du spectaculaire, de la distraction, mais son goût, au contraire, pour la rigueur, le travail sur le texte, « tout le texte, rien que le texte » ; son aversion pour la paresse et la négligence ; son impitoyable sanction de ce qui était « mal fait » ou « fait sans effort » ; sa vénération pour ce qu'il définissait comme « les humanités » ou encore « les études classiques », et sa conviction que tout lycéen qui passait quelque temps sous sa férule ressortirait assez armé pour affronter n'importe quelle autre discipline — de même que la silhouette, cette sorte d'esprit, et cette manière de dévotion à l'éducation d'autrui ne sont plus de mise aujourd'hui.

Nous n'aimions pas Dubarreuilles. Nous le redoutions, parfois nous l'exécrions, nous l'appelions entre nous de tous les noms d'animaux que nous pouvions inventer, nous englobions dans notre vindicte son épouse, Mme Dubarreuilles, qui lui ressemblait à s'y méprendre, même visage chiffonné, même uniforme monochrome, mais nous avions fini par comprendre la cohérence de son enseignement et nous admirions sa faculté d'imposer le silence à toute classe, à tout instant. Il était le seul professeur qui ne connût jamais de chahut dans le rang de ses élèves. Il suffisait qu'il apparaisse pour que chacun se taise et que les yeux se braquent vers cette vieille créature vêtue de noir qui grimpait péniblement l'estrade pour se diriger vers le bureau et y poser chapeau, écharpe, manteau et serviette. Il extrayait les cahiers et les compositions corrigées de cet accessoire antique mais insolite, seule extravagance de la part de Dubarreuilles, puisque la serviette était cousue de peau d'éléphant, et il levait sa lourde tête pour procéder à l'appel des présents, avant que d'entamer son cours. Sa voix, alors, prenait possession de la salle et de nos personnes.

C'était une voix majestueuse, riche, qui jurait avec la malheureuse carcasse épuisée d'où elle émanait, mais conforme au caractère et à l'éthique du personnage. Dure, volontaire, susceptible d'entraîner et captiver l'adolescent le plus ignare comme le plus rebelle. Une voix de commandement, avare de compliments mais douée pour l'admonestation, la stimulation, et qui vous tenait en éveil, fouettait votre fierté et entretenait votre crainte de rester en rade sur le bas-côté de la route. Il pouvait en jouer à sa guise, plus à l'aise dans les basses et les graves que dans l'allégro ou l'aigu, et comme il était conscient de la fascination que cette voix suscitait, il savait aussi interrompre le flot de son discours à coups de pauses, de silences, de même qu'il savait ponctuer la sonorité des diphtongues ou tempérer l'énergie des labiales. Sans doute se flattait-il en son for intérieur de ne jamais trahir un sentiment, car il se plaisait à maintenir la réputation d'un maître qui n'avait ni favori ni bête noire et s'était donné pour règle de conduite une objectivité exemplaire, à l'égal de celle d'un magistrat de haute cour. Néanmoins, lorsqu'il appelait Alexandre au tableau, il entamait de façon martiale et saccadée : « Vich-nievs-ky », pour ensuite moduler, glissando, effleuré, sur le « Louve-ciennes », et une oreille plus aguerrie ou plus subtile que les nôtres aurait su déceler l'esquisse d'une intonation d'indulgence. Car Dubarreuilles, à l'instar de ses élèves, n'avait pas pu très longtemps résister à l'indicible charme du « nouveau ». Alexandre incarnait la grâce. On peut s'insurger contre elle. On peut la haïr ou tenter de la détruire, mais lorsqu'elle passe devant soi, on la reconnaît dans une sorte d'effarement muet, puisque, telle la révolution, elle dénude les insuffisances de notre propre nature.

Ce bel objet de beauté, nonchalamment posé contre sa colonne de fonte dans la cour des grands, attira rapidement les autres garçons. Puisque Alexandre ne venait pas à eux, ils finirent par faire procession vers lui. Quelques jours à peine après son arrivée, il fut entouré de plusieurs élèves, avides de tout connaître, heureux de pouvoir dispenser ensuite au reste de la classe des bribes d'informations d'autant plus aguichantes qu'elles demeuraient elliptiques :

— Son beau-père est dans les affaires ; sa mère est russe ; ils habitent près du square Lamartine ; il fait de l'escrime ; du cheval ; il a été renvoyé de plusieurs lycées pour des raisons qu'il refuse de donner.

Je ne sais pourquoi — amour-propre, timidité, ou bien devinais-je quelque odeur de soufre ou percevais-je une part d'imposture dans le style d'Alexandre — je ne parvenais pas à m'immiscer dans le noyau de ceux qui se prétendirent bientôt ses amis. Nous étions nombreux dans ce cas, et les sélections qui s'opèrent invisiblement à l'intérieur d'un groupe amenèrent la classe à se diviser en deux clans — ceux qui jouissaient de la faveur d'Alexandre et les autres. Je m'en voulais d'être incapable de faire le geste ou prononcer les mots qui me permettraient de le tutoyer — car il vouvoyait ceux qui n'avaient pas fait acte d'allégeance à son égard, exigeant d'eux la même distance verbale — mais je remarquais que les membres de sa camarilla se renouvelaient avec fréquence. Seul, Barbier, garçon dépourvu de fantaisie, élève studieux mais limité, demeurait en permanence à ses côtés. Il était court, roux, silencieux, et avait les yeux trop ronds dans un faciès poupin.

— Il fait ses courses. C'est son porteur d'eau, disait-on de lui avec condescendance.

Alexandre avait eu à son égard un geste qui nous avait convaincus que notre nouveau camarade de classe était fait d'une autre trempe que la nôtre. Un matin, devant la grille d'entrée, un passant avait interpellé Barbier qui venait de le bousculer malencontreusement. L'homme était de stature moyenne, mais c'était un homme, « un vieux ». Il avait empoigné Barbier par l'avant-bras et le secouait en exigeant des excuses. Alexandre s'était vivement approché de Barbier dont le cartable avait glissé sur le trottoir.

— Passez votre chemin, l'ami, avait-il dit à l'homme, sur ce ton dans lequel il était toujours difficile de faire la part du théâtre et celle de la sincérité.

L'autre avait ri, puis toisé Alexandre qui était aussi grand que lui, et il s'apprêtait à lui répondre, mais le lycéen lui avait soudain administré une claque sèche et violente sur la joue. L'homme, cinglé, étonné, et bientôt craintif devant l'attitude déterminée et le sang-froid d'Alexandre, avait proféré une injure, puis il avait « passé son chemin », comme le lui avait prescrit Alexandre dans son style inimitable. L'anecdote de la Gifle fit le tour des préaux et des deux cours du lycée et s'amplifia bientôt pour devenir un incident majeur, la confrontation victorieuse entre un représentant de notre génération et un membre de la communauté dominatrice des adultes. A notre âge, Alexandre était capable de gifler des vieux ! Il nous parut dès lors qu'il était devenu le prince de notre univers, un héros. Aussi bien, attendais-je avec impatience de pouvoir me rapprocher de lui, puisqu'il m'en avait fait la suggestion lorsqu'il avait décelé ma curiosité à propos de l'énigmatique Madame Ku.

2

— Je vous observe depuis quelque temps, dit
Alexandre. Vous tournez autour de moi comme une
mouche autour d'un pot de miel.

Il était adossé à la colonne de fonte qu'il avait
choisie dès le premier jour. Personne, désormais,
n'oserait occuper ce secteur aux frontières non
tracées, et lorsque, pour une raison ou une autre,
Alexandre ne s'y trouvait pas, l'endroit restait vide
— tant la renommée du jeune homme avait produit
son effet sur les autres membres du lycée, les chefs
d'autres clans. Il en existait plusieurs, en effet,
régnant dans les classes situées au-dessus des nôtres
qui auraient pu aisément, par la simple supériorité
de leur âge et leur force, imposer leur loi à Alexandre. Mais les codes de conduite étaient ainsi dressés
qu'à l'exemple des différentes familles de la Mafia
dans une grande cité, chacun respectait le territoire
de l'autre. En outre, l'exploit de la Gifle avait
conféré une sorte d'immunité à notre camarade. On
ne touchait pas à « sa colonne ».

— Vous semblez désirer apprendre des choses.

Posez vos questions, je verrai s'il y a lieu d'y répondre.

Barbier se tenait auprès de lui, hilare, armé de cette suffisance qui sied aux membres d'un cercle privilégié. Le langage d'Alexandre me subjuguait un peu mais il me stimula, et je résolus de répliquer en essayant d'utiliser un vocabulaire aussi choisi que le sien, en me hissant à la hauteur de sa comédie.

— Je ne suis pas une mouche, dis-je. Et vous n'êtes pas fait de miel, me semble-t-il.

— Bien, fit-il, avec une moue d'approbation. C'est bien! Mais encore?

Je me tournai vers Barbier.

— Cette conversation ne te regarde pas. Va-t'en.

Alexandre leva la main.

— Attention, mon vieux. C'est moi qui fais les règles ici, ce n'est pas vous.

Mais mon audace avait dû lui plaire car il fit un mouvement de la tête vers le centre de la cour en s'adressant à Barbier :

— Laisse-nous seuls, tu veux bien?

Barbier s'exécuta avec docilité. Je le vis rejoindre le groupe d'élèves qui frayaient dans le sillage d'Alexandre. Imperceptiblement, au fil des semaines, ils avaient commencé à singer leur idole, contrefaisant sa voix et ses gestes seigneuriaux. On pouvait maintenant observer, dans la cour, de véritables petites répliques d'Alexandre, vêtues de manteaux similaires, longs et doublés de fourrure, et j'imaginais que les garçons avaient fait la demande d'achat à leurs mamans qui s'étaient pliées à ce caprice. Ils portaient comme lui une longue écharpe de laine douce qu'ils rejetaient, à l'image de leur maître, loin sur l'épaule et dans le dos. Ils n'avaient pas poussé le mimétisme jusqu'à choisir la même couleur et si la plupart des écharpes étaient d'un rouge bordeaux ou d'un bleu marine bien sage, celle d'Alexandre, apparemment faite d'un matériau plus doux et plus luxueux (je ne connaissais pas encore l'existence du cachemire), était d'un vert émeraude presque choquant, tant il faisait une tache irréelle dans le paysage gris du lycée, comme une plante sous-marine phosphorescente au milieu des eaux glauques d'un aquarium.

— Alors, reprit Alexandre, où en étions-nous de notre échange?

— Nulle part, dis-je. Nous n'avons pas encore vraiment commencé.

— Bien, répéta Alexandre sur le même ton d'encouragement. Bien! Le type est doué! Il a de la réplique! Excellent! Il brûlait, je crois, de savoir de quoi nous parlions tout à l'heure en classe?

— C'est vrai, dis-je. J'aimerais connaître cette femme dont vous parliez avec Barbier.

Avec un sourire espiègle, Alexandre eut à nouveau recours à cette formulation qui me mettait mal à l'aise et consistait à parler de moi, devant moi, comme s'il s'adressait à une tierce personne :

— Ah! nous y voilà! Le type est curieux. Le type veut rencontrer Madame Ku. Mais Madame

Ku se mérite, figurez-vous ! Le type sait-il seulement ce que signifie ce nom ?

Je voulus frapper fort et dis sur un ton averti :

— Bien sûr, c'est comme un cul.

Alexandre éclata d'un rire extasié et bruyant, qui fit se retourner quelques têtes autour de nous. Il me regarda avec commisération, puis je crus voir son expression se modifier et un sentiment plus sournois apparaître sur son visage.

— Vous êtes une âme vulgaire, lâcha-t-il alors. Vous êtes un humain bas et vulgaire. Vous me décevez.

Son regard s'éloigna et il reprit son manège comme pour s'adresser à un interlocuteur fantomatique, procédé qui lui permettait d'établir une séparation supplémentaire entre lui et moi, lui et les autres. C'était une manie exaspérante, on avait envie de le saisir par l'épaule et le secouer pour qu'il revienne à vous et vous regarde autrement qu'à travers cette présence absente ; cela ajoutait à son étrangeté (personne ne s'exprimait ainsi dans la cour des grands) mais expliquait peut-être pourquoi Alexandre lassait rapidement ses fidèles. Ceux qui avaient bénéficié de sa faveur, et qu'il avait rejetés, lui demeuraient loyaux, certes, mais la séduction qu'il avait exercée sur eux semblait s'atténuer et la seule raison valide de ces soudains désamours avait été avancée par Chalaneilles :

— Il est trop compliqué pour moi, je ne le comprends pas, m'avait-il confié.

Or, cette « complication » faisait, à mes yeux,

tout l'intérêt d'Alexandre. J'étais convaincu qu'il possédait une expérience de la vie, et sans doute des femmes, qui me faisait cruellement défaut. Sa conversation laissait deviner une autre forme de culture ou d'esprit que les nôtres et je souhaitais en connaître les origines et les influences. Ainsi, je ne jugeais pas son habitude de parler de moi à la troisième personne comme une simple coquetterie verbale, mais je me demandais sérieusement s'il ne possédait pas quelque don médiumnique qui le mettait en rapport avec un autre lui-même. Combien de fois ne l'avais-je pas surpris en plein cours de latin, ou au milieu d'une composition écrite, à redresser la tête et porter ses yeux au-delà de la classe pour sourire, comme s'il répondait en silence à un appel et à un signe venus d'ailleurs ? Avec qui entretenait-il cette relation ? Un garçon mystérieux et différent du reste de mes camarades, qui semblait aussi à l'aise dans la vie, aussi maître de son corps, capable des gestes les plus étonnants — et voilà que je venais de gâcher ma première occasion d'entamer une relation avec lui ! Je me reprochai ma maladresse, ce qu'il avait défini comme ma « vulgarité ». Il me congédia d'une phrase :

— Il faudra revenir demain. D'ici là, pénitence, mon vieux, pénitence !

Le lendemain à la même heure, je me retrouvai en face d'Alexandre. Ma curiosité avait pris le pas sur tout autre sentiment et j'avais rangé de côté mon orgueil et mon souci d'indépendance. Rien ne m'importait plus, désormais, que de lui faire oublier mes mots malheureux de la veille et qu'il m'accepte dans son entourage.

— Le type va bien ? demanda-t-il.

— Ça va bien, oui, dis-je, j'ai dit une bêtise hier, il ne faut pas m'en vouloir. Ça arrive à tout le monde.

— Le type est habile, fit Alexandre. Mais le type est-il vraiment digne de connaître Madame Ku ? C'est une autre paire de manches. Nous en jugerons au bout de quelques rencontres de ce même genre. A demain !

Le jeu continua ainsi pendant quelques jours. Entre-temps, j'appris à m'intégrer au petit groupe de ses fidèles, à rire à ses plaisanteries, à l'écouter siffloter des airs de musique symphonique dont j'ignorais les auteurs (« nous emmènerons le type au concert un jour, s'il est sage ») et à décrocher l'insigne honneur de le raccompagner par l'avenue Henri-Martin jusqu'aux abords du square Lamartine. Il s'arrêtait invariablement au moment de déboucher dans la petite rue en pente qui longe le jardin public et vous disait alors :

— Ici commencent les territoires interdits. Le type ne va pas plus loin et doit rebrousser son chemin.

Barbier lui-même n'avait pas eu le droit de pénétrer chez les Vichnievsky-Louveciennes. Il semblait qu'Alexandre voulait protéger le secret qui entourait sa famille, dont le double nom autorisait toutes sortes d'interprétations. Je me prêtais sans difficulté, avec délice même, à ces simagrées pour finir par être tutoyé et le faire en retour. Je remarquais que j'avais ainsi insensiblement accédé au premier cercle des amis d'Alexandre mais je ne m'apercevais pas que j'avais, pendant le processus, adopté à mon tour une partie de son vocabulaire. J'imitais ses tournures de phrases et si je n'avais pu obtenir que l'on m'achète un manteau « à la Alexandre », j'avais emprunté à l'un de mes frères une écharpe rouge assez longue pour pouvoir la rejeter sur l'épaule et dans mon dos, en un geste que je voulais aussi bravache et romantique que le sien. Alexandre estima-t-il alors que j'étais « digne » de rencontrer Madame Ku ? Un jour, avec son air malin et son sourire mystificateur, il me lâcha :

— Après la classe, je t'emmène chez elle.

Je bredouillai :

— Mais je ne suis pas prêt ! Il faut que j'aille me changer.

Il eut un rire moqueur.

— Et pourquoi pas te parfumer aussi ? Non, tu viens comme tu es. On ne se déguise pas pour rencontrer Madame Ku !

Après de telles paroles, aussi poétiques que le nuage de mystère qui avait entouré l'identité de la dame, je me dirigeai, le cœur battant, aux côtés d'Alexandre vers le salon de Madame Ku.

3

Le grotesque de nos agissements, le dérisoire de
nos gestes ne se mesurent jamais au moment où ils
ont cours, sinon nous n'agirions pas, et notre vie ne
serait qu'immobilisme. La plupart du temps, nous
ne nous voyons pas en train de faire. Et c'est
seulement après — parfois le lendemain, parfois
bien plus tard — que nous sommes capables de nous
regarder, les yeux dessillés. Cet aveuglement, indispensable, cependant, à la progression dans la connaissance des choses, est d'autant plus grand en
période de mutation, quand le corps et l'âme sont
les jouets d'énergies inintelligibles. Aussi bien,
devons-nous faire preuve de quelque indulgence à
l'égard de ce jeune homme qui remonte fébrilement
le trottoir de la rue de Longchamp, guidé par un
garçon de son âge qui semble posséder une once
supplémentaire de sûreté de soi.

Notre héros ne sait rien ; il a perdu la fraîcheur de
l'enfance mais n'a pas encore acquis l'audace de la
jeunesse ; il flotte, hésite, rêve ; sa crédulité est sans
limites, sa disponibilité entière. Alexandre, qui le

précède dans la rue, pourrait faire de lui ce que bon lui semblerait, tant sa science de la vie, son sens de la manipulation des êtres, son talent de comédien lui ont accordé une avance sur ses contemporains.

Nous sommes en 1950. Les « jeunes » n'existent pas ; ils n'ont droit à aucune parole ; les adultes ne les entendraient pas et ils ne s'écoutent même pas entre eux ; ils n'ont été comptabilisés dans aucune statistique ; aucun organe de presse, aucune marque commerciale, aucun produit artistique ne s'adresse à eux, ou ne parle en leur nom ; ils ne disposent d'aucun moyen financier, et, par conséquent, personne n'a encore songé qu'il puisse se cacher dans cette masse obscure et dormante, ce que l'on appellera plus tard « un marché ». D'ailleurs, ce terme même est fort peu utilisé et lorsque c'est le cas, cela ne se passe pas au sens où on le maniera plus tard, à l'instar de tant d'autres mots déviés, au fil des décennies, de leur signification originelle. « La consommation », à l'époque dont je parle, n'est rien d'autre qu'un breuvage que l'on déguste dans un lieu public ; « la communication » n'est rien qu'un terme appliqué aux déplacements routiers ou ferroviaires ; « l'image » n'est que cela : une image, quelque chose de peint ou de photographié, et aussi quelque chose qui bouge sur un grand écran blanc bordé de rouge ou de noir, dans ce que l'on intitule encore les « cinémas de quartier ». Les modes, au sein de ce monde apparemment tranquille, se transmettent par le truchement du bouche à oreille et puisqu'il leur faut plus de temps pour voir le jour, leur durée est proportionnelle à la lenteur de cette installation dans les mœurs.

Tout va donc moins vite, mais cela ne veut pas dire que tout soit plus simple, car le cœur et l'imagination des adolescents bouillonnent avec la même force, et la simple expérience d'une amitié qui débute, la proximité d'une rencontre avec Madame Ku contiennent, en ces temps-là, autant de promesses d'angoisse, autant d'expectatives qu'en d'autres temps ultérieurs une expédition en « snow-scooter » à travers l'Antarctique, qui sera transmise « live » en « prime time » et « sponsorisée » par un « major » de l'International Business Scene.

4

Madame Ku était plus que petite, une naine, elle louchait, elle avait du poil au menton.

Ma surprise fut si grande que cela me paralysa et je ne parvins pas à franchir d'emblée le palier de la porte alors qu'Alexandre m'y invitait, arborant un sourire à la fois aimable et goguenard. Madame Ku était laide, vieille, ronde comme un tonneau, emmitouflée de laines et de linges bariolés qui dégageaient une odeur inconnue, épicée.

— Viens. Entre. Dis bonjour à Madame Ku.

Laquelle, avec un accent russe épais et qui roulait les « r » plus fort qu'Alexandre, comme dans une parodie, et dans une diction lente, déclara en me dévisageant :

— Invité nouveau. Asseoir salon. Thé prêt quelques minutes.

Fouetté, incapable de discerner si j'avais été le jouet d'une plaisanterie et ce que me réservait la réalité par rapport aux fantasmes qui s'étaient agités dans ma tête, je pénétrai chez Madame Ku. Alexandre avait l'air content. Je décidai de ne rien révéler de mon étonnement.

Nous étions arrivés par la rue de Longchamp, puis avions emprunté l'avenue d'Eylau pour ensuite, au milieu de cette avenue, bifurquer dans une courte impasse pavée, bordée de quelques habitations, beaucoup moins cossues que celles de l'ensemble du quartier. Au bout de l'impasse, sur la gauche, nous avions poussé une vieille grille de fer forgé donnant sur une sorte de pavillon minuscule, fait de briques, dont l'aspect se rapprochait plus de ces baraques que l'on voyait dans la banlieue, le long des voies de chemin de fer, au-delà des boulevards de ceinture, et qui abritaient les outils de ceux qui viendraient jardiner leur lopin de terre.

Ce pavillon, une sorte de verrue, se fait rare dans les beaux quartiers, mais le XVIe arrondissement de l'époque en était parsemé — des bâtiments archaïques, biscornus, délabrés, côtoyant les immeubles de pierre de taille du style haussmannien le plus bourgeois, épais. Ainsi, dans la rue de la Faisanderie, à la réputation de rue « chère », habitée par les familles les plus fortunées, on pouvait encore longer une minuscule maisonnette d'un étage, bicoque surplombée par deux mastodontes, attirant d'autant plus nos regards que nous la savions habitée par notre professeur admiré et haï, Dubarreuilles, ainsi que son épouse.

La demeure de Madame Ku appartenait à la

même catégorie, mais plus modeste encore, plus décevante. J'avais espéré découvrir une de ces « maisons », dont on disait au lycée qu'elles pullulaient aux environs de la rue de la Pompe, de la rue Paul-Valéry ou de la rue Lauriston, et à l'intérieur desquelles des femmes peintes et vêtues de soie, cigarette aux lèvres, m'auraient fait connaître les plaisirs de la chair. Je m'étais attendu à trouver en Madame Ku, que j'avais prise pour la patronne de ce genre d'établissement, et dont je pensais que le malin Alexandre était l'un des clients assidus, une créature peut-être plus âgée que ses pensionnaires mais certainement aussi éblouissante, majestueuse, chargée de parfums et de bijoux, de vices et d'expérience, et dotée d'une paire de fesses digne de son patronyme. Or, je me retrouvais, une fois qu'Alexandre eut frappé à la porte, face à une sorte de gnome sans âge et sans formes, dans un intérieur étroit, bas de plafond, dépourvu de luxe, vide de tout habitant, hormis la dame en question.

Mais à mesure que je pénétrais dans cette maison, j'oubliais vite ma déception pour ressentir curiosité et fascination. La demeure était étroite, se limitant à une sorte de grand rez-de-chaussée composé de quelques pièces. La principale, dans laquelle Alexandre m'avait invité à entrer, puis à m'asseoir, était meublée de bric et de broc : des fauteuils fatigués, trois chaises, un vieux canapé tendu d'un tissu grenat, une table de bois sombre recouverte d'une toile cirée. Sur la cheminée, deux petites icônes dorées avec leurs bougies, dont la flamme palpitait légèrement. A côté, une cuisine, équipée d'ustensiles anciens mais propres ; dans la cuisine, une table à repasser, avec son fer, la pointe en l'air, comme si notre arrivée avait interrompu la vieille dame au milieu de ce qui paraissait être son activité essentielle — sa profession, peut-être ? — puisque, de chaque côté de la table, reposaient deux grands paniers d'osier, l'un contenant du linge non repassé, l'autre des piles soigneusement rangées de linge de tous formats et usages. Près de la cuisinière à gaz, le long d'une surface de céramique foncé, on pouvait admirer un imposant objet dont je devais vite apprendre l'utilité et le nom. C'était un samovar, posé sur un socle de cuivre. Le temps et les incessants nettoyages avaient patiné sa gaine d'argent qui avait tourné vers le gris. Une douce fumée entourait l'appareil et lorsque Madame Ku ouvrit le court robinet d'argent pour en extraire le thé déjà préparé à l'intérieur, une agréable odeur de bergamote et de citron se répandit autour d'elle. Elle alla chercher des tasses dans un placard. Elle accomplissait ces gestes en silence, sur des pieds légers, chaussés de sortes de mules en cuir, à bouts ronds et noirs.

— On est bien, ici, tu ne trouves pas ? me demanda Alexandre.

Il s'était débarrassé de son manteau. Enfoncé dans l'un des vieux fauteuils, une jambe croisée sur l'avant-bras, comme un cavalier, il épiait mes réactions.

— Qui est cette femme ? dis-je en guise de réplique.

— Elle s'appelle Kudlinska, dit-il, mais on l'appelle Ku.

— Madame Ku ?

— Non, Ku tout court, quand on la connaît bien, dit-il.

— Et tu la connais bien ? demandai-je.

— Le type est curieux, dit Alexandre. Mais je dois dire que le type s'est comporté avec beaucoup de sang-froid. Il n'a pas eu l'air déçu. Il a su conserver son masque. C'est bien. Cela veut dire que le type sait s'adapter à toutes les situations. Buvons notre thé.

Ku, puisque c'était ainsi que j'allais la nommer, déboucha de la cuisine, portant un plateau chargé de tasses, sucrier, cuillères et abondantes rondelles de citron dans une soucoupe bleue. Elle affichait la même expression depuis mon arrivée : un sourire quasi béat, serein, barrait son visage de vieux bébé ridé. Maintenant que ma première surprise et ma première désillusion s'étaient évanouies, je commençais à étudier la dame non pas tant parce que c'était elle, mais plutôt parce qu'Alexandre lui accordait une telle importance. Mon attirance pour Alexandre, ma conviction qu'il représentait ce que l'on pouvait faire de mieux dans le domaine de l'élégance, l'insolence, la culture et la maturité, était si entière que je me mis à m'intéresser à tout ce qui le touchait. Ainsi, cette dame, ces rites, cette atmosphère prenaient, dans le vrai, une dimension plus grande que les petites suppositions salaces que j'avais pu imaginer dans le faux. J'observais Ku.

Debout devant moi, pas plus haute que le fauteuil dans lequel je me trouvais, elle me dévisageait, l'air bienveillant.

— Encore tasse?

Son accent et son langage auraient pu prêter à la caricature s'ils n'avaient été accompagnés de ce sourire intrigant et constant. Elle avait des cheveux gris et fins qu'elle avait torsadés en une natte qui s'enroulait autour de sa tête pour finir nouée au sommet du crâne. Quand on la détaillait de près, on découvrait que si ses vêtements avaient un air usé, rapiécé, rafistolé, il entrait quelque coquetterie dans ses choix et surtout un grand souci de netteté — à l'image du mobilier, du parquet, de l'unique tapis qui s'étalait sous la table du salon. Tout était soigné, poncé, ordonné. Enfin, à mesure que le temps s'écoulait, un temps que je ne mesurais plus — depuis que j'étais arrivé chez Madame Ku, il semblait s'être suspendu —, les menues allées et venues de la dame effectuées avec une légèreté de danseuse, ses quelques mots concrets et pratiques dispensés avec cet accent à la musique duquel on se laissait prendre, et cette expression de contentement placide et rassurant qui n'abandonnait jamais son visage, tout cela contribuait bientôt à créer une ambiance, contraire à celle que j'avais souhaitée mais, au fond, encore plus prenante. Et j'en venais jusqu'à réviser mon jugement sur ce que j'avais pu penser de son visage, sa laideur, ses poils au menton, ses traits épais, son nez épaté, ses petits yeux bridés et sa peau flétrie. On oubliait ces détails

50

et l'on retenait simplement la chaleur qu'elle diffusait à dose continue. En goûtant à courtes gorgées son thé sucré et citronné qui ne rappelait aucune sensation connue, en la voyant bouger comme sur un invisible coussin d'air, on se sentait subtilement gagné par un sentiment d'euphorie, qui correspondait à la réflexion d'Alexandre :

— On est bien ici.

Vous vous surpreniez à confondre Ku avec son superbe samovar : rond et antique, posé comme un signe au centre de cet univers minuscule, tranquille, détaché de la réalité du quartier et de l'époque, répandant sa bienfaisante fumée, et votre regard et votre attention se perdaient peu à peu dans les reflets sur la gaine d'argent sans cesse polissée. Alors, un sentiment d'évasion vous envahissait, auquel venait s'ajouter une impression de clandestinité — c'était un endroit secret, recréé pour vous seul, telles les cachettes et cabanes que l'on construisait pendant l'enfance. On voyait bien qu'Alexandre était chez lui dans ce local vétuste mais exotique. Il se levait pour déplacer des objets, étalait son cartable, ses cahiers et livres sur la grande table, vous invitait à faire de même, et à préparer de concert les devoirs de classe du lendemain.

— Le type avouera qu'on est quand même beaucoup mieux ici qu'en étude, disait-il avec satisfaction.

Ku servit une deuxième tasse de thé, tournant autour de nos sièges sans parler, puis elle finit par se retirer dans la salle de cuisine pour reprendre le fer à repasser dont les chuintements réguliers vinrent alors rythmer la fuite des minutes. Une fois son travail terminé, Alexandre se leva et m'ordonna d'abandonner mes cahiers. Il travaillait plus vite que moi et je voulus protester, mais il me dit :

— Tu finiras chez tes parents. Maintenant, on va se détendre.

Il saisit sur le rebord de la cheminée, à côté d'une des icônes, une boîte à damier nacrée dont il sortit deux cigarettes au long bout filtre de carton blanc.

— On fume, décréta-t-il. Fais comme moi.

Il m'indiqua la façon de plier légèrement l'embout du filtre pour le ficher entre les lèvres et il alluma, à la flamme de la bougie qui éclairait l'icône, la cigarette dont le parfum épicé me rappela la première odeur que j'avais humée en pénétrant chez Ku.

— Tu vas voir, me dit-il en souriant, Ku va être furieuse.

En effet, la vieille dame déboucha bientôt de la salle où elle repassait le linge, pour venir agiter ses bras courts et emmaillotés de laine, en maugréant avec son fort accent :

— Pas fumer, pas bien, Ku pas contente, odeurs arriver sur linge propre.

Alexandre se leva brusquement, la prit par la taille, la fit tourner sur elle-même comme une toupie en chantonnant :

— Kudlinska ! Ku-dlin-ska. KU-DLIN-SKA-AH !AH !

Et la vieille dame se mit à rire avec lui. En tirant

timidement sur la première cigarette russe de ma vie, le palais envahi par un goût dont je me persuadais qu'il était exquis, je regardais le beau et grand jeune homme faire virevolter cette courte vieille massive et néanmoins agile, aux éclats de rire innocents, et je ne me demandais plus ce qui pouvait réunir les deux êtres. Il me semblait qu'ils appartenaient à la même famille et que le Vichnievsky, chez Alexandre, l'emportait largement sur le Louveciennes. A la fin de cette brève pantomime, j'applaudis le couple et je crus lire sur le visage d'Alexandre que j'avais passé avec succès mon examen d'entrée. Il s'interrompit abruptement et s'approcha de moi.

— Es-tu désireux de prêter un serment?

— Oui, dis-je, bien sûr.

Ses yeux n'avaient pas perdu leur lueur enjouée mais sa voix s'était faite plus sérieuse. La cigarette au bec, l'embout coincé entre les dents, il me demanda de répéter après lui :

— Je jure d'aider Ku à supporter les difficultés de sa vie quotidienne. Je jure de ne révéler à personne l'emplacement exact de ce lieu de rencontre.

Je m'exécutai avec bonheur.

— Je jure enfin, et surtout, de ne jamais trahir un seul des secrets que mon ami pourrait me confier.

Je répétai ces mots avec un bonheur encore plus grand.

J'avais fugacement cru qu'il existait un lien secret, familial peut-être, entre Ku et Alexandre, mais il n'en était rien. Sur le chemin du retour, il me raconta qu'il avait fait connaissance de la vieille dame un jour où sa mère lui avait demandé d'aller chercher du linge à la blanchisserie de la rue des Belles-Feuilles. Là, on lui avait dit que tout n'avait pas encore été livré et on lui avait donné l'adresse, très proche, de la personne qui « aidait au repassage ». La vieille, qu'il avait rencontrée alors, l'avait tout de suite attendri et amusé. Il me confirma, à cette occasion, que sa mère était d'origine russe et je compris facilement qu'Alexandre avait aimé en Kudlinska les gestes, les objets, les effluves d'un passé russe qu'il n'avait jamais connu et dont sa mère ne lui parlait guère.

Malgré l'ampleur de son vocabulaire, ainsi que sa faculté d'articuler en phrases construites ce que, à notre âge, nous éprouvions sans savoir l'exprimer, Alexandre eut cependant du mal à m'expliquer ce qui l'avait tant frappé et séduit chez la vieille dame, cette qualité de sérénité et de courtoisie, cette bonté silencieuse, ce sourire de vieux sage oriental qui déclenchait en vous une envie de s'attarder auprès d'elle, de se lover dans son modeste espace et suivre son inoffensive activité ménagère.

— C'est ma Babouchka, me dit-il comme pour résumer, avec ce seul terme que je ne connaissais pas, le sentiment qu'il éprouvait auprès de la vieille dame.

Au fil de nos visites, je devais m'apercevoir qu'il la tutoyait, qu'il aimait la rudoyer et qu'il aimait aussi lui faire par le menu le récit de ses exploits au lycée — si bien que Ku semblait tout connaître de la sévérité de Dubarreuilles, la grossièreté du Capitaine Crochet, le comportement de quelques-uns des membres de la petite bande d'Alexandre : Barbier, Chalaneilles, Susskind, qui avaient sans doute pris au moins une fois le thé chez elle, mais dont je comprenais aussi, avec délice, qu'ils n'avaient pas bien « passé l'examen ». En retour, la vieille s'ingéniait à lui faire la morale dans son français approximatif. Elle s'indignait au récit des extravagances d'Alexandre et lui contait, de son côté, ses activités de la journée.

— Repassage. Thé. Fabrication biscuits. Petit repos. Thé. Repassage.

Je compris peu à peu les rapports qu'Alexandre entretenait avec la vieille dame. A mesure que je lui rendais visite et m'habituais à ces longues stations l'après-midi chez elle avec mon ami, j'observais qu'il s'occupait beaucoup d'elle. Il l'avait trouvée si démunie qu'il avait décidé sur-le-champ de lui apporter un soutien financier. A chaque fois que nous quittions Ku, je le voyais glisser de l'argent dans un petit pot de grès posé sur un tabouret dans l'étroit vestibule.

— Moi, l'argent de poche, me dit-il, j'en ai autant que je veux. Mon beau-père ne compte pas. Il laisse traîner le fric partout, je n'ai qu'à me baisser pour le ramasser. Et toi ? N'oublie pas que tu as prêté serment d'aider Ku. Combien on te donne, chez toi ?

— Ben, deux francs, cinq francs par semaine, répondis-je.

— C'est pas bézef, dit-il. Il faudra que tu compenses en nature. Sucre, sel, farine, pâtes, débrouille-toi pour l'aider, mais un serment est un serment.

Au retour de ma première visite, je m'étais dit : c'était donc cela, le grand mystère, et cette femme à laquelle le bel Alexandre attachait tant d'importance ! Je n'étais plus déçu ni surpris, mais ravi, en réalité, d'être admis dans ce lieu minuscule. Je ne comprenais pas encore les raisons pour lesquelles Alexandre s'était fabriqué une telle enclave : que se passait-il donc chez lui pour qu'il aille chercher dans cette bicoque la chaleur, la douceur, la connivence et le réconfort ? Que lui importait « le salon de Madame Ku » ? Il y avait tant de zones d'ombre autour de mon ami, et j'osais peu l'interroger. J'étais déjà trop heureux de pouvoir devenir son compagnon et supplanter, petit à petit, mon rival, Barbier. J'avais découvert que ce dernier habitait plus loin qu'aucun d'entre nous, dans le bas de l'avenue Mozart, et il lui était plus difficile de passer du temps, après les classes, chez Ku, alors que la demeure de la vieille Russe se trouvait à quelques centaines de mètres de chez mes parents. Je vis

56

l'avantage que je pourrais tirer de cette proximité, et il me devint naturel, au sortir du lycée, de passer par chez Ku avec Alexandre pour y retrouver la fumée du samovar, les biscuits, les bougies des icônes, l'odeur mélangée de citron et de bergamote, de linge mouillé et de tabac épicé, le sourire immuable de la vieille dame, et surtout ce sentiment inexprimable de posséder dorénavant un coin à moi, un endroit inconnu des miens où je pouvais, aux côtés d'un garçon dont le moindre mouvement, la moindre parole me remplissaient d'admiration, savourer une manière de liberté. Car, même si je ne souffrais, chez mes parents, d'aucune autre insatisfaction que celle, adolescent, d'être incompris de tous, le monde extérieur me semblait autrement plus attractif que la cellule familiale. Dans la chambre que je partageais avec l'un de mes frères, je me sentais à l'étroit, incapable d'agir à ma guise. Chez Ku, j'avais l'impression d'être maître de moi et de mes gestes, de ne subir le regard ou le jugement d'aucun aîné. Aussi bien comprenais-je mieux, petit à petit, le sens et l'importance de la deuxième partie du serment prêté à Alexandre :

— Ne révéler à personne l'emplacement exact de ce lieu de rencontre.

Nous respections cette promesse à la lettre. Ku était à nous, rien qu'à nous ! Chez elle, nous fumions nos cigarettes à bouts de carton ; nous échangions nos impressions sur la vie et les femmes ; l'amour et la mort ; la gloire et l'ambition ; l'amitié et la trahison ; nous ressassions nos rancœurs ou nos joies accumulées au cours du train-train quotidien du lycée ; nous plaisantions avec la vieille qui tolérait nos bêtises et nos parodies, émettant des aphorismes bruts et sages avec cet accent russe et dans ce français fracturé qui nous mettait en joie.

Fasciné par Alexandre et sa précocité, conquis imperceptiblement par l'atmosphère de « chez Ku », j'étais envoûté et incapable, comme il est fréquent à cet âge, de me projeter dans l'avenir. L'idée que quelque chose ou quelqu'un puisse un jour venir troubler cette nouvelle situation n'avait pas traversé mon esprit. Rien ne m'avait préparé à Anna.

5

Elle arriva, tranchant dans la chair fraîche de ma petite vie d'adolescent, pour y apporter la séduction et la souffrance, l'insomnie, les ravages du cœur et les tenailles de l'amour. Elle n'était pas attendue, mais secrètement désirée, et, dès l'instant où j'entrevis sa flamme, je fus pris, happé, par ce feu.

6

On s'accoutume à tout, et même à la beauté, et plus on s'accoutume, plus on se désenchante. Et cet invisible travail qu'effectue le temps et qu'on appelle l'habitude vous impose, sans que vous l'ayez envisagé ou souhaité, une lassitude de ce qui vous semblait, hier, exceptionnel et devient, aujourd'hui, plus prévisible, moins précieux, plus périssable.

Lorsqu'il était inédit, Alexandre m'avait paru sans tache, sans faute, indiscutable — un archange venu poser ses ailes blanches sur le ciment gris de la cour des grands. Maintenant que j'étais devenu son féal, et que je le fréquentais dans le cadre intime de chez Ku, je me surprenais à me fatiguer de sa superbe, de la domination qu'il exerçait sur nous, sur moi. Je l'acceptais, certes, comme les autres membres du petit groupe mais je n'en étais pas entièrement dupe. J'avais adopté tous ses tics et l'imitais inconsciemment, jusqu'à remuer comme lui mes jambes l'une contre l'autre, lorsque j'étais assis, ou siffloter quelques notes de Wagner et de Beethoven — puisqu'il avait commencé à me faire comprendre qu'il existait une musique que l'on appelait classique et que ce n'était pas « rasoir » et qu'il fallait s'y mettre, si je voulais ressembler à un esthète. Malgré mon adulation pour Alexandre, je savais et j'avais déjà expérimenté qu'il pouvait vous humilier en vous faisant sentir sa supériorité. Vous en éprouviez alors un besoin furtif de vengeance. Vous ressentiez, comme tous ceux qui l'avaient approché, l'irrésistible envie de le « moucher ».

Il y avait eu une surprise-partie chez les parents de Chalaneilles. J'avais été autorisé à y assister, pourvu que l'on me sache rentré avant minuit. Je haïssais ces manifestations, heureusement rares, au cours desquelles je mesurais invariablement ma gaucherie, mon ignorance, le fossé qui me séparait des autres jeunes gens de mon âge, que je trouvais tellement plus à l'aise que moi, face aux filles, à la musique, à la comédie sociale.

— Alors, tu ne danses pas ? Tu fais tapisserie ?

Combien d'adolescents ont connu ce supplice ? Je me trouvais comme statufié auprès du phono-graphe, dont j'étais trop heureux d'assurer le bon fonctionnement et les changements de disques, car cela me donnait un rôle ainsi qu'un prétexte pour éviter d'exhiber ma maladresse sur le parquet où, tous les tapis relevés, mes camarades faisaient danser les jeunes filles. Ils avaient l'air heureux de participer à cette fête. Je la considérais comme une corvée, une épreuve, et m'interrogeais sur ce qui pouvait manquer à mon organisme pour que je ne parvienne pas, moi aussi, à ce plaisir de gesticuler au contact de jeunes filles enjouées, avenantes, dont le sourire semblait vouloir dire :

— Qui êtes-vous ? Faisons connaissance ! Flirtons, peut-être ?

J'étais incapable de répondre à cette sorte d'appel. Je reçus donc la remarque d'Alexandre comme une gifle gratuite. Après m'avoir posé sa question, il s'était éloigné, rieur, contournant deux filles et leurs cavaliers, qui rirent à l'unisson, ayant entendu sa saillie au passage. J'aurais voulu fuir ce moment, fuir ce lieu et ces bruits, ces comparses. Cet appartement grand et impersonnel, avec ses corridors interminables, et la vision des parents qui avaient organisé la « surboum » : vêtus de noir, sourires compassés, regardant leurs montres, se faisant le plus discret possible ; cette table longue aux pieds lourds, chargée de carafes de jus de fruits, de petits-fours commandés la veille chez Carette, de verres et de soucoupes, autour desquels danseurs et danseuses s'agglutinaient en babillant ; l'impression qu'ils partageaient une expérience à laquelle je n'arrivais pas à accéder ; le sentiment d'exclusion du mouvement de la vie qui se déroulait au centre du grand living-room, sur le parquet ambré. C'était là que cela se passait, qu'on entrait dans la danse, que les corps se frôlaient, tournoyaient, qu'éclataient les rires et s'amorçaient toutes choses. Je me haïssais. J'avais passé tant d'heures, intrigué et prêt à tout, avide de rencontres et de présence féminine, et maintenant que l'occasion se présentait, je me dérobais. Mais de même qu'il me semblait impossible de faire un pas pour pénétrer dans le tourbillonnement de la danse, de même je ne me sentais pas plus capable de tourner le dos pour quitter l'appartement afin de rentrer, par l'avenue Mozart, à pied, chez moi, dans la nuit.

Et je me demandais pourquoi j'étais si seul à connaître cette incapacité de dénouer mon corps, de m'incorporer au petit noyau de gaieté et de bonheur qui semblait se former et se déformer au rythme des changements de disques : un slow, un rapide, un slow, un rapide... Comment faisaient-ils, les autres, pour ne craindre ni regards, ni ridicule, et se lancer aussi spontanément dans la danse, le dialogue avec les filles ? Quel était le code, la phrase, le geste qui vous permettrait d'entrer dans leur cercle ? Je ne pouvais que m'affairer autour du tourne-disque, m'inventant toutes sortes de menues tâches : répartir les disques en piles séparées, selon les genres de musique ; nettoyer régulièrement au moyen d'un carré de tissu bleuâtre ceux déjà utilisés ; prendre note de requêtes hâtivement lancées par les danseurs (« repasse-nous ce slow », « y en a marre, mets-nous des sambas ») ; souffler sur l'aiguille afin de conserver un son pur à la musique ; m'asseoir par intervalles sur l'une des petites chaises dorées à coussins fleuris pour simuler un repos bien gagné après une activité aussi passionnante. C'était dans cette position de vieille dame délaissée, de potiche, qu'Alexandre m'avait aperçu et avait lancé :

— Alors, tu ne danses pas ? Tu fais tapisserie ?

Je pris les mots de mon idole pour une insulte, un

63

signe supplémentaire de l'exclusion de cette soirée dont j'étais pourtant un invité officiel. Une vague de rancœur monta en moi. Je regardais Alexandre. Comme il était élancé, charmant, et comme la courbette qu'il venait d'accomplir devant une jeune fille blonde, vêtue d'une robe bleu ciel à carreaux vichy, était engageante et désinvolte à la fois ! Un picotement familier, seulement connu de moi-même, gagna mes paupières et il me fallut lutter pour retenir mes larmes. Mais une scène venait de se produire en même temps, un de ces instants volatils qui parsèment le cours d'une soirée et que seuls peuvent saisir ceux qui se trouvent fortuitement dans le sillage du minuscule événement. La blonde en robe à carreaux dit à voix intelligible à Alexandre, qui se relevait à peine de sa mimique en guise d'invitation :

— Non, je ne danserai certainement pas avec vous. Vous m'agacez.

Puis elle lui tourna le dos pour rejoindre un autre garçon, qui semblait être son partenaire favori. Alexandre fit une pirouette comme pour effacer la vexation, et je vis son regard vif et soudain dur parcourir le salon, afin de s'assurer que personne n'avait été témoin de la rebuffade. Ses yeux rencontrèrent les miens. Je me trouvais à quelques mètres de lui et ne pus m'empêcher d'ébaucher un sourire, une expression de plaisir médiocre à la vue du faux pas de mon ami, la première fois peut-être, depuis qu'il avait envahi mon existence, que je le surprenais dans un état d'infériorité. Mes lèvres prononcèrent une phrase qu'on ne pouvait entendre par-dessus le brouhaha. Piqué, esquissant à son tour un sourire, dans lequel l'agressivité et la perfidie l'emportaient sur tout respect de notre complicité, il marcha vers moi.

— Répète ce que tu viens de dire, si tu en es capable.

— Je n'ai rien dit, dis-je.

— Si, si, insista-t-il, j'ai bien vu que tu te moquais de moi. Ne sois pas hypocrite. Qu'est-ce que tu disais exactement ?

Je voulus me soulager des heures interminables passées à faire le pied de grue devant l'appareil à disques, me venger de sa méchanceté, lui faire enfin subir un peu de cette humiliation qu'il savait si bien vous infliger.

— Tu veux que je te dise ? J'ai dit : « Le type n'est pas aussi fort qu'il s'en donne l'air. »

Il sourit un peu plus férocement et j'eus l'intuition que j'allais perdre mon seul ami. J'en fus effrayé. Mais il devint suave, et à voix sourde et plate, il me dit seulement :

— Ah bon ? Eh bien, rendez-vous lundi chez Ku. Amuse-toi bien.

Puis il parut se désintéresser de moi pour aller se fondre dans le flot des danseurs. Plus tard dans la soirée, je choisis d'oublier l'incident et rentrai chez moi sans avoir revu Alexandre.

7

Le lendemain, dimanche, au cinéma Saint-Didier, dans la rue du même nom, que l'on pouvait rejoindre à pied depuis notre domicile en quelques minutes, je devais découvrir ce que je crus être l'idéal féminin.

C'était une femme en noir et blanc. J'avais contemplé ses traits en m'arrêtant devant la vitrine extérieure du cinéma, où l'on affichait périodiquement les jeux de photos extraites des scènes du film à venir. Nous étions à cette époque révolue où l'envie d'aller voir un film vous était donnée par la simple exposition des clichés, imprimés sur papier glacé, et qu'on avait répartis en deux catégories : « Cette semaine », et « La semaine prochaine ». Nous ne possédions guère d'autres informations pour choisir un film plutôt qu'un autre. Les affiches étaient rares ; il y avait peu de publicité dans les pages des journaux, et d'ailleurs, nous ne lisions pas les journaux de nos parents.

La curiosité naissait d'une autre manière. Ainsi, l'on pouvait remarquer, jour après jour, une longue file d'attente devant la salle de cinéma le plus proche dans le quartier, ou bien un camarade, au lycée, avait parlé avec enthousiasme d'un film qu'il avait vu la veille. Mais le moyen le plus sûr, ce qui déclenchait notre décision et éveillait nos instincts, était l'étude minutieuse de ces portraits d'hommes en chapeaux mous, cigarette aux lèvres ; ces femmes en costumes de bain ou en robes immaculées ; ces pistolets et diligences ; ces clowns moustachus et grimaçants ; ces visages mystérieux et beaux ; ces sourcils et lèvres de stars. Une tentation vous gagnait, vous brûliez de vous enfoncer dans la nuit sur ces routes, pénétrer dans ces saloons, dans ces bureaux meublés de façon exotique, qui ne ressemblaient en rien aux décors que vous fréquentiez chaque jour. Ce cinéma-là, celui qu'on appela la série B, mais qui dépassait de loin toute catégorisation, car il existait des séries A qui avaient un goût de série B, et nous découvrîmes des séries B qui valaient, de loin, les séries A, ce cinéma-là vous était offert presque par surprise. Il suffisait qu'une photo retienne votre attention, un regard vous intrigue, pour que quelque chose s'amorce, qui vous faisait dire :

— Ça a l'air bien.

Et vous y alliez, en fin de semaine, ou bien le jeudi après-midi, avec ou sans la permission des parents, souvent accompagné d'un ami qui avait été aussi intrigué que vous par trois gestes, un regard figé sur le papier brillant, punaisé derrière la vitre du cinéma. Mais lorsque j'avais découvert la physionomie de cette femme, ses lèvres épaisses et ses yeux en amande, j'avais décidé de prendre seul rendez-vous avec elle. La nuit venue, j'avais pensé à elle et je n'avais eu de cesse que de la connaître vivante, en grand format, bougeant sur l'écran. Et lorsque je la vis, j'eus une violente envie physique d'elle.

La salle du Saint-Didier ressemblait à celle d'un théâtre, avec des colonnes blanches en stuc, posées en arcs de cercle, qui soutenaient les loges et le balcon ; de vastes allées entre les fauteuils d'orchestre ; une scène haute, et l'écran au bout de la scène ; des fauteuils rouge foncé qui grinçaient lorsqu'on abaissait le siège ; une décoration rococo, tout en moulures, torsades, frises et statuettes dans le hall d'entrée. Je m'assis dans les premiers rangs pour m'assurer de ne côtoyer aucun inconnu et recevoir, le plus près possible, les images qui allaient se dérouler sur l'écran, car je savais, avant même que ne démarre le film, que cette femme était venue au Saint-Didier pour moi, et moi pour elle. Je ne fus pas déçu par son apparition. Elle avait un tel magnétisme que j'en oubliais l'intrigue du film, négligeant les comparses masculins qui l'entouraient, l'aimaient, se la disputaient ou lui voulaient du mal, et je ne m'intéressais qu'à elle, son corps, sa parure, ses ondulations, son rire et sa chevelure.

Vamp, glamour, femme fatale, tous les mots à la mode en ce temps, aujourd'hui délaissés, qui auraient pu définir ce personnage en robe fourreau noire, aux bras couverts de longs gants noirs dont elle se défaisait en dansant avec insolence, perversion, lascivité, avec des gestes et mouvements qui suggéraient plus qu'ils ne montraient — toutes ces expressions qui s'appliquaient au personnage du film, autant qu'à l'actrice qui l'incarnait, m'étaient alors inconnues. Seule, importait pour moi la montée de mon désir. J'avais l'impression d'avoir fait sa connaissance au début de l'histoire, puis de m'être vite entiché d'elle, pour ensuite n'avoir qu'un souhait, un désir : la toucher, la voir et la revoir. A mesure qu'elle avançait dans l'histoire et dans mes fantaisies, je sentais mon corps s'emballer. Disparaissait-elle pour quelques minutes de l'écran, que mes muscles se relâchaient partiellement — mais la plaisante lourdeur, qui avait lentement transformé mon sexe, s'atténuait à peine. C'était moins dur, simplement, moins tendu, j'avais moins mal entre les jambes et ma respiration revenait à un rythme quasi normal. Mais voilà que la femme surgissait à nouveau dans le film, pleurant ou riant, fumant ou buvant, attisant la convoitise de son partenaire, à la fois victime et bourreau ; voilà que sa nuque, ses dents, ses joues hautes, sa poitrine, la longueur de ses jambes, me subjuguaient et exacerbaient mon envie charnelle. Et à l'instar du héros, je répétais son nom à voix basse, sous le fracas de la bande sonore :

— Gilda, Gilda, Gilda — ce nom de fiction qui deviendrait bientôt Rita, Rita, Rita — son véritable prénom !

Je sortis du Saint-Didier dans un état d'agitation contrecarrée par l'accablement. Car si j'avais compris que cette femme, dont je n'appris le nom d'actrice qu'après avoir lu et relu l'affichette collée au mur du hall d'entrée, correspondait à tout ce que mon corps voulait aimer, caresser, pénétrer, je voyais bien, puisque je n'étais plus un enfant, qu'elle m'était inaccessible. Et que j'allais peut-être passer ma vie à chercher son double et qu'il n'existait naturellement pas. J'ignorais, en outre, que ce film, déjà ancien de trois ans, avait provoqué les mêmes émotions chez des millions d'hommes. Me serais-je confié à quiconque, on m'eût ri au nez, tant ma découverte tardive dans une salle de quartier de celle qui incarnait à l'époque le sexe et la beauté — le « sex-appeal » — coïncidait avec ce que l'on appelle l'inconscient collectif du moment. Ainsi mon goût était-il banal, mais je ne le savais pas, et le besoin que j'avais ressenti fut tel que je me surpris à exécuter un geste de pure délinquance, qui n'était pas dans mes manières. Profitant de la confusion entre le flot des spectateurs sortant et la foule des clients qui entraient pour la deuxième séance, j'arrachai prestement la seule photo de « ma femme », qui n'était pas sous verre, mais collée à même l'un des piliers en stuc dans le hall. Je m'enfuis en dissimulant le précieux portrait sous mon chandail pour atteindre mon domicile, et me réfugier dans la chambre que je partageais avec l'un de mes frères et où, comble de chance, je me retrouvai seul ce jour-là et pus satisfaire à deux mains mon insupportable impatience, face à ce visage, cette photo que j'avais couchée sur le lit devant mes jambes, devant mes cuisses, devant mon bas-ventre, et qui avait autant mis ma fougue à l'épreuve.

Après quoi, honteux mais fier, soulagé et pourtant insatiable, je songeai avec quel plaisir j'allais pouvoir, lors de notre prochain rendez-vous, raconter ce qui était racontable à mon ami Alexandre.

8

Nous nous retrouvâmes chez Ku, après la classe. Samovar et biscuits, et échange de nos petites informations triviales qui accentuent, chez elle, son inaltérable sourire. J'attends qu'elle retourne à ses travaux de repassage dans la cuisine afin de révéler mon trésor à Alexandre, lui narrer ma rencontre avec l'idéal féminin.

— Regarde, dis-je. Regarde ce que j'ai réussi à récupérer.

Je sors la photo de mon cartable.

— Qu'est-ce que c'est que ça? dit Alexandre sur un ton froid.

— Rita, dis-je. C'est Rita Hayworth! J'ai fauché sa photo au Saint-Didier, hier.

— Et alors?

Mon ami a pris un air distant, presque hostile.

— Alors? lui dis-je. Mais c'est la plus belle femme du monde, j'ai passé ma nuit avec elle, tu ne peux pas savoir, c'est... mieux que dans les rêves.

Alexandre se lève, recule dans le salon, et les mains sur les hanches, il me toise avec rancune.

— Je crois bien avoir toujours dit, commence-t-il, que tu n'étais qu'une âme basse, un personnage laid et commun.

— Comment ça ? dis-je.

Stupéfait, blessé, je me lève à mon tour. Il continue :

— Tu ne vois donc pas, me dit-il, qu'il n'y a rien de plus épais, de plus commun, de plus primaire que ce genre de beauté salace ? Tu ne sais donc pas ce que c'est que la vraie beauté féminine ?

J'ai du mal à comprendre son attaque. Je me sens insulté, atteint au plus profond de mes convictions.

— Mais comment peux-tu me parler sur ce ton-là, dis-je. Tu n'as pas le droit. C'est offensant.

Il s'avance vers moi. Je vois dans ses yeux cette lueur qui m'a déjà parfois fait peur.

— J'ai autant le droit de t'offenser, me dit-il avec lenteur, que tu as eu le droit, l'autre soir, à la surprise-partie chez Chalaneilles, de me ridiculiser devant tout le monde.

— Mais, Alexandre ! dis-je en tentant de me rapprocher de lui. Je n'ai jamais voulu faire ça.

Il m'écarte d'un revers de bras. Brusquement, il arrache de ma main la photo de Gilda-Rita, et la déchire en deux morceaux qui tombent au sol.

— Voilà ce que je fais de ta putain américaine, dit-il. Crois-moi, je te rends un sacré service.

Je reste sans voix, incapable de protester. Puis une colère profonde me secoue.

— Tu n'es pas un ami, dis-je.

A l'instant même où je prononce ces paroles, je

suis conscient que je ne souhaite qu'une chose. Quelle que soit la morsure qui entame notre amitié, je tiens à la préserver, mais il me semble impossible de laisser passer un tel geste, et je ne sais dans quelle attitude me cantonner, partagé entre l'anxiété de voir se détruire notre lien, et mon orgueil froissé, mon étonnement devant l'injustice. Alors j'attends, j'hésite, et me tais, de peur de dire des mots irréparables, des phrases irréversibles.

Nous sommes face à face et Alexandre, tout sourire, me dit :

— Tu sais qu'il y a un moyen de régler tout cela.

J'attends, n'ayant pas encore deviné où il voulait en venir.

— Tu ne me demandes pas lequel ?

Il ôte son veston, retrousse les manches de sa chemise le long de ses bras.

— Tu m'as bien dit l'autre soir, chez Chalaneilles, quand tu te foutais de moi : « Le type n'est pas aussi fort qu'il s'en donne l'air. » C'est exact, non ?

— Exact, dis-je. J'ai dit ça, mais je n'ai pas voulu le dire.

Il m'interrompt.

— Eh bien, fait-il, ôte ta veste et voyons si le type est vraiment fort.

Je m'exécute. Alexandre, comme s'il s'était déjà, dans ce même lieu, adonné à ce même genre d'exercice, pousse la table sur laquelle nous avons l'habitude d'étaler nos livres et devoirs de classe.

— Aide-moi à la pousser là-bas, me dit-il.

74

Nous dégageons les fauteuils, faisons reculer le canapé vers le mur, vidant la pièce pour notre combat. J'aperçois Ku, dont le corps courtaud et massif vient s'encadrer dans la porte ouverte de la cuisine. Elle observe notre manège sans protester et je comprends qu'elle a, sans doute, elle aussi, dans le passé, assisté à une scène identique. Cela semble l'amuser, la réconforter.

— En garde, fait Alexandre, en levant les deux poings à hauteur de sa poitrine.

Je l'imite. Il se rue sur moi, me déséquilibre. Je l'entraîne dans ma chute. Nous nous retrouvons au sol, luttant sur le tapis mité et sombre de la vieille dame russe. Nous roulons plusieurs fois l'un sur l'autre, car l'enjeu est clair, même s'il n'a pas une fois été énoncé : comme dans les joutes gréco-romaines, ou comme au « catch », c'est celui qui restera fixé et cloué au sol qui aura perdu le combat. Je sens qu'à ce jeu, Alexandre me sera supérieur, aussi je lui échappe, glisse entre ses jambes, me redresse mais retombe aussitôt, car il m'a plaqué aux chevilles. Je crois entendre Ku battre des mains et rire aux éclats. Les coups se font plus rudes. Coudes, poings et talons partent dans toutes les directions, et je sens le sang venir à ma bouche. Je m'essouffle. Alexandre devine ma faiblesse, il parvient à m'immobiliser, mon dos contre le tapis, et enserre mes épaules entre ses mains, tout en m'empêchant de remuer au moyen de ses genoux qu'il installe habilement, rapidement sur le haut de mes cuisses. Son poids et sa vigueur augmentent et j'ai beau tenter de m'arracher, je suis pris, bien pris dans son étau et plus je me débats, plus il pèse sur mon corps. Son visage penché vers le mien, il répète, rauque, à bout de souffle, mais dominateur, persistant :

— Qui est-ce qui est le plus fort, hein ? C'est qui le plus fort ? Dis-le, mais dis-le ! Et je te relâcherai !

Dans la bagarre, j'avais cru entendre des coups frappés à la porte d'entrée et je n'ai pas vu Ku se déplacer, mais il me semble maintenant que quelqu'un d'autre a pénétré dans la pièce. J'ai mal à la poitrine, aux épaules, à l'aine, je subis le poids du corps d'Alexandre, je me soumets à sa loi, j'abandonne et murmure :

— C'est toi. C'est toi le plus fort. Tu as gagné.

Je prononce les mots avec douleur, mais dans l'espoir que cette défaite sera le prix qui préservera mon amitié avec Alexandre. Même si j'admets, désormais, dans un mélange bizarre de regret et de plaisir qu'il est mon maître et que je ne devrai même pas lui tenir rigueur d'avoir insulté Rita, déchiré sa photo et m'avoir qualifié de personnage « laid et commun ». Tandis qu'il desserre son étreinte, mais ne redresse pas encore son corps, se contentant seulement de déplacer ses genoux pour libérer mon bas-ventre, j'entends un rire inconnu, comme un éclat de verres qui s'entrechoqueraient, un son venu d'ailleurs. Alexandre se retourne d'un seul mouvement, dégageant mon champ de vision.

Et je vois, debout, droite dans un manteau d'homme de couleur beige, une écharpe multicolore lui barrant la poitrine, une grande jeune fille aux longs cheveux noirs, au teint pâle et aux lèvres rouges. On dirait qu'une sorte de lumière entoure sa silhouette. Deux grosses boucles d'oreilles en métal tintinnabulent doucement, créant autour de l'ovale de son visage une petite musique qui accompagne ses déplacements et ses premiers mots. Elle s'adresse à Alexandre, avec une tendre et complice ironie :

— Alors, c'est ici que tu te caches. J'ai enfin trouvé ton repaire !

Je crois reconnaître dans sa voix le même timbre étranger, la même trace d'accent que chez mon ami, et j'enregistre du même coup la ressemblance frappante qui existe entre Alexandre et cette belle inconnue que je n'arrive pas à quitter des yeux. Elle ajoute :

— Tu ne croyais quand même pas m'échapper très longtemps, dis ?

Puis, elle s'esclaffe à nouveau :

— Vous êtes ridicules, tous les deux, sur ce tapis. Relevez-vous, jeunes gens. Ça n'est pas ainsi qu'on salue une femme.

Depuis qu'Alexandre a dégagé sa masse de mon corps pour me permettre de découvrir la jeune fille, je n'ai pas pu détacher mon regard de cette lumineuse apparition dans le salon de Madame Ku. Maintenant, tandis que nous nous redressons en nous époussetant, je peux saisir d'un coup d'œil rapide un changement dans l'attitude et l'expression de mon ami. Autant quelques secondes auparavant,

77

il agissait en triomphateur, arrogant, prêt à disposer de moi, sa victime, autant je le retrouve coi, désorienté et singulièrement muet, sinon contrit, tel un gamin pris en faute. Il me dit à voix basse :

— C'est Anna. C'est ma sœur.

Puis se retournant vers elle, il modifie à nouveau son attitude et secoue son corps, passe la main dans ses cheveux, fait face à la jeune fille. On sent dans sa voix du défi et du respect, de l'admiration et de l'amour :

— C'est bon, lui dit-il, tu m'as trouvé. Mais ce territoire doit rester le mien, même si je serai heureux, à l'occasion, de t'y accueillir et t'inviter à boire le thé.

Elle rit, s'enveloppe de l'écharpe multicolore dans un geste que j'ai si souvent vu faire à Alexandre, mais dont je me demande brusquement s'il ne l'empruntait pas à Anna, si Alexandre n'imitait pas Anna. Elle vient vers lui et l'embrasse sur les deux lèvres, à bouche fermée, et caresse sa joue d'une main aux doigts, aux ongles, et à la forme encore plus fins que ceux de son frère. Anna, c'est Alexandre en femme. C'est-à-dire que sa grâce et son magnétisme semblent décuplés. Je suis sous l'emprise de son charme.

— Viens, dit-elle à son frère. Il y a encore eu un problème à la maison.

Je reste dans mon coin, troublé par chaque mot, chaque déplacement, chaque oscillation du corps de la jeune fille. Elle ne m'a pas une fois adressé parole ou regard, et c'est uniquement lorsqu'elle prend son frère par le bras qu'Anna consent à me remarquer. Un court instant, ses yeux sombres se posent sur moi ; elle me sourit avec politesse, sans y mettre autre chose qu'un brin d'intérêt. Puis elle s'en va ; ils s'en vont ; et je pense à la phrase de Victor Hugo que j'avais lue, longtemps auparavant, dans mon vieux volume fatigué des *Misérables* : « Le jour où une femme qui passe devant vous dégage de la lumière en marchant, vous êtes perdu, vous aimez. »

DEUXIÈME PARTIE

Anna

9

Je suis resté assis quelque temps, seul, chez Ku. Je l'entendais vaquer à ses affaires dans la cuisine. La vieille dame russe avait ri lorsque la porte s'était refermée sur Anna et Alexandre, et elle m'avait tendu les deux morceaux du portrait déchiré de la star américaine.

— Quoi ? On jette ? On garde ?

Elle les avait posés sur la table, puis m'avait laissé pour retourner, de ses petits pas légers et comiques, à son travail de repassage.

— On jette, ai-je dit, à haute voix pour moi-même.

Avec lenteur, j'ai déchiré les deux parties de la photo, les décomposant en dizaines de petits carrés, jusqu'à en faire un tas de bribes impossibles à reconstituer, comme si je souhaitais définitivement détruire ce que j'avais cru être « l'idéal féminin ». Rita-Gilda ou Gilda-Rita avait disparu de ma vie. Il n'y avait plus qu'Anna, rien qu'Anna.

Je voulais la revoir, l'approcher, gagner le droit de me mouvoir dans son cercle, échanger quelques phrases avec elle et peut-être lui caresser le dos de la main ou effleurer son bras. Je ne pouvais encore me dire que je l'aimais ; la curiosité l'emportait sur toute réflexion et les questions que je me posais, assis à la table de Ku, puis plus tard dans la rue en rentrant à petite allure chez mes parents, ne tournaient pas autour de mon émotion ou mes sensations, mais avaient Anna pour tout sujet : que faisait-elle, qui voyait-elle ? quel âge avait-elle ? où poursuivait-elle ses études ? quel chemin empruntait-elle pour rejoindre son domicile ? à quoi ressemblait sa chambre ? aurais-je une occasion quelconque de la croiser lorsque je raccompagnais son frère ? J'en arrivais ainsi naturellement à Alexandre. Pourquoi m'avait-il dissimulé l'existence de cette sœur dont le charme semblait exercer autant d'emprise sur lui que sur moi ? Quel était ce « problème à la maison », dont elle avait parlé ? Quels rapports entretenaient ces deux êtres dont je ne parvenais pas à décider lequel influençait l'autre dans les gestes, la voix, la tenue ? Alexandre avait-il pensé à Anna lorsqu'il m'avait lancé comme une injure :

— Tu ne sais donc pas ce que c'est que la vraie beauté féminine ?

Cette apostrophe me faisait pressentir qu'il serait maladroit d'interroger Alexandre de façon trop directe et qu'il faudrait y aller avec prudence. Nous étions restés sur une bagarre qu'il avait gagnée, une épreuve d'humiliation et de violence physique et alors qu'il m'avait imposé sa loi, j'avais, immédiate-

84

ment après, été le témoin de sa docilité, sa tendresse vis-à-vis de l'inconnue qui avait fait irruption dans notre tanière. J'avais déjà découvert à mes dépens l'extrême susceptibilité d'Alexandre. Je devrais donc, pour la stratégie qui s'amorçait, en tenir compte. L'amour — ou plutôt, ses prémices — venait d'éveiller des instincts de ruse que je ne soupçonnais pas. J'avais été jusqu'ici entièrement dévoué à Alexandre. Désormais, j'envisageais mes relations avec lui d'une autre manière. Je calculais que notre prochaine entrevue serait importante, voire décisive. Car Alexandre représentait mon seul moyen d'accès à Anna et je craignais, si je ne savais pas m'y prendre avec lui, de gâcher ma chance de revoir la jeune fille aux longs cheveux noirs, au teint pâle et aux lèvres rouges. Son image m'avait envahi. Elle devenait un projet, une ambition, une raison de se lever le matin pour partir vers l'univers du lycée avec une autre perspective que l'ennui, le travail scolaire, l'habitude. Elle ne m'avait pourtant accordé aucun regard pendant le court instant de son apparition. Mais elle était là dans la vie, dans ma vie. Ce court instant avait suffi pour lui conférer une dimension démesurée. J'eus un sommeil agité, entrecoupé de réveils brusques.

Au cœur de la nuit, je pensais à elle, nourrissant l'espoir naïf que la force et la constance de cette pensée traverseraient les murs des immeubles, parcourraient comme une onde invisible les rues vides de notre quartier, et par la rue de Longchamp, la rue de la Pompe, l'avenue Henri-Martin, parviendraient jusqu'à son propre domicile au-dessus du square Lamartine et la contraindraient à découvrir mon existence.

Mais le lendemain matin, dans la salle de classe, le siège qu'occupait Alexandre était vide. A l'appel des noms, lorsque Dubarreuilles eut clamé : « Vichnievsky-Louveciennes » et que personne n'eut répondu, je me retournai vers celui qui lui servait de voisin, le petit Barbier :

— Où il est, Alexandre ? chuchotai-je. Qu'est-ce qu'il a ?

Son sourire se fit étroit. Il siffla :

— Tu devrais le savoir mieux que moi.

Barbier m'en voulait d'avoir pris la place de « favori » auprès d'Alexandre. C'était un jaloux, et sa jalousie lui servirait, plus tard, d'énergie pour mener sa vie d'homme. Il réussirait à la mater, la déguiser, pour se faire flatteur, attentionné, plein de sollicitude envers autrui, toujours renseigné et disert, ouvert à la conversation et prêt à tendre à tout aîné plus avancé que lui dans la carrière les accessoires nécessaires à l'exercice de celle-ci. Rond, l'œil enjôleur, les lèvres promptes aux compliments sur un ton suave, il saurait dominer cette jalousie instinctive qui l'habiterait jusqu'à son dernier jour, et cette tare deviendrait la source principale de son ardeur à paraître, sa motivation dans son incessante recherche de reconnaissance et d'honneurs. Il y mettrait comme une sorte de violence, une hargne, dont pour l'heure, l'on pouvait déceler de simples étincelles dans son regard de lycéen. Il ajouta, car il n'avait pu contenir la rancœur que suscitait mon amitié avec Alexandre, ni son plaisir de découvrir que je n'étais pas mieux informé que lui sur le sort de notre prestigieux camarade :

— Tu n'as qu'à aller chez lui, puisque vous êtes si intimes, tous les deux. Tu sais certainement où il habite.

— Silence, vous deux ! hurla Dubarreuilles et la classe put s'amorcer.

Mais j'avais retenu la perfide remarque de Barbier et le surlendemain, n'ayant toujours pas de nouvelles d'Alexandre et ne le voyant plus chez Ku où je passais pour déposer mon écot hebdomadaire dans le petit pot de grès sur le tabouret de l'entrée, je me décidai à rendre visite à mon ami. Je savais que ce n'était pas le seul souci de sa santé qui me poussait à franchir une limite qu'il avait, jusqu'ici, imposée à tout le monde. La perspective de revoir Anna l'emportait sur ma timidité. Un jour qu'il nous exhortait à plus d'efforts dans nos études, le vieux Dubarreuilles nous avait asséné la vérité sur laquelle il avait fondé son magistère :

— Quand on veut, on peut.

Je voulais revoir Anna, donc je pouvais ! Je pouvais obtenir du Capitaine Crochet qu'il m'ouvre le registre de la classe et me confie l'adresse exacte des parents d'Alexandre. Je pouvais demander à Dubarreuilles une liste des travaux qu'Alexandre devrait effectuer si sa maladie se prolongeait. Je pus enfin, à mon départ pour le lycée, annoncer à ma mère que l'on ne me reverrait pas de sitôt après les cours, car je devais me rendre au chevet d'un ami. Minuscules actions, petites décisions, qui propulsent l'adolescent hésitant dans une nouvelle phase. Ce « quelque chose » qu'il a tant attendu est en train de se fabriquer doucement. Il l'ignore, mais il sent qu'à une période floue, vide et morose est en train de succéder le temps de l'inédit, quand le cœur sautille au détour de chaque rue, quand vous sonnez à la porte de l'appartement où vivent Alexandre et son inaccessible sœur.

10

— Je ne suis pas véritablement malade, déclara Alexandre. Je garde la chambre, il y a une nuance.

Pour « garder la chambre », mon ami avait adopté une tenue aussi spectaculaire que celle qui l'avait, dès le premier jour, fait se distinguer du commun des élèves au sein de l'univers grisâtre du lycée. Il portait une robe de chambre en soie blanche, gansée de fils bleus, qui recouvrait un pyjama de la même matière et de la même couleur. Il chaussait des mules de velours bleu foncé, ornées sur la partie avant du pied des initiales AVL brodées dans un fil d'or. La touche finale de fantaisie était due à un carré de soie d'un orange lumineux, aussi volumineux qu'un foulard de magicien, et qui débordait de la poche de sa robe de chambre à hauteur de la poitrine comme une fleur au milieu d'un champ de coton. Le blanc, le bleu et l'orange m'avaient assailli lorsqu'il m'avait ouvert la porte et j'en étais resté d'autant plus interloqué que je redoutais sa réaction devant mon intrusion dans son domicile. Il n'avait pas paru étonné, au contraire.

— Ah, le voilà ! avait-il dit. Je me demandais combien de jours il faudrait au type pour qu'il trouve l'idée de venir me voir.

— Mais tu nous as toujours interdit d'aller même dans ta rue, avançai-je.

Il m'avait regardé comme si, décidément, je ne comprenais rien aux méandres et caprices de sa personnalité.

— Le type est généreux, avait-il dit, il est plein de sollicitude mais il n'est pas très subtil. Enfin, puisqu'il est là, laissons-le entrer.

Il m'avait fait signe de le suivre. J'avais alors entendu une voix qui semblait venir, à travers une porte-fenêtre, d'une chambre située sur la gauche du hall d'entrée.

— Qu'est-ce que c'est ? Qu'est-ce que c'est ? C'est quoi ? C'est qui ? C'est qui ? C'est qui ?

C'était une voix de femme, perçante, un miaulement de chat blessé, une voix malade et plaintive, qui répétait les mêmes mots jusqu'à saturation :

— Alexandre ! Alexandre, mon chéri ! C'est qui ? C'est qui ? C'est quoi ?

Au roulement des « r », j'avais reconnu le même accent russe, plus marqué que chez le frère ou la sœur. La même trace mais plus lourde, moins séduisante.

— Ce n'est rien, maman ! C'est un camarade de classe !

— C'est qui ? Comment s'appelle-t-il ? Où est-il ? Qui est-il ? Que fait-il ici ? C'est qui ? C'est qui ?

Cet échange avait eu lieu sans qu'aucun des protagonistes ne bouge. Alexandre restait immobile au centre du hall, les deux mains dans les poches de sa luxueuse robe de chambre et il répondait en criant aussi fort que sa mère, dont je pouvais percevoir qu'elle n'avait pas changé de position initiale. Il était manifeste qu'Alexandre, dans son habituelle nonchalance, n'éprouvait aucune envie de se déplacer pour ouvrir la porte de la chambre et parler sur un registre normal à sa mère et, de même, la mère semblait prendre un plaisir douloureux à s'époumoner à travers les murs, sans la moindre velléité de se lever pour voir de plus près le « c'est qui ? » dont elle avait fait un « céki », à quoi son fils répondait :

— Ce n'est rien, maman ! Ce n'est pas grave, il m'apporte mes devoirs en retard, reste dans ton lit.

L'échange s'était soudain interrompu et dans le silence qui avait suivi, Alexandre, se retournant vers moi, m'avait dit à voix basse :

— On crie souvent ici, mais c'est mieux que de se voir.

— Ta mère est malade ?

— Non, on ne peut pas appeler ça comme ça. Mais elle est souvent couchée. En fait, si tu veux tout savoir, elle passe sa vie couchée. Allez, suis-moi.

Nous avions emprunté un long, très long couloir étroit, aux murs sombres, avec des espaces vides et plus clairs, là où autrefois, sans doute, on avait accroché des tableaux. L'ensemble respirait la négligence, une odeur rance montait aux narines. A certains endroits, le papier peint décollé pendouillait en révélant des fragments de plâtre. Alexandre, au passage, faisait voleter ces lambeaux du bout des doigts, avec désinvolture, produisant un étonnant contraste entre sa silhouette de dandy, ses vêtements luxueux, et ce couloir dont la laideur mais surtout l'état délabré me surprenait, m'attristait presque. Alexandre, marchant devant moi, eut ces mots :

— Le type ne doit se préoccuper que de l'essentiel, c'est-à-dire la destination finale et n'accorder aucune importance aux voies d'accès, forcément banales, donc négligées !

La « destination finale », la chambre d'Alexandre, offrait, en effet, de quoi faire vite oublier le lugubre et malodorant corridor. C'était une vaste pièce aux larges proportions, harmonieuse, raffinée, dessinée en demi-cercle, aux murs tendus d'un tissu jaune clair. Les meubles en chêne clair, du Jean Royère, deux fauteuils, un lit-sofa, des poufs à la marocaine étaient recouverts du même matériau mais de couleur bleu ciel, cette fois. Sur la cheminée en stuc, sur plusieurs étagères, sur une commode, on pouvait voir toutes sortes d'objets dont seule mon inculture m'empêchait de définir l'âge, le coût ou l'origine. Mais un œil, si peu connaisseur fût-il, ne pouvait en ignorer la beauté. Il y avait des faïences, des pots à tabac, des chevrettes ; des petits miroirs triangulaires ; du verre de Venise ; des œufs russes ; des pots en argent, des timbales, une cuillère en bois laqué; des miniatures; un peu de bronze; une sonnette chinoise; des livres reliés et des albums en tas faussement désordonnés; des cadres; un vase ancien; un soulier de bal serti de pierres précieuses; des boules d'agate et de jade. Les couleurs et les choses se mélangeaient en un ensemble insolite mais non hétéroclite, le tout mis en valeur par les lourds rideaux de taffetas clair qui encadraient une large baie donnant sur un balcon au-delà duquel — on était au premier étage — on pouvait deviner les arbres et les aires de sable du square Lamartine. La chambre aurait pu être celle d'un collectionneur adulte aux goûts précieux, à la personnalité affirmée, mais il eût été impossible d'imaginer qu'un lycéen de quinze ans vivait, dormait et étudiait là si un ballon de rugby, une raquette de tennis, un matériel d'escrimeur, fleurets et masques, une cravache et des bottes, une bombe d'écuyer n'avaient pas été amassés en vrac, dans un coin de la pièce, comme pour démentir et presque combattre tant de recherche et de sophistication, tant de féminité.

— C'est beau? Tu n'es pas obligé de dire que ça te plaît, me dit Alexandre. Il m'arrive de détester cette pièce.

Devant mon silence, Alexandre ajouta :

— C'est Anna qui a fait la pièce. Elle adore décorer, d'ailleurs elle change tout le temps. A mon avis, ce tissu ne va plus lui plaire au-delà de trois mois et on passera bientôt au chintz ou au blanc cassé.

Il s'allongea sur le lit, faisant valser ses mules à

travers la pièce dans un geste boudeur. Je ne comprenais pas le rapport qui existait entre cette grande chambre bleu et jaune, cette lumière et ces objets, ces gravures, et la modeste demeure de Madame Ku où Alexandre semblait tant aimer se réfugier. Je me souvenais, cependant, de la satisfaction avec laquelle, la première fois qu'il m'avait installé à la table de Ku dans l'atmosphère de thé russe, dans la fumée du samovar et du tabac, Alexandre avait dit :

— On est bien.

Là-bas, chez Ku, il était maître de son territoire, régisseur de notre club secret. Ici, il était prisonnier de sentiments contraires, partagé entre son goût excessif pour la parade et l'élégance, le luxe et sa volonté de paraître vieux avant l'âge, ainsi que sa dépendance des choix effectués par la sœur, cette Anna dont l'influence, maintenant qu'il m'avait livré une ou deux clés de leur univers, semblait de plus en plus forte. Et puis, il y avait cette mère, couchée à l'autre bout de l'appartement et qui hurlait sans se montrer. Et cela contribuait à donner à la pièce et à l'instant une sensation de hantise. Tout était piégé, double, compliqué, attirant mais aussi effrayant.

— Parle-moi de la classe, me dit-il. Que se passe-t-il ? Dubarreuilles a-t-il fait des remarques sur mon absence ? Tu veux savoir ce que j'ai ? Je ne le sais pas vraiment moi-même. Le docteur dit que je souffre d'un excès d'albumine. Il faut que je garde la chambre en ce moment. C'est l'expression à la mode : garder la chambre.

— Mais tu vas revenir quand ?

— Je ne sais pas. Pour l'instant, je ne dois pas trop bouger.

— Et qu'est-ce que je dis à Ku ?

— La vérité. Mais surtout, tu ne lui donnes pas de souci. Occupe-toi bien d'elle, s'il te plaît, c'est ma vraie Babouchka. Je te donnerai de l'argent pour elle. Il faut que tu continues d'y aller régulièrement, même sans moi.

La porte s'ouvrit brusquement et Anna entra, les bras chargés de fleurs et de paquets enrubannés, des boîtes rose et blanc. Ce fut un tourbillon, comme la première fois chez Ku : elle créait la même impression de mouvement et de lumière autour d'elle, réduisant d'un seul coup à néant tout ce qui se trouvait dans son environnement immédiat. Je ressentis la même émotion, la même crainte et le même trouble, comme si je perdais une partie de moi et plongeai dans la contemplation de cet être unique. Je la regardai, heureux de la revoir, captivé par sa personne, oubliant Alexandre et ses récents propos, aveugle à tous les éléments qui avaient jusque-là accaparé mon attention, éveillé ma curiosité. La pochette orange, le sofa bleu, le tissu jaune, le climat de cet appartement, tout avait disparu. Elle remuait son corps, ses bras, sa chevelure, comme dans une danse intime et sacrée. Elle avait pris entière possession du lieu dans lequel elle venait d'apparaître. Vêtue d'un imperméable droit et blanc, doublé d'une peau de bête beige, elle posa ses fleurs et paquets sur le premier guéridon venu, se jeta sur le corps d'Alexandre, l'embrassa sur les lèvres à pleine bouche comme au cinéma — je ne pouvais encore m'habituer à leurs baisers « à la russe » —, puis se redressa et entreprit de défaire les paquets, répartir les fleurs dans des vases, dénouer les rubans, disposer tel vase sur telle commode, tel autre sur telle étagère, et cela dans un déploiement d'énergie et de gestes, de paroles qui remplissaient l'air de la pièce et annihilaient toute possibilité de réplique. Elle faisait de nous deux un public ébahi, charmé par ce spectacle vivace, ce mélange de fougue et d'organisation, rythmé par la musique de sa voix et par un bavardage qu'elle savait artificiel et qu'elle entrecoupait de petits rires, de courtes respirations, sur un ton amusé et parodique :

— Mon chéri, bonjour, je t'aime, je t'ai apporté de quoi égayer ta misérable cellule de douleur, du jaune, oui du jaune, ne proteste pas, ce sont des jonquilles, j'ai eu un mal fou à en trouver en cette période de l'année, du jaune qui va se marier, se camaïeuter, oserais-je dire, avec ton tissu, et puis du blanc, il faut toujours du blanc, des roses, voilà ! On va les poser là, je t'ai aussi trouvé quelques mignardises chez Sineau, du nougat, des cachous, des macarons et des gaufrettes, des Arlettes aussi, ah ! tu fronces le sourcil, ton docteur est contre les sucreries peut-être ? Oui, j'ai oublié, pardonne-moi, quelle erreur ! Nous les distribuerons donc à nos gens, je vais te faire du thé comme tu l'aimes, nous allons nous raconter notre journée, donne-moi le temps d'ôter mes vêtements de jour et de pluie, je reviens tout de suite, mon chéri, à tout de suite, je suis là !

Elle sortit à la même allure, rapide et svelte, après avoir disposé vases et bouquets, étalé gâteaux et friandises, et fait plusieurs fois le tour de la pièce comme si elle avait suivi un plan préordonné, laissant derrière ses virevoltes et ses entrechats un sillage de parfum, l'odeur de son corps, la fraîcheur d'une eau de Cologne, les senteurs des pâtisseries et des jonquilles, et j'aurais, une fois la porte fermée, presque cru voir retomber une sorte de poussière dorée, pareille à celle qui, dans les récits ou illustrations d'enfance, descend des doigts ou des baguettes des fées et des anges. La chambre jaune et bleu parut vide et silencieuse.

Alexandre murmura :

— Je l'adore, et parfois je la hais.

Puis il se plongea dans la lecture des devoirs de classe que j'avais commencé de lui distribuer avant qu'Anna ne fasse irruption dans la pièce. J'étais resté assis sur le pouf au bord du lit d'Alexandre pendant le fugace instant de cette deuxième apparition d'Anna dans ma vie, mais j'éprouvais maintenant le désir de me lever. J'allai jusqu'à la fenêtre donnant sur le balcon.

Une indicible tristesse s'empara de moi. Cette jeune fille était étrange et imprévisible. Sa malice et son expérience, sa beauté la rendaient hors d'atteinte pour le nain balourd que j'étais. Je me sentais, en outre, humilié par son indifférence à mon égard.

Que dis-je, indifférence — ignorance complète! Je n'existais pas pour elle. Elle ne m'avait pas vu, ne m'avait pas accordé un mot ou une phrase, un sourire ou un regard. Elle avait valsé autour de la pièce et de son frère comme s'ils avaient été seuls dans leur décor jaune et bleu et comme si je n'avais été qu'un des objets disposés dans ce théâtre. Oui, c'était cela, il s'était agi d'une entrée théâtrale, interprétée avec talent par une actrice de théâtre, dans un décor de théâtre et je n'avais joué qu'un rôle de comparse, pas même ce que les théâtreux appellent un figurant, tout juste une silhouette! Du théâtre! ces êtres-là vivaient comme au théâtre! Une bouffée de violence, un dégoût de leur comédie traversèrent mon esprit et je compris confusément ce que son frère avait voulu dire lorsqu'il m'avait avoué : « Je la hais. » Car j'éprouvais comme une détestation de ce privilège dont elle semblait jouir, ce cadeau que lui avait fait la vie et qui la propulsait loin de moi. Mais tout aussitôt, le « je l'adore » d'Alexandre reprenait le dessus. Le ravissement qu'elle créait revenait à la surface et l'emportait sur l'autre émotion. Comme elle était belle, drôle, insaisissable, entraînante! comme j'avais envie de m'abandonner à ce mouvement qu'elle faisait naître par la seule grâce de ses gestes et de sa voix! Si seulement elle m'en donnait l'autorisation, si seulement elle daignait m'admettre dans son espace...

— Le type me tourne le dos depuis très longtemps. Qu'est-ce qu'il a, le type?

La question d'Alexandre m'arracha à mes songes et je lâchai involontairement :

— Le type ne comprend rien à la sœur du type.

— Ha, ha ! ricana Alexandre. C'est parce qu'elle ne s'est pas intéressée à toi ? Mais, mon petit vieux, elle fait ça avec tout le monde.

— Sauf avec toi, dis-je.

— Dis donc, je suis son frère. Nous nous aimons.

Je me retournai vers lui. Il avait mis de côté ses devoirs et jouait avec la flamboyante pochette, son regard pénétrant me fixant comme pour déchiffrer les sentiments qui m'agitaient. Je me pris à rougir, craignant qu'il ait tout lu sur mon visage.

— Elle va revenir, dit Alexandre. On boira le thé ensemble.

Mais elle ne revenait pas. Et bientôt, j'entendis les cris.

11

C'était plus lointain, plus incompréhensible mais plus violent que précédemment, lorsque Alexandre avait correspondu avec son invisible mère. Il était aisé de reconnaître, dans les cris, la voix d'Anna qui répondait à celle de la mère, et les deux voix de femmes avaient plus de véhémence. Je ne pouvais deviner s'il s'agissait d'une querelle, de reproches auxquels répondaient des sarcasmes, de plaintes auxquelles faisaient écho des justifications, mais le volume et la densité des hurlements l'emportaient en force, en âcreté.

A travers les portes et dans la distance du long couloir, des mots nous parvenaient, déformés, démembrés. On entendait des « tais-toi ! tais-toi ! » ou des « souffrir » ou encore des « assez, j'en ai assez ! » et cela semblait plutôt émaner de la mère ; à quoi répondaient des « ce que je veux ! » ou des « m'est égal » ou des « ma vie à moi ! », et ceux-là étaient proférés par Anna. Et aussi, ces gémissements de chat qu'on égorge, et puis plus rien, subitement, le silence suivi d'une ruée vers la chambre, vers nous, et la porte qui s'ouvre à nouveau et Anna, échevelée, qui s'élance sur le lit de son frère, enfouit sa tête dans la belle robe de chambre de soie blanche, et je l'entends sangloter et dire :

— Si tu savais de quoi elle m'accuse ! Si tu savais ce qu'elle m'a dit, cette fois-ci.

Et Alexandre, le visage à moitié dissimulé par la masse de cheveux noirs de sa sœur, répétant à voix douce, comme on parle à un bébé :

— Annoushka, Annoushka, Anna, mon Anna, calme, calme.

Puis, s'apercevant que, gêné et fasciné, je les regarde, il se redresse et la secoue.

— Nous ne sommes pas seuls, Anna, dit-il.

Alors, elle pivote vers moi, les yeux déjà secs. Le chagrin et la colère ont laissé leurs traces sur les joues et dans le regard, mais je trouve que cela la rend plus belle. Elle a un sourire étonné.

— Qui est-ce ?

— C'est mon ami, dit le frère. Tu l'as déjà rencontré chez Ku.

Anna se détache d'Alexandre, se lève, et remet d'un geste des mains un peu d'équilibre dans sa coiffure.

— Ah oui, dit-elle, peut-être en effet, oui. Et quel âge avez-vous ?

Surpris qu'Anna se soit enfin décidée à me parler, je bredouille :

— Euh... le même âge qu'Alexandre.

J'entends rire Alexandre. Anna accompagne son

frère dans ce léger accès de moquerie et me dit sans
méchanceté, mais sur un ton dans lequel je crois
discerner la condescendance des grandes personnes
à l'égard des enfants :

— Le même âge sans doute, mais vous me
paraissez un peu plus niais que lui.

C'est un coup qui me perce, je me sens grimacer.
Anna s'en aperçoit et s'approche de moi, tend ses
doigts vers ma joue, comme pour une rapide et
impalpable caresse.

— Ne prenez pas cela mal, dit-elle. J'ai plutôt
voulu dire innocent, pas niais. Il y a une nuance.

— Merci, dis-je.

— Merci pour quoi ? fait-elle en riant.

Incapable de répondre, je lui souris, mais elle m'a
oublié d'un seul coup et je la vois quitter une
nouvelle fois la pièce. Il n'y aura pas de thé et je
partirai bientôt à mon tour, laissant Alexandre sur
le pas de la porte d'entrée de l'appartement, qui me
dira :

— Reviens me voir. Si je ne suis pas guéri, tu
reviens.

J'approuve de la tête et descends le grand escalier
de marbre tapissé de grenat, pour me retrouver dans
la petite rue, face au square Lamartine. Je me sens
heureux. Anna m'a parlé. Elle me trouve jeune et
niais — l'horrible vérité ! — mais elle sait au moins
qui je suis et j'ai senti le bout de ses doigts sur ma
peau. Cela seul compte.

Je rentrai chez moi par l'avenue Victor-Hugo, alors que les réverbères s'allumaient les uns après les autres dans le soir froid de l'hiver. Je n'avais même pas remarqué qu'il faisait nuit et que j'avais donc passé plus d'une heure chez les Vichnievsky-Louveciennes. J'empruntai la rue de Longchamp. Anna et Alexandre occupaient toute ma pensée. Je me disais que j'avais accompli un grand progrès dans ma découverte de leur monde. Ils me faisaient peur et ils m'intriguaient ; les images, les sensations contradictoires se bousculaient dans mon souvenir immédiat. A peine venais-je de vivre les moments que je viens de rapporter que déjà, dans mon imagination, ils cherchaient leur place. Je ne trouvais que peu de réponses à toutes les questions que je me posais sur le comportement de la mère, le chagrin spectaculaire et pourtant si vite dissipé d'Anna, les humeurs d'Alexandre, le raffinement de son intérieur. Tout tournait dans ma tête : je me demandais à quoi pouvait ressembler l'univers d'Anna et dans le même temps je me perdais en conjectures à propos de la mère. Était-elle folle, malade ? Quel avait été l'objet de la dispute avec sa fille ? J'avais eu l'impression que ça n'était pas la première du genre et que, au contraire, ces enfants obéissaient à une sorte de routine et respectaient un rite dans leur attitude vis-à-vis de cette femme invisible.

Mais rapidement, le malaise, que déclenchait cette présence-absence d'une femme hurlant à travers portes et couloirs, s'évanouissait pour faire place à la joie et l'appréhension provoquées par ma deuxième rencontre avec Anna. Et bien que n'ayant jamais éprouvé ce sentiment jusque-là, je percevais, alors que j'allais franchir la porte de mon propre immeuble, qu'il me serait littéralement insupportable d'attendre toute la nuit et toute la journée du lendemain au lycée, avant que d'approcher une nouvelle fois la jeune fille. Je me mis au lit sans m'être alimenté. Je crus que je ne pourrais m'endormir. Pour occuper mon insomnie, je voulus évaluer mes chances de revoir Anna et je conclus qu'il était indispensable que son frère « garde la chambre » aussi longtemps que possible. Je me surpris à prier :

— Pourvu qu'Alexandre ne guérisse pas !

Puis je plongeai dans le sommeil même si, trompé par mon exaltation amoureuse, je m'étais flatté de ne plus pouvoir fermer les yeux. Mais je me mentais à moi-même : je dormais. Et je dormais bien, lourd, dense, profond, massif, je dormais sans rêves, je dormais du sommeil de ceux qui ont enfin trouvé leur raison d'être.

12

Le lendemain, et cela me parut d'abord étrange mais je m'y accoutumai vite, le jour ne ressemblait pas aux autres jours. La lumière dans la rue n'était plus la même. Il faisait plus clair et plus gai, malgré le froid qui s'était abattu depuis quelque temps sur la ville.

Il n'y avait plus rien de gris autour de moi. Le lycée vers lequel je me dirigeais m'apparaissait, dans le jour qui se levait, comme nimbé de rayons bleu et argent et je remarquais les rouges et les jaunes, les verts et les oranges aux vitrines des magasins, sur les foulards des femmes, ou à travers les carreaux des deux bistrots qui jalonnaient mon parcours. Même les arbres, nus en cette période hivernale, me faisaient des signes de complicité. Sur les visages de mes camarades comme ceux des professeurs, ou des inconnus que je croisais dans la rue, je croyais lire un sourire, de la sympathie et de la bonté, ou la simple adhésion au sentiment euphorique qui m'habitait. Ils m'aimaient, je les aimais, la vie n'était pas ce défilé litanique de tristesse et d'habitudes, ce cortège de consignes et de fardeaux imposés par les adultes. Je marchais sur de l'ouate, que dis-je, je marchais ! je dansais sur mes jambes d'adolescent amoureux et j'aurais voulu sauter par-dessus les grilles, valser autour de l'estrade du vieux Dubarreuilles, et entamer sur le ciment de la cour une ronde dans laquelle j'aurais entraîné les jeunes gens de mon âge en leur criant le prénom de celle qui avait transformé ma vision du monde.

Il ne s'était pourtant rien passé qui méritât une telle allégresse. Mais il allait se passer ceci : après la classe, j'irais chez Alexandre, Anna ne manquerait pas d'apparaître, et je ferais un peu plus sa connaissance, et je l'intéresserais à moi, et nous nous parlerions, et elle me gratifierait d'une nouvelle caresse peut-être, un baiser sur la joue, qui sait ? Ma journée, alors, prendrait le sens que je devinais et qui m'avait, en avance sur l'événement, mis dans cet état de grâce. Une fois seulement, mais une fois terrible, avant l'heure qui me permettrait de retourner chez les Vichnievsky-Louveciennes, je connus un brusque accès de dépression, un trou noir, comme un manque d'oxygène, une inexplicable vague d'angoisse. Je me demandai soudain : sera-t-elle là ? Ai-je une importance quelconque pour elle ? En aurai-je jamais ? Ne suis-je pas trop insignifiant, trop jeune ? A quoi sert de m'enthousiasmer ainsi ? La caresse sur les joues n'était pas une marque d'affection ni une ébauche de séduction, mais une aumône, un geste de pitié car j'étais humilié par les mots qu'elle avait utilisés. Elle aime certainement quelqu'un d'autre, et sans doute est-elle aussi aimée. Comment ne le serait-elle pas ? Qui suis-je et que suis-je, sinon ce « ver de terre amoureux d'une étoile » dont parle le poète ? A quoi bon mes efforts, mes espoirs ? A quoi bon vivre ?

Et puis la vague disparaît, me laissant vide et creux. Soudain, j'ai faim. C'est l'heure de la récréation. Je réussis à sortir dans le dos du Capitaine Crochet, pour me ruer vers la pâtisserie Long-champ, de l'autre côté de la rue face aux grilles d'entrée, et y acheter deux pains ronds aux raisins, les dévorer en courant pour rejoindre la cour avant que la cloche ne retentisse. Les aliments pèsent sur mon estomac pendant la classe de latin. A la pause suivante, je vais vomir dans les toilettes situées dans la cour. Je me sens patraque, j'ai du mal à suivre le professeur, je m'interroge : c'est donc cela, être amoureux ? C'est cela, oui : subir en une journée d'incompréhensibles assauts, être la proie d'émotions contraires, n'avoir aucune prise sur soi, aucune maîtrise de ses sens, et s'être imaginé que la journée était exceptionnelle et belle, alors que, à nouveau, je la trouve sans joie. Le ciel s'assombrit, les rues se rétrécissent, le soir tombe, il tombe vite, c'est l'hiver, et lorsque je sonne chez Alexandre, j'ai l'impression de me présenter comme un condamné prêt à toutes les expiations.

— J'ai une excellente nouvelle pour le type, me dit Alexandre. Le type ne va pas en revenir !

Il portait la même robe de chambre que la veille, même pyjama et mêmes mules, mais il avait changé de pochette. C'était toujours un carré de soie, aussi éblouissant et abondant, mais d'un violet vif et tacheté de pois blancs, une merveille de mauvais-bon goût, comme il m'avait appris à définir ses choix vestimentaires.

— Tu devrais comprendre, m'avait-il dit un jour chez Ku, alors que nous refaisions le monde, que ce que lord Byron a dit ou laissé dire : à savoir que l'élégance consiste à passer inaperçu, est complètement faux. Je connais un autre précepte qui vaut tout autant son pesant d'or : l'homme d'exception doit prendre le risque de choquer et le choc peut venir du mauvais goût. La fausse note, dans un ensemble harmonieux, n'est plus une fausse note. C'est un trait de génie, la pomme de Picasso, le chapeau melon de Magritte.

Je l'avais écouté, bouche bée devant tant d'invention et de culture. Cela se passait avant que je rencontre sa sœur et que je découvre leur intérieur, square Lamartine. A ce moment-là, les sentences d'Alexandre sur l'allure et l'élégance, l'apparence et les couleurs m'avaient paru incongrues pour un garçon de son âge. Aujourd'hui que je mesurais mieux l'influence constante d'Anna sur lui, le « mauvais-bon goût » m'attirait autant mais je l'admirais moins, puisque je commençais à deviner qu'il ne faisait que répéter les opinions d'Anna. Il mimait sa sœur. Il lui avait emprunté ses idées et ses attitudes. Et je me disais aussi que lorsque je l'avais observé, au début de notre rencontre, quand il s'adossait à la colonne de fonte dans la cour du lycée, avec ce regard perdu dont je m'étais demandé s'il ne se dirigeait pas vers quelqu'un d'autre, mon intuition avait été juste. Alexandre pensait à Anna, conversait à distance avec elle. Et cette impression qui se dégageait de notre camarade, selon quoi il n'était jamais parmi nous mais paraissait communiquer avec « ailleurs », reflétait la dépendance dans laquelle le tenait sa sœur. Je ne m'en étonnais pas : si elle avait réussi à autant remplir ma propre vie, envahir ma tête, mon corps et mon cœur, il était normal qu'Alexandre, qui vivait sous le même toit qu'elle et avait grandi à ses côtés, la voyait autant qu'il pouvait, partageait les petits moments de l'existence au sein d'une même famille, et combien de secrets, de chagrins ou de rires, que je ne saurais comptabiliser, il était normal qu'il devînt son alter ego, le reflet de son étincelante et surprenante personnalité.

— Voici de quoi il retourne, me dit-il avec un air de conspirateur en me faisant asseoir sur le rebord de son lit qu'il avait rejoint, à peine étions-nous parvenus dans sa chambre. Je suis de plus en plus fatigué et il paraît que je suis plus malade qu'on ne le croyait. Non seulement je dois garder la chambre, mais il va falloir que je reste longtemps et beaucoup étendu, sans trop bouger.

— Ah bon, dis-je.

Un silence. Puis :

— Donc, je ne peux l'accompagner dimanche au concert. Donc, c'est toi qui l'accompagnes.

— Qui ?

— Ben, Anna, voyons !

Il me regarda avec cette sorte de dédain propre aux enfants Vichnievsky-Louveciennes auquel j'allais vite m'habituer. Occupés de leur seule personne, dévorés par leur passion pour eux-mêmes, convaincus de leur différence, leur supériorité au milieu de la banalité des autres et de la platitude des jours, ils prenaient pour acquis que je sache, d'ores et déjà, tout de leurs goûts et leurs choix. Ainsi pour Alexandre, puisqu'il m'avait admis dans son univers, que je sache tout du calendrier d'Anna. Enfin, voyons ! Anna allait tous les dimanches au concert ! c'était une évidence ! Le monde entier était au courant et en tout cas, sinon le monde, du moins le XVIe arrondissement tout entier ! Comment ne pouvais-je déjà pas le savoir ? Habituellement, il lui servait d'escorte, m'expliquat-il. Car elle refusait d'accorder, à un seul des « 1 300 soupirants » qui la lui demandaient, la faveur de siéger à ses côtés pour écouter de la musique symphonique. Aussi bien, comme en de nombreuses autres circonstances, Alexandre suivait Anna, servait Anna. Choisissant son propre frère, elle ne faisait ainsi offense à aucun des garçons qui tournaient autour d'elle.

— Mais là, je suis trop fatigué. Alors je lui ai proposé que tu y ailles à ma place, que cela soit toi.

Je restai muet. Il eut son fin sourire ironique. Il s'esclaffa :

— Figure-toi qu'elle a accepté ! Je vois que le type est éberlué. Interloqué. Je dirais même : ébaubi. Oui, c'est bien le mot : é-bau-bi ! Le type n'en croit pas ses oreilles mais le type est un âne ! Le type va traverser le couloir et frapper à la première porte sur sa gauche. Il verra Anna qui l'attend pour lui donner quelques détails supplémentaires.

Il me poussa des deux mains, me forçant à quitter ma position assise.

— Allez, lève-toi ! Elle est prévenue de ta visite.

La perspective de cette rencontre, ainsi que cette invitation au concert, au lieu de m'enthousiasmer, me plongèrent dans une brusque et courte frayeur. Je voulus reculer devant l'obstacle.

— Je ne sais pas si je serai libre dimanche, murmurai-je. Je ne sais pas si mes parents accepteront.

Je vis alors sur son visage le même vice, la même rage froide et contenue qui l'avait animé lorsque je m'étais permis de le railler lors d'une surprise-partie, la même volonté de me faire mettre genou à terre.

— Tu ne vas pas m'exaspérer avec des histoires de parents et des prétextes d'horaires ! Tu te rendras libre et tu iras, parce que j'ai déjà donné un accord à ta place. Tu iras, je le veux.

Il en tremblait presque. Sa réaction était si violente qu'elle m'étonna. Je me demandais si mon doute n'allait pas l'affaiblir vis-à-vis d'Anna. Car il

111

redoutait de la décevoir. Il avait peur d'elle comme j'avais peur de lui, mais j'avais aussi peur d'elle, car l'amour qui s'ébauchait autour de moi et en moi m'avait mis la peur au ventre.

Alexandre retrouva son calme.

— Et puis, arrête un peu, je sais que tu meurs d'envie d'y aller. Fais preuve d'un peu d'initiative pour une fois, montre-moi que tu es un homme, pousse cette porte et va voir Anna. Tu sais, mon cher, il faut que tu saches qu'il y a des brigades de jeunes gens dans Paris qui donneraient n'importe quoi en ce moment pour se trouver à ta place !

Je lui obéis. Je sortis et frappai à la première porte qui se présentait à moi, dans le couloir délabré et obscur au bout duquel je sentais, sans cette fois l'avoir entendue, l'invisible présence de la mère. J'attendis qu'une exquise voix au subtil accent russe, la voix grave et cristalline d'Anna, me dise :

— Entrez donc.

Et comme j'hésitais encore, la voix se fit plus insistante, enjôleuse, drôle et coquette :

— Mais entrez, voulez-vous bien ! Vous êtes attendu.

Mes peurs dissipées, dès lors, et charmé par ces derniers mots qui me rassuraient et me flattaient, je pénétrai chez Anna, comme on va à un rendez-vous avec l'inconnu.

13

Elle était vêtue de noir. Elle avait l'air sérieuse, et noire.

— Ce vendredi est un jour de deuil, me dit-elle.

Elle s'assit, en tailleur, déployant sa jupe sombre sur un tapis rouge, entrelacé d'or.

— Bonjour, continua-t-elle, ou plutôt bonsoir, car il est plus de cinq heures et c'est le soir, n'est-ce pas, le soir qui commence, avec son cortège d'angoisses et d'interrogations, et de deuil. Asseyez-vous là, face à moi, sur le tapis.

Elle portait un chemisier de soie noire, rehaussé d'une simple broche argentée, dont les deux premiers boutons s'ouvraient sur une peau claire et qui semblait veloutée. Autour de son cou, une petite chaînette d'argent avec, pendant juste au creux de la naissance de la gorge, une croix d'ébène sertie de menus clous brillant comme des diamants. Elle saisit la croix entre ses doigts, ayant suivi mon regard, joua avec, puis la laissa retomber, de cette façon harmonieuse qui vous rendait si attentif à chacun de ses mouvements : la suggestion de ses dents blanches à l'ébauche d'un sourire mélancolique ; les sourcils arqués au moindre changement d'un visage mobile, traversé par toutes les expressions ; la lumière dans ses yeux dont j'avais peine à suivre chaque éclat. L'amour béat que j'éprouvais à l'égard de la jeune fille avait décuplé l'intensité de mon observation. Tu es là, seul avec elle, me disais-je, n'en perds pas une seconde, n'en néglige aucun instant et profite de ta chance !

— J'ai décidé de porter cette croix pour quelques heures, me dit-elle, un petit signe comme ça, en cette journée de deuil. Que voulez-vous, parfois, notre « russité » nous saute à la gorge.

— « Russité » ?

— Ah ! fit-elle en riant, mais c'est qu'il parle !

Allait-elle, comme son frère, m'accabler de son sarcasme ? D'où leur venait cette inclination à toujours vous pousser dans les traquenards de leur ironie ? Anna, plus fine qu'Alexandre, dut lire sur mon visage l'amorce de ma vexation. En un sourire, qu'elle m'offrit comme si j'étais le premier jeune homme en cette journée de deuil (mais quel deuil ? m'évertuais-je à comprendre) à bénéficier de ce privilège — elle balaya sa remarque et enchaîna avec chaleur :

— C'est si gentil de votre part d'accepter de remplacer Alexandre au pied levé. Vous êtes exquis. Vous verrez, vous n'allez pas perdre votre temps, ça va être un beau concert, nous allons entendre le grand Kempff.

— Formidable, dis-je. Je suis très heureux.

Qui était Kempff? Qu'est-ce que c'était que la « russité » ? J'avais résolu d'en dire le moins possible pour dissimuler mon inculture et ma balourdise.

— Eh bien, moi aussi, dit-elle, je suis heureuse car Alexandre m'a dit beaucoup de jolies choses sur vous, et sur la finesse de votre goût. Est-ce que vous aimez ma chambre ?

Je parcourus du regard ce qui m'avait échappé depuis mon entrée chez Anna. J'avais été, comme à chacune de nos rencontres, accaparé par sa seule présence. Quand je me retrouvais en face d'elle, plus rien d'autre ne comptait que son visage, ses yeux, son corps, et il me fallut faire un effort pour détailler les rideaux rouges, les boiseries, les fleurs coupées, l'éclectisme de ses choix, mais autant j'avais été étonné par la chambre d'Alexandre, autant le décor d'Anna ne réussissait pas à m'intéresser. Car c'était vers elle que se concentrait mon attention. Elle s'en aperçut vite, au point de rire à nouveau, malgré la tenue « de deuil ».

— Allons, cessez de me dévorer ainsi des yeux. Même venant d'un enfant comme vous, cela peut devenir gênant.

Je protestai :

— Je ne suis pas un enfant. Et vous n'êtes pas tellement plus âgée que moi.

Elle fronça le sourcil, mutine.

— Je ne vous savais pas capable de vous rebeller ainsi, dit-elle. Alexandre a donc eu raison : « Le type a du caractère ! »

Elle se retourna vers un plateau d'argent, posé

derrière elle à même le tapis, et que l'ampleur de sa jupe avait dissimulé à mes yeux. Elle fit pivoter l'objet et le posa entre nous. Il y avait des friandises, des gâteaux secs, une grande théière et des tasses. L'odeur familière, celle du thé russe, vint remplir le court espace qui nous séparait.

— J'ai cru comprendre que dans votre petit territoire secret, chez Madame Kudlinska, mon frère vous avait déjà initié aux rites qui nous sont chers. Citron ? Sucre ?

Elle baissait les yeux vers la porcelaine et le service en argent, mais ne cessait de les relever vers moi dans un jeu de cils et de sourcils, comme les petits battements de sa pensée, et je tentais de les suivre, mais à chacun de ses regards il me semblait qu'une expression différente avait passé : intérêt, humour, tristesse, volonté de me tester, jeu de dame, jeu de femme. Son court manège terminé, le thé servi et les objets posés, elle but une lente gorgée, sans bruit, avec un tel recueillement que je m'interdis de l'imiter, convaincu que je n'arriverais pas à déguster d'une aussi raffinée manière et que chacun de mes gestes trahirait un peu plus la distance qui me restait à parcourir pour égaler son niveau de distinction et d'aisance. Elle reposa la tasse, effleura le rebord de ses lèvres d'un fin napperon aux couleurs mauve et orange et son visage revint à quelque chose de moins méditatif, moins composé, plus bienveillant, protecteur.

— Vous êtes sans doute amoureux de moi, dit-elle sans ambages, comme cela arrive à la plupart des garçons que je rencontre et rien au monde ni personne, et surtout pas moi, ne peut vous l'interdire. Mais faisons un accord, voulez-vous? Décidons que nous le savons tous les deux et restons-en là. Je ne vous empêche pas de m'aimer, mais je vous ordonne de ne m'encombrer jamais avec ce sentiment ou même avec une seule manifestation extérieure de ce sentiment, *jamais!* A ce prix, peut-être, deviendrons-nous des amis.

Comment répondre? Personne ne m'avait jamais ainsi parlé. Je chavirais dans une situation à laquelle la vie ne m'avait pas préparé. Je me sentais démasqué, et heureux de l'être, mais simultanément écrasé par la limite qu'Anna me prescrivait de manière polie, certes, mais sans espoir de négociation.

— Qu'en dites-vous? Vous n'en dites rien? Alors nous sommes d'accord puisque qui ne dit mot consent, penchez-vous donc que je vous embrasse.

Avec autorité, elle fit basculer ma tête entre ses deux mains, me forçant à me courber vers elle au-dessus du plateau et de la théière et elle déposa sur mon front un baiser fragile, sans équivoque. Mais ses mains avaient touché mes tempes, j'avais respiré son parfum, odeur de santal, de poivre et de bruyère, et cela m'avait secoué, comme un courant électrique. Je n'avais pas pensé plus avant. Un événement nouveau, avec sa marque originale et indélébile, venait de m'arriver dans cette chambre. Je me disais que ce n'était rien, mais mon inexpérience absolue de ces choses ne m'empêchait tout de même pas de déjà comprendre qu'en amour, rien n'est jamais vraiment tout à fait rien. Aussi, me sentis-je transfiguré, et parvins-je à lui dire :

— Anna, vous pourrez toujours compter sur moi.

— Eh bien, parlons-en, dit-elle sans attendre. Vous viendrez me chercher ici entre quatre et cinq heures, dimanche. Nous emprunterons l'autobus pour le Trocadéro et de là, nous entrerons au Palais de Chaillot. Les billets seront au contrôle. Vous me raccompagnerez après le spectacle. Levez-vous, maintenant, j'ai encore beaucoup à faire et puis Sania désire peut-être vous revoir avant que vous quittiez notre appartement.

C'était la première fois qu'elle employait ce diminutif à propos de son frère. J'y vis une marque de confiance supplémentaire de sa part, qui me permettait peut-être d'amorcer un pas de plus dans son cercle intime. Cette simple notion suffit à embuer mes yeux. En me retournant pour lui dire au revoir, elle était restée assise, j'aurais dû prendre conscience, alors, de mon entière vulnérabilité. Cette jeune personne vêtue de noir, qui me souriait avec quelque détachement, cette impeccable personne aux cheveux souples et aux lèvres fraîches, fermée sur ses secrets, maîtresse de ses comédies, styliste de ses mensonges, aurait pu faire de moi tout ce qu'elle aurait voulu. Mais je ne le savais pas. Son baiser, son parfum et l'accent avec lequel elle avait prononcé le mot « amoureux », le même accent qui donnait à ce « Sania » l'exotisme de ses origines, toute sa « russité », l'instant exclusif que je venais

118

de passer en sa compagnie sur le tapis rouge entrelacé d'or, balayaient le reste. Je ressassais ces quelques bribes de bonheur et de surprises, je me les répétais, comme cet air de cithare qui vient et revient sans que vous puissiez vous en défaire.

14

Il est un air, en effet, qui date précisément de cette période, mais c'est au cours de ces semaines hivernales que j'en découvris, avec des milliers d'autres gens, la nostalgique litanie — l'air du *Troisième homme*, qu'interprétait un musicien viennois inconnu, Anton Karas.

Je ne saurais situer aujourd'hui si l'arrivée d'Anna dans mon adolescence précéda ou suivit l'intrusion dans l'air du temps des sanglots et des scandés du cithariste aux doigts agiles, mais je ne peux conjuguer mon passé — ce passé-là — sans mêler étroitement cette insistante et belle rengaine aux images de la jeune fille et je me revois passer devant l'imposant cinéma Victor-Hugo — aujourd'hui disparu — le long des affiches sur lesquelles l'ombre immense d'Orson Welles, chapeauté de son hambourg, se dresse derrière le regard amer de Joseph Cotten et l'ovale attentif d'Alida Valli, et je m'entends fredonner la scie musicale en longeant la vitrine de la spacieuse librairie Max Philippe Delatte — aujourd'hui déplacée — et dans le froid qui passe à travers mes vêtements, je me prends à la fois pour chacun des protagonistes de ce film qui transmet, sans que je le comprenne à l'époque, les culpabilités de l'après-guerre, les ambiguïtés des alliances occidentales, les désillusions, la nuit, la faim, la peur.

Je suis à la fois Harry Lime qui, du haut de la grande roue du Prater, lèvres boudeuses et diction fataliste, contemple les êtres humains comme autant de fourmis sans signification ; je suis ce dessinateur de bandes illustrées américaines, victime d'un quiproquo et que l'on va prendre pour un grand philosophe, cet ami bafoué et naïf, tombé amoureux d'une belle femme brune qui passe sa vie à attendre un amour qui ne viendra plus ; je suis le chef de la police britannique qui porte un duffle-coat, celui dont le visage exprime qu'il n'est dupe de personne. Je suis le chat qui miaule dans la nuit ; les égouts glauques et luisants ; les portes qui battent ; les ombres qui se pourchassent ; je suis une longue traversée d'un cimetière, en plein jour, après que la tragédie a eu lieu, lorsque les survivants floués se regardent une dernière fois avec désolation, sans se départir de leur dignité, de leur silence, au son déchirant de la musiquette ineffaçable, juste avant que ces deux mots que j'aime tant voir à l'écran, « The End », n'apparaissent sur la toile noir et blanc. Je suis ce film tout entier et de façon irrationnelle, juvénile, sentimentale. J'en suis la dérision et l'usure parce que, précisément, je ne suis ni blasé ni usé. Mais j'ai reçu le choc de son

121

message, annonciateur de ce qui va devenir la Guerre froide et mobiliser toute l'énergie des hommes pour une décennie à venir, paralyser les esprits, moudre du vent, de la mort et du sang.

Petit jeune homme romantique et enclavé, j'avance à l'aveuglette dans un univers qui, à peine pacifié, glacifié, risque à nouveau de rompre. On découvre des antibiotiques ; Einstein met en garde contre la production de la bombe thermonucléaire ; l'agitation sociale est grande en France et l'on a renforcé les pouvoirs des préfets ; les conflits ou leurs rumeurs rôdent un peu partout sur la Terre ; des noms voltigent et traversent des conversations auxquelles je n'entends rien : Acheson, Trygve Lie, Hô Chi Minh, Attlee, Henri Varna, le skieur Zeno Colo, le footballeur Ben Barek. Ce soir-là, néanmoins, et par exception, j'irai fouiller dans la corbeille du bureau de mon père pour tenter de trouver, en parcourant l'exemplaire froissé de son journal favori, l'événement ou la date anniversaire qui pourrait m'expliquer ce « jour de deuil », dont m'a parlé Anna. Car je ne vois le monde qu'à partir d'elle. Il serait simple d'aller vers mes frères aînés ou mes parents pour les prier de me faire comprendre ce qu'on appelle « l'âme russe », pour leur demander quels livres je dois lire et quels poèmes je dois consulter afin de mieux me pénétrer de la « russité » d'Anna. Mais ma pudeur et ma fierté me l'interdisent. J'aime mes parents, mais la curiosité que je leur demandais d'assouvir lorsque j'étais un petit garçon a fait place, avec la puberté, à une réserve digne d'un professionnel du renseignement. J'habite en moi-même comme au creux d'une grotte. La moindre révélation que je pourrais faire me plongerait dans le ridicule et la honte. L'adolescent garde les secrets pour soi. Ses amours ne se livrent pas. Il ment comme il respire et cela ne se voit pas. Visage lisse, œil vide, on donne le change.

Et puis, nous sommes une famille normale ! Nous mangeons à des heures normales. Nos parents se parlent et se comportent normalement. Nos amis peuvent les toucher du doigt. Nous vivons dans des chambres normales, dépourvues de fleurs coupées, d'œufs Fabergé ou de candélabres vénitiens. Là-bas, square Lamartine, les deux êtres qui m'attirent et m'obsèdent habitent un théâtre bizarre dont j'ignore les règles et dont je n'ai pas encore rencontré tous les acteurs (Qui est le beau-père ? Où est-il ? Que fait-il et de quoi vit-il ? Comment se fait-il que je n'ai, cette fois-ci, entendu aucun gémissement de l'invisible mère ?). Mais je suis convaincu que si je devais, chez moi, lever le voile sur toute cette affaire, on m'en ferait immédiatement reproche et l'on tenterait de m'en écarter. Alors je me méfie et je me garde, je protège mon champ clos.

Cette histoire est la mienne, la première que je ne partagerai avec personne.

— Mais que fais-tu donc ? A quoi penses-tu ? ne cessait-on de me demander au cours des soirées de famille.

— A rien, ne cessais-je de répondre.

Mais j'entendais dans ma tête les petites notes

lancinantes, gonflées de chagrin et de désespoir du
cithariste tsigane,

Donde — din, dedin, dedin
Donde — din, dedin, dedin

et je voyais alors apparaître, sur mon écran secret,
Anna en chemisier et jupe noirs, jouant de ses mains
avec la croix orthodoxe, assise comme une princesse
sur son tapis flamboyant, et la musique s'imprimait
en moi, avec l'image de la jeune femme, et cette
musique triviale me relance parfois encore, après
tant et tant d'hivers. Elle aura donc duré plus
longtemps que les lourdes pierres des façades des
cinémas des quartiers bourgeois ; plus longtemps
que ces vastes librairies, havres de courtoisie et de
culture, qui nous semblaient indestructibles ; plus
longtemps que les noms, les visages, les luttes des
hommes qui dominèrent, cendres aujourd'hui dis-
persées, la grande froidure de ces années englouties.

15

Sur toute expérience nouvelle, règne la permanence d'un danger. J'abordai le concert de Wilhelm Kempff, aux côtés d'Anna Vichnievsky-Louveciennes, comme une épreuve du feu, un parcours du combattant au bout duquel pouvaient m'attendre aussi bien les honneurs que la mort — c'est-à-dire, dans mon cas, l'échec de ma mission, l'humiliation. Une phrase me hantait :

— Ne fais pas de gaffes. Ne dis pas d'idioties.

Car j'avais déjà réfléchi : si cela se déroulait bien et si Alexandre demeurait incapable de se lever de son lit de malade, on solliciterait à nouveau mon concours pour escorter la jeune fille le dimanche — si bien qu'avant même d'entrer dans la salle de concert, j'échafaudais des plans pour l'avenir.

Je m'étais habillé de ma seule cravate, d'une atroce couleur vert pomme, d'une chemise blanche et d'une veste et d'un pantalon gris. J'avais cent fois repassé sur la raie de mes cheveux le peigne que j'avais trempé dans une noix extraite d'un tube de Gomina Argentine, subtilisé dans le cabinet de toilette de mon frère aîné. Le rendez-vous était fixé à quatre heures mais j'avais commencé les préparatifs de sortie deux heures auparavant, tournant dans ma chambre comme dans une cage, prompt à rajuster indéfiniment le nœud de ma cravate devant un miroir qui renvoyait mon image impatiente, ou bien me forçant à conserver le plus longtemps possible, pour voir l'effet que cela donnait à ma bouille trop lisse, un front ridé, creusant mes joues, à la recherche d'une expression d'adulte, d'une attitude d'homme.

Nous parlons d'une époque où les garçons pouvaient rechercher indéfiniment devant leur glace la façon la plus flegmatique, nonchalante, de ficher une cigarette entre leurs lèvres. Au coin de la bouche, un peu pendante; ou bien plus à droite, plus canaille, ou, carrément, au milieu, comme un vrai dur à cuire? Nous parlons d'une ère au cours de laquelle un genou de femme, surpris à l'ouverture de la portière d'une Frégate aux pare-chocs chromés, suffisait à alimenter les fantasmes des enfants que nous n'étions plus, des hommes que nous n'étions pas.

Alexandre, lorsque je lui avais dit au revoir, m'avait fait quelques recommandations, avec celle-là, ultime :

— Regarde bien tout ce qui se passe. Tu n'oublieras pas que c'est grâce à moi que tu vas au concert avec Anna. Alors, j'attendrai que tu me fasses tout ton rapport. Il faudra tout me raconter.

J'avais cru déceler un regret jaloux dans cette

phrase. Mais il savait, en toutes circonstances, me remettre à la place qu'il considérait la mienne, au rang inférieur au sien, celui de l'ami complémentaire, et il ne put résister à son penchant pour le sardonique :

— Essaie d'être à la hauteur — pour une fois !

Ma fébrilité était telle que je choisis de partir tôt de chez moi pour m'arrêter, en chemin, chez Madame Ku. La vieille repasseuse russe broyait du noir depuis qu'Alexandre, alité, ne lui rendait plus visite. Je pouvais faire preuve de la plus grande fidélité à son égard — une visite par jour, quoi qu'il arrivât, dès la sortie du lycée — et lui transmettre de la part de mon camarade les petites sommes d'argent qui contribuaient à son réconfort, je n'étais à ses yeux qu'un faible substitut du bel Alexandre, son chouchou, celui qui la martyrisait et la faisait rire, jouait à la choquer par ses grimaces ou ses délires verbaux, ses outrances vestimentaires, et savait la faire pivoter sur elle-même comme une grosse toupie, en battant des mains et frappant des pieds au sol et en répétant à satiété, tout accent russe dehors :

— Ku-dlin-ska !

Elle s'enquit, comme d'habitude, de la santé de mon ami. Sur ce vieux visage rond, empreint du sourire oriental qui exprimait la même sagesse, la même acceptation amusée des aléas de l'existence, je vis poindre une inquiétude nouvelle.

— Albumine, albumine, qu'est-ce que c'est que ça ? Veut dire quoi ?

Puis, avec ses mots simples et courts, ses phrases sans construction, dans le roulement de ses « r », la vieille me fit part de ses craintes :

— Alexandre va mal. Tout ça arrivé lendemain visite jeune fille. Sœur aînée. Problèmes. Alexandre besoin affection. Alexandre malheureux maison. Mère folle. Père jamais là. Père n'est pas un père. Alexandre besoin Ku, besoin chaleur, besoin tendresse. Tendresse !

Elle avait l'air d'avoir longuement réfléchi. Le souci apparaissait à travers ses yeux fendus.

— Mais non, ça va bien, la rassurai-je. Je vais le voir tous les jours. Il est malade, bien sûr, mais ça va bien.

Elle protesta, le visage empourpré, la voix s'élevant :

— Non, non ! Ku aller voir Alexandre. Ku apporter chaleur, tendresse ! Bortsch ! Alexandre besoin bortsch !

Elle se déplace, de son inimitable pas léger sur ses mules fatiguées, vers la cuisine d'où elle revient, les deux mains pleines d'une soupière en grès rose. La fumée qui en sort dégage une odeur de chou, de viande, de betterave, très violente pour moi qui, à cette heure essentielle de ma vie amoureuse, vient de consacrer des heures à m'asperger d'eau de Cologne (Jean-Marie Farina) et à frotter les ailes de mon nez pour tenter, en vain, d'en extraire les points noirs de l'ingrate adolescence. Que vient faire le bortsch

128

dans tout cela ? Ku est devant moi, la soupière contre son ventre, et j'envisage avec horreur l'arrivée de la vieille dame et de sa soupe au même moment où, chevalier servant huppé et parfumé, je viendrai chercher la belle Anna pour la conduire au concert ! L'Épisode du Bortsch Inattendu grossit démesurément sous mes yeux, je sens poindre une catastrophe, cela va contrarier mes plans, les horaires fixés par mon altière jeune fille, la perspective que je me faisais d'un après-midi et d'un début de soirée romantiques.

En même temps, je ressens un flot d'affection pour la vieille dame qui s'accroche à sa soupière comme à je ne sais quel bocal précieux contenant l'élixir de vie, et j'imagine qu'elle a concocté la soupe toute seule, dans sa modeste cuisine, une partie de la matinée, et j'ai envie de l'embrasser, tant sa bonté primitive renverse mes propres frayeurs et mon égoïsme. Ku, vieille et adorable Ku de mes quinze ans, humble et anonyme personnage, isolée dans son minable petit pavillon, au sein de l'univers bourgeois du XVIe, et qui rayonnait de compassion et d'indulgence...

— J'ai une idée, lui dis-je. Ku, vous n'allez pas traverser tout le quartier avec ça, vous ne tiendriez pas sur vos jambes. C'est moi qui vais apporter le bortsch à Alexandre.

Elle sourit et cède. Mon initiative lui convient. Elle me tend la soupière, disparaît puis revient en brandissant plusieurs accessoires : un épais chiffon qu'elle noue autour de la soupière afin qu'elle soit bien étanche ; une grosse gamelle en fer-blanc, avec poignées du même métal, dans laquelle elle dépose la petite soupière et elle me tend l'ensemble avec l'expression du devoir accompli.

— Bien mettre vinaigre et crème dans soupière avant manger. Alexandre connaît. Ne pas oublier rapporter soupière vide à Ku.

J'acquiesce avec force et elle bat des deux mains maintenant, soulagée. Nous nous souhaitons au revoir.

Et me voilà, avec ma cravate vert pomme et mon costume de sortie, avançant à pas prudents dans les rues vides d'un dimanche après-midi, trimbalant la gamelle et le bortsch, en prenant garde de ne rien faire couler. Quel nouvel obstacle pourra encore se dresser sur ma route ? Cocasse sans le savoir, je me sens immunisé par l'amour. Et le bortsch sera fourni à temps, sans ridicule ni accroc, et j'embarquerai Anna vers la musique.

16

Les autobus étaient peu fréquentés le dimanche après-midi.

Il n'y avait pas besoin, à cette heure-là, de se munir du mince ticket blanc numéroté grâce auquel on prenait habituellement son rang dans la queue, et que le contrôleur, vêtu de gris et coiffé de sa casquette de même couleur, appelait à haute voix afin de vous laisser l'accès à l'intérieur du véhicule. Il tirait sur la poignée de bois de la sonnette pendue au-dessus de lui et dans la sonorité de son grelot, le gros engin repartait vers le prochain arrêt. J'aimais par-dessus tout ce moyen de transport et particuliè-rement la plate-forme, cet espace à l'arrière, ouvert à toutes les pluies, tous les soleils, tous les vents, d'où l'on pouvait recevoir le souffle de la ville et saisir d'un coup d'œil des scènes fugaces sur les trottoirs qui défilaient au-dessous de vous, ce balcon provisoire où l'on partageait un plaisir simple, indéfinissable.

Dans ce demi-cercle clos de métal, à l'intérieur duquel se pressaient des inconnus, souvent des garçons ou des filles de notre âge, dont l'on pouvait capter les phrases et les rires, les corps parfois se touchaient. Et vous pouviez espérer y ébaucher une rencontre, voire une aventure, pourvu que vous ayez quelque chance ou quelque audace. Combien de fois, ainsi, n'avais-je pas envié, jalousé, et même détesté, ce garçon de mon âge que j'avais vu aborder une jeune fille, accoudée comme lui à la rambarde de protection? Il semblait que la plate-forme de l'autobus autorisât cette faculté d'engager une conversation, comme il arrive aux passagers d'un même paquebot, sans que ce soit considéré comme une incorrection ou une agression. Je suivais le jeu du garçon, les réactions de la fille. Je souhaitais secrètement qu'elle descendît à la prochaine station et le laissât seul, avec son début de bonheur, mais il avait choisi de s'arrêter au même endroit qu'elle. Il défaisait la chaîne d'acier aux embouts en cuir avec quoi l'on séparait plutôt symboliquement la plate-forme du reste du monde. Et tandis que l'autobus s'éloignait, je le voyais marcher aux côtés de la fille. Elle ne l'éconduisait pas. J'en étais malade. Il avait osé, pas moi! Peut-être venais-je d'assister à la naissance d'un amour. La frustration me gagnait, je n'étais capable de rien! J'en voulais à la vie et aux autres. Le plaisir que j'avais trouvé au rituel de la plate-forme d'autobus se transformait momentanément en un tel ressentiment envers ce lieu et ses habitants, qu'il me fallait le déserter au plus vite, quitte à sauter du bus en marche, le dos à la rue, jambes véloces, exercice délicat — on doit se ramasser souplement en baissant les genoux et courir une ou deux fois comme à reculons, pour ensuite dégager la chaussée et retrouver un rythme normal de marche. Parfois, si vous aviez très bien accompli le geste, un des passagers demeurant à bord vous faisait un signe de main, peut-être même esquissait-il un applaudissement complice. Exercice interdit par les autorités, mais satisfaction ultime du lycéen de base, prince fugitif du pavé façon années cinquante. On a les rébellions qu'on peut.

Aujourd'hui, mes dispositions d'esprit étaient différentes, car j'étais aux côtés d'Anna. Il y avait une belle jeune fille avec moi à bord et j'en éprouvais des palpitations d'orgueil, des bouffées de certitude accompagnées d'autant de craintes. L'intérieur de l'autobus nous appartenait, à l'exception d'un couple de vieilles dames chaudement vêtues. Anna était diserte, enjouée. Le mouvement du véhicule, la brièveté du temps que nous allions y passer ensemble, et cette sensation d'être maître de l'endroit et du moment, m'avaient permis de l'interroger d'égal à égal.

— Ma mère appartient à une branche très éloignée d'une cousine de la famille du Tsar. Elle en souffre beaucoup, dans son cœur et sa mémoire.

— Et votre père?

— Mon père n'est pas mon père. Georges Louveciennes est le deuxième mari de ma mère. Mon vrai père est mort, quelque part là-bas, enterré dans un champ de neige de Sibérie, peut-être. Ou

133

en Oural, ou dans je ne sais quelle steppe sinistre. On ne sait pas. Et puis...

La main s'envola, geste éternel pour traduire peut-être ce qu'Anna avait défini auparavant comme sa « russité ». J'étais sous le charme absolu de cette « russité ». Je buvais les paroles d'Anna. Je buvais aussi ses silences, chargés de sous-entendus, de soupirs, d'allusions. Je la trouvais conforme aux héroïnes des films ou des livres. Il me semblait que ce que je n'étais jamais parvenu à comprendre, chez Alexandre, cette impression d'un être vivant « ailleurs » et venant « d'ailleurs », ce qui n'était pas la même chose, mais presque, s'incarnait en Anna.

— Mais dites-moi, m'interrogea-t-elle, Sania ne vous a pas raconté tout cela ? C'est drôle. Pourquoi ?

— Je n'ai jamais osé l'interroger.

— Et avec moi, vous osez ? C'est encore plus drôle.

Je n'osais pas, en revanche, lui demander si les cris, les gémissements qui parcouraient l'appartement trouvaient leur origine dans ce fatal cousinage avec le Tsar, mais elle devança ma question.

— Ma mère vit dans le grief. Son grief ne s'arrête pas à la révolution de 1917. Voyez-vous, elle a été très belle, et elle fait grief à la vie d'être moins belle aujourd'hui. Elle fait grief à l'existence.

Elle avait dit cela de façon objective, sans émotion. Elle ajouta :

— Nous n'y pouvons rien. Ses enfants n'y peuvent rien.

134

C'était presque froid, hostile. Je me souvins alors de la façon dont elle avait répondu à sa mère, hurlant aussi fort qu'elle, avec des bribes de phrases qu'il était facile de reconstituer :

— Je fais ce que je veux ! Je veux vivre ma vie à moi !

Le beau-père — Georges Louveciennes — faisait « des affaires ». Il n'était pas Russe du tout, mais originaire du nord de la France, et il évoluait « dans l'automobile ». Elle parlait de lui en l'appelant « Geooorges », avec un rien d'amusement dans le fond de sa voix ; un voile de plaisanterie flottait autour de ce « Geooorges » que je n'avais jamais aperçu. Attentif à ne pas commettre la gaffe que je redoutais tant, je prenais peu de risques et avais adopté, en l'écoutant, une attitude d'approbation et de compréhension quasi muette, mais puisque « Geooorges » prêtait apparemment autant à sourire, je souris avec Anna. Et puisque, ensuite, dans le même glissement de voix, il y eut comme l'indice d'un véritable mépris :

— On peut voir « Geooorges » de temps à autre. Il fait des apparitions en revenant du garage.

Je crus opportun de glousser à l'annonce de ce mot si commun dans une bouche aussi princière : garage ! Mais elle me reprit fermement, comme le cavalier sa bride :

— Je ne vous permets pas de rire à ce sujet.

— Je vous demande pardon, murmurai-je. Je croyais...

— Ne croyez à rien avec moi. A rien !

Son visage s'était durci. Je blâmais déjà mon indélicatesse, et mon impuissance face à des êtres comme Anna ou son frère, personnages subtils et rusés, si mûrs. J'étais au milieu de cet âge où l'on s'admoneste de jour en jour : « Comment ai-je pu être aussi bête ? », et où l'on désespère d'atteindre à un degré suffisant d'habileté. Les situations inconnues déferlent devant soi et l'imagination n'a pour recours que des éléments déjà connus et qui, à cause de cela, ne serviront à rien. Anna n'offrait que de l'inconnu à mon intelligence ou mon instinct, et l'adoration dans laquelle je la tenais ne me facilitait pas la tâche. D'une part, je comprenais bien qu'avec un tel être, il me fallait, comme pour son frère, demeurer constamment en éveil et faire l'effort de suivre ou devancer ses intentions et ses dires. D'autre part, j'étais victime de mon engouement pour elle. Pris au piège, et obligé d'en sortir, j'eus quelques mots de comédie, que je débitai sur un ton mécanique :

— Très bien. Si vous me le dites, je ne croirai à rien. La seule chose à laquelle je crois est que le 63 s'arrête à Trocadéro, station Chaillot.

Ma remarque la surprit et sans doute y vit-elle un autre sens que celui recherché. Elle rit bruyamment, ce qui fit se retourner les deux vieilles dames au fond de l'autobus — un de ces rires de femme en fin de soirée, après un repas où l'on a trop bu, quand le maquillage s'efface. Et sur le même ton violent et parodique, elle ajouta :

— Ah ! Voilà qui est brut et net. A quoi croyez-vous, Anna Vichnievsky-Louveciennes? Je crois que le mercredi est le lendemain du mardi. Je crois que l'Arc de Triomphe est situé en haut des Champs-Élysées. Je crois que le square Lamartine est carré et qu'il fait nuit en hiver dès cinq heures. Voilà au moins, mon ami, un programme sans équivoque.

Elle en battait des deux mains. Elle répéta comme une doctrine, un acte de foi, la voix blanche :

— Je crois que le 63 s'arrête à Trocadéro, station Chaillot! Adopté! Bravo! Ça, c'est une ligne de conduite dans la vie! Et qui devrait vous permettre d'éviter toutes les souffrances!

Puis sa dureté s'envola et nous retournâmes aux choses pratiques. Les mots se bousculèrent en ordre serré.

— Nous allons arriver. Vous me prendrez le bras. Dans la poche de mon manteau, il y a de l'argent. Il est là pour payer les consommations de l'entracte.

— Mais, j'ai...

— Taisez-vous! Vous n'avez certainement pas assez d'argent. On consomme beaucoup à l'entracte. Sania ne vous a pas préparé à tout, à ce que je vois.

L'autobus s'était immobilisé et tandis que nous l'abandonnions et descendions sur le large trottoir face à l'entrée du Palais, nous mêlant à la foule qui se pressait vers de lourdes portes de bronze, je me demandais si j'avais compris tout ce qui venait de se dire et si, derrière chacune des phrases d'Anna, il ne fallait pas chercher une signification destinée à des initiés. Si nous étions venus ici pour écouter de la musique — ou si cette sortie n'avait pas un autre but, et la vague intuition d'un danger m'assaillit à nouveau.

17

Le soliste était beau. Il accepta, sans les entendre, les applaudissements du public, s'assit puis se releva pour essayer, dans un silence qui se faisait de plus en plus intense, les distances de son siège par rapport à l'instrument.

Il avait expliqué, quelque temps auparavant, que son existence était ainsi faite qu'il ne « vivait réellement » que lorsqu'il était assis devant son piano. J'avais lu aussi — car je m'étais hâtivement renseigné pendant les jours qui avaient précédé le concert — qu'il était âgé de 55 ans — mais je n'arrivais pas à lui donner un âge précis, pas plus que je ne parvenais à comprendre la portée de la définition de son art : « Vivre réellement »... C'est qu'il n'avait pas encore frappé la première note.

Son visage me rappelait un peu celui de mon père, altier, simple, digne, mais quand on le détaillait, il n'y avait rien de commun entre les deux hommes. Il avait des cheveux blancs clairsemés sur le crâne, en toison dans la nuque et le cou. Des yeux creux, enfoncés dans la structure faciale, entourés de cernes dévorants qui juraient avec la sérénité des joues et du front et laissaient deviner les années de travail, l'acharnement à la poursuite de la perfection, la double joie du don et de la discipline. Les lèvres minces, longues, l'inférieure dessinant un fragment d'arc de cercle à la hauteur des mâchoires. Il ne relevait guère ses yeux. Je ne pouvais, en outre, placé où j'étais, apercevoir qu'une partie profilée du visage. Cependant, une seconde à peine avant qu'il commence, à l'occasion d'un déhanchement de son corps vers le public, il fut possible de le voir de face. Je reçus le choc de ce regard lointain, étonnant, rêveur, avec un œil alourdi par une paupière, l'autre plus dévoilé, ce regard qui nous surplombait, d'ores et déjà habité par la musique qu'il allait laisser parler sans la diriger, puisqu'il savait que la vérité de la musique est compréhensible à tous. Puisque, à ce stade de sa carrière et de ses réflexions, Wilhelm Kempff avait, dans sa clairvoyance, jugé qu'il approchait enfin des retrouvailles avec ce qu'il appelait une « voix perdue ». Il avait déclaré, en effet, qu'il se sentait désormais assez maître de la musique pour aider tous ceux qui venaient assister à ses récitals, en quelque endroit du monde qu'il visitât, à entendre cette voix de Dieu, cette voix que nous croyions avoir perdue.

Il était beau, et je l'aimais. Je me mis à l'aimer dès les premières notes du premier morceau — un impromptu de Schubert — parce que de façon très naturelle, et accessible pour l'ignorant que j'étais, sa musique m'avait fait une offrande immédiate de bonheur, parce que, comme il l'avait déjà défini, je croyais voir vivre le grand Kempff sinon « réellement », du moins autrement qu'au cours de l'instant qui avait précédé. Ce que j'avais pu trouver intouchable, éloigné, solennel chez lui, avec son frac noir, ses souliers vernis et ses plastrons de gilet blanc, sa démarche haute et ce corps inhabité, s'était volatilisé pour faire place à un brouillard de chaleur, un passage dans l'air, de la rondeur et de la légèreté ; parce qu'il était seul sur scène, et je voyais bien qu'il n'avait nul besoin de moi, ni d'aucun d'entre nous, mais je me disais que sans moi et sans nous, cela ne se serait pas passé ainsi, et malgré sa solitude, malgré qu'il soit, lui, enfermé dans sa « vie réelle », ma vie devenait aussi réelle que la sienne, et cependant nous ne vivions pas la même vie. Mais les notes de Schubert nous liaient, et je l'aimais. J'avais induit, dans un même élan, que j'aimais aussi Alexandre, puisque c'était grâce à lui que j'étais présent, que j'aimais le millier d'inconnus qui remplissaient la salle obscure, et que mon amour pour Anna était magnifié par ce qui nous unissait ce soir-là. Mon cœur et ma poitrine se soulevaient, et je contenais difficilement mon émoi.

Je nourrissais même l'illusion que ces vagues d'amour que Wilhelm Kempff au service de Franz Schubert, puis de Ludwig van Beethoven, avait provoquées, ne pourraient se limiter à mon seul petit être et que, par conséquent, Anna, à mes côtés, ne pourrait empêcher que cet amour déborde et la gagne, et qu'elle m'envisagerait autrement que comme son petit page, et que ce phénomène la pousserait à m'aimer. Mais elle ne bougeait pas. Tout aussi captivé que je pouvais être par l'enchaînement des impromptus puis des sonates, je ne pouvais ignorer la présence de son corps, son parfum. Aussi lançai-je, par intermittence, de rapides coups d'œil vers elle et profitai-je des quelques interruptions soit à la pause entre deux mouvements, et donc silencieuses, soit nourries d'applaudissements entre deux morceaux, pour tenter de déchiffrer les sentiments de la jeune fille. Elle ne bougeait pas. Et lorsqu'elle applaudissait, il me semblait que c'était sans enthousiasme, comme par routine, dans une position droite, tête dressée, regard égaré.

— Ça ne vous plaît pas, chuchotai-je.

— Taisez-vous, répondit-elle. On ne parle pas quand Schubert s'exprime.

Et quand elle se retourna pour dire ces mots à voix basse, je crus voir une goutte irisée perler dans ses yeux sombres. Elle m'administrait une nouvelle leçon. Je l'avais crue indifférente alors qu'elle était dévouée à la musique et si le Nocturne nostalgique, l'andante du numéro 3 en sol bémol majeur que nous venions d'entendre avait ainsi fait naître une larme chez Anna, je mesurais un peu plus ma chance de me trouver à ses côtés, de partager ce moment avec un être aussi sensible. J'avais pris pour de l'ennui ce qui était un recueillement plus extrême que le mien. Je m'en voulus encore une fois, et je l'admirai et décidai de ne plus la surveiller, quand elle changea brusquement d'attitude. Un revirement stupéfiant : pendant les applaudissements, juste avant que Kempff ne reprenne sa posture pour signifier qu'il allait rejouer et qu'il fallait faire silence, un couple de spectateurs en retard profita de ce bref intervalle pour se précipiter, dos courbé, presque à quatre pattes, vers les sièges qui, un rang devant nous, étaient restés libres lors du début du spectacle. Ce manège furtif sembla exaspérer Anna.

— Grossier ! C'est grossier, prononça-t-elle.

Autant les deux phrases que nous avions échangées l'avaient été dans la plus grande discrétion, autant, là, son ton se fit plus fort. Quelques spectateurs autour de nous l'approuvèrent et firent des « tss-tss » désapprobateurs. Il en résulta une petite commotion qui parcourut la partie de la salle où nous étions assis et je vis poindre sur les lèvres d'Anna un sourire satisfait. Là-bas, sur scène, le pianiste parut, un instant suspendu, recevoir l'onde de cette fugitive pulsation. Il marqua une hésitation, puis décida de retourner à sa musique. Mais Anna n'était plus la même.

— Grossier, chuchotait-elle, entre ses dents, grossier. Grossier.

Son regard n'était plus dirigé vers le pianiste mais sur les retardataires dont je pouvais sentir la gêne, à leurs dos tendus, leur zèle à ne plus remuer, pour se fondre dans le rang et redevenir anonymes. L'homme avait une nuque épaisse, des cheveux plaqués dans le cou. La femme était en chignon. Elle

143

avait un cou aussi dense que le sien, des épaules ingrates. Ils étaient charnus tous les deux, adultes et opaques, des vraies grandes personnes, mais j'étais prêt à les oublier pour tenter de retrouver, à l'écoute de Kempff, ce que leur irruption avait contribué à déchirer. Ce fut impossible, car Anna ne cessait de répéter :

— Grossier, grossier.

A voix basse, certes, mais avec l'intention manifeste d'agresser la paire de nuques bovines qui faisaient rempart devant nous. L'homme ne réagissait pas. Mais la femme se retourna vivement et s'adressant à voix aussi basse et intelligible à Anna, elle jeta :

— Ah ! vous, ça suffit, hein ?

La haine dans le regard et la voix, une charge de haine, comme si elle s'en libérait. La femme avait un nez busqué, aussi peu gracieux que le cou, des traits durs, des lèvres fortement fardées. Elle n'était pas laide, mais violente, dégageait du malheur et de l'acidité. Anna lui fit un sourire enjôleur et répliqua, du bout des lèvres :

— Buse.

L'autre, aussi rapide :

— Garce.

Anna, toujours suave, avec la même diction précise :

— Truie.

Tout cela sec et sifflé plutôt que chuchoté, envoyé de part et d'autre à la vitesse d'une giclée de plomb, la rafale d'un peloton d'exécution, le temps de deux notes de piano, le temps, aussi, que le rang entier devant nous impose un « chut » assourdi afin que cesse ce qui se transformait en un minuscule scandale. La peau du visage de la femme s'était empourprée. Anna, livide. Je pris sa main, murmurai :

— Anna, arrêtez, je vous en prie.

Le calme se rétablit après un ultime regard vindicatif de la femme qui rectifia sa position pour se retourner vers le pianiste. Anna dégagea sa main, tremblant imperceptiblement, et je crus, soulagé, que je pourrais enfin rattraper la musique, retrouver mon euphorie, à nouveau jouir de cet accomplissement d'un artiste qui consistait à nous laisser croire que tout est facile et que la musique peut couler comme la source, tomber comme la pluie, voler comme le vent. Mais la violence de l'échange entre les deux femmes m'avait malmené et je n'avais plus goût à rien. J'en voulus à cette inconnue puisqu'il ne me venait pas à l'esprit de blâmer Anna ; une sensation de gâchis m'avait envahi, assez désagréable pour que je ne prête pas attention à ce qui aurait, pourtant, intrigué n'importe quel témoin un peu perspicace : pendant toute cette passe d'armes, l'homme n'avait jamais réagi. La nuque musclée, aux cheveux plaqués, n'avait pas tressailli, bloc animal, impavide, menaçant.

Le foyer du Palais de Chaillot était vaste, mal éclairé, et divisé en son milieu par une buvette en quatre angles, composée de quatre comptoirs de bar boisés, autour desquels se pressaient les spectateurs assoiffés. A l'évidence, Anna Vichnievsky-Louveciennes y avait ses habitudes et l'un des comptoirs, celui situé à gauche lorsqu'on regardait les marches de marbre qui montaient vers le hall d'entrée, constituait son territoire privé.

A peine étions-nous sortis de la salle pour l'entracte, qu'Anna s'était, en effet, dirigée vers cette aire du foyer, où elle avait été accueillie par un serveur au garde-à-vous qui paraissait l'attendre et avait proféré un retentissant :

— Bonsoir, Mademoiselle Anna !

Accompagné d'un sourire familier, prêt à devancer toutes les requêtes. Ce barman était un vieux monsieur aux cheveux bouclés argent, rond, courbé dans un costume noir élimé. Il avait les yeux pétillants, pleins d'humour, derrière des petites besicles cerclées d'acier posées sur un nez prospère, et il s'affairait avec gentillesse et dextérité, mettant dans ses gestes et déplacements derrière le comptoir l'agilité, le délié qui caractérise certains rondouillards. Je retrouvais chez lui des gestes identiques à ceux de Madame Ku, et d'autres similitudes avec la vieille dame de l'impasse de l'avenue d'Eylau et je ne fus pas surpris d'entendre Anna révéler son prénom, lorsqu'elle lui répondit :

— Bonsoir, Boris, comment allez-vous ce soir ?

Le XVIe arrondissement, section Trocadéro, n'était-il donc habité que par de vieux employés russes ? Il me fallut peu de temps pour comprendre que Boris appartenait à ce que j'aurais pu appeler le réseau d'Anna, si j'avais eu une notion quelconque des invisibles tissus sociaux que façonnent sans cesse les êtres de sa nature. Elle possédait cette persévérance dans la séduction, cette propension à se gagner les faveurs d'autrui en les entretenant de son sourire, en prodiguant un peu de son temps et de son charme à des personnages qui avaient reconnu, d'emblée, la souveraineté de son rayonnement, son don pour susciter les fidélités, engendrer puis consolider les habitudes. Boris l'interrogea :

— Monsieur Alexandre n'est pas là ?

Au prononcé du nom, je reconnus la trace de cet accent russe qui me ravissait et habitait, désormais, ma vie quotidienne.

— Non, mon cher, fit Anna. Il est alité. Mais je suis accompagnée par son meilleur ami, Monsieur l'Incrédule.

— Incrédule, répéta Boris avec curiosité.

— Oui, lui dit Anna, l'incrédulité faite homme. Figurez-vous qu'il ne croit à rien, rien d'autre qu'à l'arrêt des autobus.

Elle éclata d'un rire trop sonore, pas seulement destiné à Boris mais à la poignée de jeunes gens qui étaient en train de déferler autour d'elle, ainsi peut-être qu'aux clients des trois autres comptoirs qui semblaient ne pas avoir le droit de consommer dans le coin investi par Anna. Boris les ignorait. Il opérait une sélection bonhomme mais sans réplique, ne servant que les membres de la cour d'Anna, faisant fi, avec sa rondeur souriante, des protestations.

Anna se tenait au centre, le dos au comptoir, recevant les salutations et les compliments de ses admirateurs. Ils devaient être une dizaine de jeunes gens bien nés, cravatés élégamment, calamistrés et rasés de près — car ils se rasaient, ils en avaient besoin et ce n'était qu'un des nombreux traits qui me différenciaient d'eux. Leurs âges devaient varier entre celui d'Anna (dix-sept, dix-huit ans) jusqu'à la vingtaine et je voyais à leurs yeux, j'entendais à leurs phrases, qu'ils appartenaient à un monde aîné inaccessible pour moi, ce qui m'aurait mortifié si je n'avais pas été pleinement absorbé par ma tâche. Car Anna m'avait signifié que je devais servir de relais entre Boris et les jeunes gens, distribuer les coupes — on consommait des petits quarts de champagne —, faire passer les cendriers, répartir les sachets de chips ou d'amandes salées, m'assurer qu'Anna ne manquait pas de cigarettes, que son verre était toujours plein de liquide et de bulles, et dresser un barrage afin d'écarter ceux qui n'appartenaient pas au cercle — les autres, les minables anonymes. Je subissais leur courroux.

— Mais enfin, écoutez, jeune homme, j'ai tout de même le droit à ma consommation !

Boris, derrière son comptoir, me soutenait en grommelant :

— A côté, à côté, s'il vous plaît, l'autre comptoir, pas le temps ici !

Et moi, de renchérir :

— Vous voyez bien que ce barman est trop occupé. Allez en face, il y a moins de monde.

Ainsi parvenions-nous à conserver autour de cet espace étroit l'atmosphère d'un clan d'initiés, la cour de la princesse Anna. La jeunesse masculine qui papillonnait autour d'elle bruissait de toutes sortes de références littéraires, théâtrales, musicales. La politique ni les affaires internationales n'étaient mentionnées dans leurs interjections. Toutes partaient dans la même direction : Anna — avec le même but, l'intéresser, l'amuser, susciter ses répliques, lui plaire et, donc, surpasser les autres garçons. On entendait :

— Les parents de Jean-Philippe ont acheté une télévision ! Quelle révolution ! On va y retransmettre du théâtre ! du Marivaux ! C'est une chance, non ?

— Je lis Giono. *Les âmes fortes.* Ça vient de paraître. Vous connaissez ?

— Avez-vous vu *Noblesse oblige* ? Guiness y est extraordinaire. C'est d'un comique... Ah ! les Anglais...

— Ils donnent Wagner à l'Opéra. Viendrez-vous ? Il paraît que Kirsten Flagstad est remarquable. Viendrez-vous ?

Mais on commentait aussi la première partie du concert. Et c'était un :

— Anna ! Qu'avez-vous pensé de l'*Écossaise* en mi bémol majeur ? L'a-t-il bien rendue ?

A quoi Anna répondait :

— Mais, mon cher Christian, on ne « pense » pas quand on écoute l'*Écossaise*. On ne « pense » pas ! Ces moments-là ne se passent pas par le truchement de la pensée, voyons, mon petit Christian.

Pendant un court instant, le « petit Christian », brocardé par ses voisins, était consigné dans une sorte de réserve — comme les joueurs de hockey sur glace mis en cage parce qu'ils ont commis une erreur trop flagrante. Mais on pouvait entendre aussi les évocations de la vie quotidienne de ces jeunes gandins, leurs us et coutumes, la surboum de la semaine prochaine, avec un regret collectif :

— Anna, vous ne daignerez évidemment pas vous montrer !

Et des rendez-vous de tennis à la Croix-Catelan, des allusions au bac, le deuxième ; les choix à faire en maths sup ou en khâgne ; des noms de filles fusaient ; un éclat de rire général naissait à propos de tel embarras au cours de telle soirée, quand un nommé Gérard avait crié très fort, au moment où les lumières s'étaient rallumées :

— Elle a mis du coton au bout de son soutien-gorge !

Tout cela dans le va-et-vient du groupe avec, comme une sorte de deuxième vitesse imprimée à cette effervescence, l'apparition timide d'une, puis deux, puis trois ou quatre jeunes filles, qu'Anna saluait sur le registre d'une hôtesse recevant les invités à l'entrée du château :

— Isabelle, comme votre robe est jolie ! Béatrice, tu ne m'embrasses pas ? Marie-Charlotte, quelle surprise !

Cela aussi, à bien observer, faisait partie du rituel

de l'entracte. Les garçons, d'abord, s'étaient rués vers Anna, l'avaient saluée, flattée, et fait assaut d'esprit pour capter son oreille ou son regard. Les filles avaient attendu à l'écart, le laps de temps nécessaire pour laisser leurs frères ou leurs petits amis former le cercle autour de la princesse et satisfaire leur besoin de paraître, leur souci de mesurer le taux actuel de leur cote dans l'estime d'Anna, et déblayer le comptoir de toute interférence étrangère. Alors, et alors seulement, après qu'Anna avait ingurgité son plein d'hommages, d'invitations auxquelles, bien sûr, elle opposait un éternel quoique aimable refus, après approximativement la deuxième coupe de champagne, lorsqu'il était admis qu'on avait assez bourdonné autour de la Reine des Abeilles, alors les membres du sexe féminin étaient autorisés à pénétrer sur la piste. Cela modifiait partiellement les glissements des corps, les attitudes, l'ambiance du cirque — mais cela accélérait l'activité de Boris, le débit des boissons, mes propres tâches. J'étais en sueur — partagé entre l'humiliation et l'ébahissement.

— C'est vous qui remplacez Alexandre ? me demanda une des demoiselles. Il est malade ? Quel dommage — il est si gai, si astucieux et tellement plus vif que tous ces crétins qui se battent autour de sa sœur !

J'imaginais en effet qu'Alexandre, malgré la différence d'âge, devait sans peine tenir tête aux courtisans de sa sœur grâce à son langage insolent, sa culture encyclopédique, sa virtuosité dans la carica-

151

ture et l'ironie. Je me demandais quelle position physique il adoptait dans ce tohu-bohu : s'adossait-il au bar comme sa sœur, filtrant invitations et compliments, octroyant ou interdisant à tel ou tel godelureau la permission d'un dialogue direct avec Anna ? La jeune fille qui m'avait adressé la parole — le premier membre de la cour qui daignait s'intéresser à moi — était une blonde aux lèvres minces et aux yeux sans joie. Comme la plupart de ses amies, elle portait un kilt droit à carreaux bleu marine sous un chemisier, et un blazer avec des chaussures à talons plats, l'uniforme du moment dans cette couche de la société, dans ce quartier de Paris.

— Enfin, ajoutait-elle avec la même sécheresse dans la voix, ce qui fait plaisir c'est de voir qu'elle n'est pas dupe. Regardez-la ! Elle ne les écoute pas !

Anna n'avait pas adopté la tenue de base des autres jeunes filles. Anna était Anna, unique, inimitable. Son allure, comme la première fois que je l'avais entrevue chez Ku, contrastait par son détachement vis-à-vis de toute mode, et un rien de provocation dans ses choix. Elle s'était, ce soir-là, vêtue d'un pantalon de crêpe noir à petits pois blancs avec une large ceinture de crocodile, d'un chemisier simple, recouvert d'une veste d'homme, aux épaules larges et croisée de la même couleur que le chemisier, blanc écru. Elle portait un fin collier de perles autour du cou. Elle était élancée, racée, on l'aurait crue sortie d'un catalogue de mode des années trente ou quarante, elle détonnait au milieu de la bousculade, et je dus donner raison à la demoiselle en kilt : je venais de découvrir que cette cérémonie l'ennuyait. Avait-elle trop bu de champagne ? Malgré ses sourires et ses brèves réponses elle paraissait lointaine, au-dessus de cet essaim de garçons et filles dont elle était pourtant l'entière responsable, la maîtresse et l'ordonnatrice — mais qui était en train de se disloquer à l'appel de la sonnerie pour la deuxième partie du concert. Ils s'égaillèrent aussi vite qu'ils s'étaient rassemblés. Anna resta immobile.

Je voulus suivre la direction de son regard qui, au-delà du dos rond de l'estimable Boris, se portait vers l'un des autres comptoirs où je reconnus Nuque Épaisse et sa femme, la Buse. La femme bavardait avec une autre adulte, mais l'homme ne s'occupait pas de son épouse et regardait vers nous. Il ne ressemblait pas au surnom que je lui avais donné. Nuque Épaisse n'était pas une nuque et il n'était pas épais. Il avait les traits fins, des yeux perçants, qui capturaient les vôtres, un nez à la pointe spirituelle, aux ailes délicates, des lèvres ourlées, gonflées de sang, des fossettes sur lesquelles se dessinaient les marques de l'ironie et de la sûreté de soi ; une surprenante cavité, comme une entaille faite au couteau, séparait de façon symétrique la galoche de son menton volontaire. Le front était haut et large, traversé par des lignes sinueuses. Il avait du charme, de l'âge, de l'expérience, et cet air achevé qu'arborent certains hommes, comme s'il ne leur manquait rien, comme si tout avait été bien mis en place pour laisser venir aux bons endroits, de la bonne manière, avec les années, les rides de la jouissance, les empreintes de la lutte, avant les stigmates de la réflexion. C'était le genre de visage devant lequel un gamin comme moi se sentait désarmé, peureux, et plein d'une envie de pauvre, une envie d'acquérir cette assurance et cette virilité, cette force de l'âge.

L'homme avait posé ses deux coudes sur le bois du bar. La cigarette fumant entre ses lèvres, il renvoyait à Anna un regard qui me mit mal à l'aise, impassible et pourtant traversé par une sorte d'affection. Je crus deviner que c'était à qui ferait baisser le regard de l'autre. Je vis Anna céder, détourner ses yeux vers le sol. L'homme souleva ses coudes, abandonna le bar et tourna le dos. Anna me découvrit à ses côtés. Nous étions seuls.

— Il faut payer Boris, me dit-elle, la voix brisée.

— Comment cela, dis-je, vos amis ne l'ont pas fait ?

— Ils ont payé leur part, ne vous inquiétez pas. Je vais vous expliquer : Sania et moi avons fait un accord avec Boris au début de la saison. Nous ne lui payons pas seulement le champagne, mais le comptoir. Nous lui avons acheté sa collaboration exclusive, l'usage du comptoir comme s'il nous appartenait — évidemment, la direction du théâtre n'en sait rien, mais grâce à cela, nous écartons les imbéciles. Et puis, ça l'aide pour ses fins de mois. Allez-y, payez-le.

Je tendis à Boris les billets qu'Anna m'avait confiés avant le concert, une jolie somme. Comment ces enfants pouvaient-ils disposer d'autant d'argent?

— Regagnons nos places, fit Anna. Qu'avez-vous pensé du drink, de la « party »? Que dites-vous de mes amis?

Nous marchions vers la salle. J'eus un soupir, pour me délivrer de mon agacement, ma rancœur.

— J'espère que ce ne sont pas vos vrais amis, dis-je. Je les ai trouvés insupportables.

Elle m'embrassa spontanément sur la joue.

— Bravo! Mon frère avait vu juste, vous n'êtes pas un empoté. Je suis bien d'accord avec vous : ce sont d'affreux petits bourgeois, fils de bourgeois, bientôt bourgeois eux-mêmes.

— Mais alors, dis-je, pourquoi cette mise en scène? Pourquoi ce drink, la « party »?

— Et pourquoi pas, répondit-elle avec une infinie tristesse, il faut bien se divertir. Relisez donc Pascal, jeune homme.

Elle était fragile soudain, près de s'éparpiller en morceaux. Je l'en aimai davantage.

J'avais été tellement chahuté par l'entracte qu'il me fut impossible de suivre avec satisfaction la deuxième partie du récital. Une suite d'images, d'impressions, les fadaises dites par les uns, les finesses énoncées par les autres, les failles que j'avais décelées chez Anna, mes propres humeurs — le sentiment d'affront que j'avais pu subir, les petites victoires que j'avais pu remporter — tout tournait dans ma tête et je n'entendis plus la musique interprétée par Kempff. Je savais que c'était du gâchis, mais je n'y pouvais rien. La présence de Nuque Épaisse, assis devant nous, rendait toute la durée du spectacle insupportable. Le souvenir récent de l'échange entre Anna et la Buse était venu entre nous et j'étais convaincu qu'il pesait autant sur Anna. Je la sentais tendue, à l'affût, et j'avais la sensation qu'elle ne cherchait pas à suivre l'interprétation du pianiste, mais que ses yeux étaient braqués sur la nuque de cet homme, dont j'avais, à l'entracte, deviné la séduction.

Une seule fois, lorsque, au cours d'un rappel, Kempff, qui venait de connaître un triomphe, égrena le thème de *Rosemonde,* me sentis-je à nouveau inondé par le lait de la douceur humaine. Dans ces variations en andante qui vous guidaient dans l'évocation mélodieuse et méditative d'une jeune fille romantique, je connus une autre rémission et plongeai dans une courte béatitude. Mais cela n'avait pas suffi pour me faire oublier le reste. Pour couronner cette expérience épuisante, lorsque, rentré chez moi, je pendis mon costume sur son cintre, il me vint une terrible odeur de chou aux narines.

L'horreur s'empara de moi. Anna avait certainement reniflé les relents du bortsch pendant toute la soirée, et elle ne m'en avait rien dit !

156

— Tu n'es qu'une catastrophe vivante, me dis-je à haute voix.

Mais les va-et-vient entre le désespoir et l'exaltation étaient tels que, un court instant plus tard, en repensant à la soirée, je me gonflais d'optimisme.

J'avais vu à l'expression amusée mais peu dupe d'Anna que les jeunes gens de l'entracte n'avaient fait que satisfaire son goût d'être courtisée, mais qu'aucun d'entre eux ne se détachait du lot. Elle n'avait pas accordé plus de temps ou d'attention à Jean-Jacques qu'à Yves, à Gaétan qu'à Olivier, et n'avait donc offert aucune réponse à la question que je ne cessais de me poser depuis que j'étais tombé amoureux d'elle :

— Aime-t-elle quelqu'un ?

Et que j'avais améliorée au fil des jours.

— Il n'est pas possible, m'étais-je souvent dit, qu'une jeune fille si sensible, si belle et si désirable, ne connaisse pas une grande histoire d'amour.

Mais à la voir dominer, à la fois enjouée et engagée, puis indifférente ou même méprisante, la nuée de brillants garçons qui mobilisaient à eux seuls un quart du foyer du Palais et provoquaient l'hostilité du reste de la foule (j'avais entendu des « cette jeunesse ! » et des « ils se croient tout permis ! » ou enfin des « non, mais regardez celle-là, qu'est-ce qu'elle a de plus qu'une autre ? », venus des tronches enfarinées et figées des adultes, en particulier des dadames avec leurs éventails, leurs jambes lourdes et leurs sacs à main) — à voir, donc, Anna maîtriser cet instant et n'en retirer qu'un plaisir temporaire, je m'étais senti réconforté. Elle ne leur appartenait pas, me disais-je. Elle n'appartient à personne.

Je saurais me faire aimer d'elle, dussé-je acquérir le même vernis, les mêmes connaissances que ceux à qui elle avait prêté son oreille. Je lirais les journaux qu'ils citaient ; je m'abonnerais à leurs revues musicales et théâtrales ; j'irais plus souvent à la Comédie-Française ; je m'instruirais ; je violerais ma pudeur et saurais, la prochaine fois, donner mon avis sur tel violoniste ou tel chef d'orchestre. Je les aurais ! Je leur montrerais ! Je sortirais de ma coquille ! Anna, par la force de l'amour qu'elle provoquait en moi, me permettrait de franchir les bornes qui m'avaient confiné dans les rangs de ceux qui font tapisserie dans les surprises-parties, se taisent aux entractes, subissent sans agir. Soudain, à la faveur de cette épreuve, je me sentis capable de prendre toutes sortes de résolutions. Je me construisais un plan de bataille — mes jours vides avaient trouvé un sens. Car tout m'arrivait, enfin ! En cette quinzième année de ma vie que j'avais jugée glacée et noire, Anna était en train de transformer ce vide, ce froid et cette obscurité, en chaleur et lumière. Aussi bien, malgré le sens du désastre qu'avait fait naître en moi l'odeur du bortsch sur mon costume du dimanche, j'étais impatient d'entamer une nouvelle semaine. Tout pouvait m'arriver : Anna finirait par comprendre que cette histoire d'amour dont je ne pouvais imaginer qu'elle puisse se passer, c'était moi qui étais destiné à l'écrire pour elle — et elle à la lire et la vivre.

Or, comme si j'avais pu le pressentir, un petit événement sans rapport avec mes affres d'amoureux transi vint modifier le cours des choses.

18

Pour la durée d'une manifestation commerciale, un Salon de l'Enfance, un grand quotidien national du matin organisait un concours : participez à un journal entièrement fait par des jeunes. Limite d'âge : quinze ans.

— Inscris-toi, dit ma mère en me tendant l'annonce imprimée en dernière page. Si tu ne le fais pas, je le ferai à ta place.

M'avait-elle observé depuis qu'Anna avait pris possession de mes pensées et mes rêves ? Je ne m'étais confié à personne. Pas plus à elle qu'à un seul membre, frère ou sœur, de ma famille, mais j'avais senti se poser sur moi la douce constance de son regard. Quelque temps auparavant, je n'avais pu dissimuler à ma mère la dégradation de mes travaux scolaires. Il fallait faire signer le relevé des notes et des remarques professorales. Je n'osais pas me présenter devant mon père avec un cahier trimestriel d'une telle médiocrité. Aussi m'étais-je tourné vers elle, conscient de son indulgence sans limites à l'égard du « petit dernier » que je demeurais pour elle. Ma mère avait lu : « Fait ce qu'il peut. Mais peut peu. » La méprisante formule revenait à plusieurs reprises et le professeur principal, le vieux Dubarreuilles, avait ajouté : « En dehors du français, où l'on se contente d'exploiter ses facilités, on n'est pas brillant. On court tout droit vers le redoublement. »

Dubarreuilles s'exprimait souvent de cette manière : chaque élève était désigné par un « on » qui évitait tutoiement, vouvoiement ou toute démonstration d'une quelconque familiarité. Lorsqu'il faisait un compliment à un élève méritant, cela donnait un :

— On a bien travaillé.

Quant à moi, il m'avait récemment fouetté d'un :

— On ne fait rien. On baye aux corneilles. On est ailleurs.

Et dans un élan de partialité que j'avais pris pour une singulière injustice — puisque Dubarreuilles s'était toujours gardé de faire preuve à l'égard de ses ouailles de favoritisme ou d'hostilité — il m'avait interrogé :

— Qu'est-ce qu'on a ? On est amoureux ?

La classe avait ri et j'avais baissé la tête.

Cela se voit donc, avais-je constaté, cela se lit sur mon visage ! Je suis l'Amoureux, personnage ridicule, comparse de comédie qu'on va montrer du doigt dans la cour des grands et dans la rue. Peut-être même, me disais-je, en proie à ce sentiment confusément paranoïaque chez l'adolescent qui se croit le sujet central de conversation des autres —

alors qu'il devrait comprendre que les autres, dont il se soucie tant, se battent l'œil de ses émois ou ses actions — peut-être même, connaissent-ils l'identité de celle qui suscite cet amour ? Et savent-ils qu'il n'est payé d'aucun retour ? Je m'étais recroquevillé sur moi-même, attendant les réflexions assassines de mes camarades lors de la récréation qui suivrait. Mais rien n'était venu, et j'étais resté seul à tourner autour du pilier d'Alexandre, désormais déserté, cet Alexandre dont l'absence m'avait fait retrouver, au milieu de ceux qui avaient été mes camarades, une solitude que Barbier était venu briser.

— Alors, me dit-il, tentant de contrefaire l'inimitable voix du vieux Dubarreuilles, on est amoureux ?

Il me regardait avec son œil velouté, impatient de profiter de mon isolement et ma faiblesse. L'opportuniste qui sommeillait en lui avait vu l'occasion de se venger de celui qui lui avait volé l'attention d'Alexandre. Car nous lui avions pratiquement interdit l'entrée de chez Madame Ku. Et depuis qu'Alexandre, malade, m'avait admis au-delà des portes de son univers, la jalousie de Barbier s'était accrue. J'avais un jour commis l'erreur de me vanter devant lui :

— Je vais chez Alexandre, tous les après-midi après la classe. Je sais comment il vit. Je prends le thé avec les membres de sa famille.

Barbier savait que j'apportais à mon ami les devoirs et lectures afin qu'il continue, avant que ses parents ne se décident à engager un professeur particulier, à suivre le déroulement de l'année

162

scolaire. Barbier aurait voulu être à ma place.
J'avais surpris sur son air faussement benoît le
surgissement de l'aigreur, la lente venue du péché
des médiocres, l'envie.

— Alors, répéta-t-il, « on est amoureux » ?
— Ta gueule, dis-je.
— On s'énerve ?

Je me ruai sur son petit corps et le déséquilibrai
d'un coup de poing au visage. Il recula, refusant le
combat, portant la main à sa tempe.

— Ne me fais pas mal, ne me fais pas mal, hurla-
t-il avec un cri qui domina le brouhaha général des
occupants de la grande cour.

Déjà, les amateurs de rixes convergeaient vers
nous, attirés par la promesse d'un peu de larmes et
de sang. Une trace rouge fleurissait au coin des
maxillaires de Barbier et j'eus honte de mon geste,
et peur de l'avoir blessé.

— Ça va, ça va, dis-je, excuse-moi, je ne pensais
pas à ce que je faisais.

Il eut un rire sans joie.

— Évidemment que tu ne pensais pas à ce que tu
faisais, puisque tu penses à autre chose !

Il avait vite recouvré son aplomb, à l'écoute de
mes excuses. Avec cet instinct qui lui permettrait,
plus tard, de séduire ceux qui, à l'origine, étaient les
plus réticents ou les plus indifférents à son égard ;
avec cette propension à déceler les moindres failles
pour les exploiter au profit de ses laborieuses
progressions vers le pouvoir et les honneurs, Barbier
avait compris que je n'étais pas plus fait que lui

pour la bagarre, pas moins fragile, pas moins timoré, et son avantage, dès lors, s'était accru. Je l'avais frappé et le regrettais. Il était devenu victime et s'en servait. Offensé, j'avais commis l'erreur d'utiliser l'arme physique; il lui était ainsi permis d'exercer des droits sur moi; de manier une autre arme, plus sournoise et plus efficace, la culpabilisation. Mais comme il ne possédait pas encore toutes les clés de ce jeu qui occupe les vies d'adultes, comme celles des nations, il n'alla pas plus loin dans sa domination fugace et se contenta de retourner à une moquerie primaire, propice à notre âge et au décor de notre confrontation.

— J'espère au moins pour toi qu'elle est belle? me dit-il.

— Fous-moi la paix, lui dis-je, et je lui tournai le dos.

Elle est belle, me disais-je, oui, elle est exceptionnellement belle! Et non seulement belle, mais intelligente et raffinée, apte à déjouer courtisans et menteurs, supérieure et inaccessible, et pourtant émotive et bouleversante dans les larmes comme dans le rire, elle est une mélodie de Beethoven! Aucun d'entre vous ne peut comprendre ni savoir, vous êtes des gnomes et des incomplets, des inachevés, des pygmées, des cloportes et des malchanceux, puisque vous n'avez jamais eu le droit de vous agenouiller sur le tapis rouge et doré pour goûter le thé et les biscuits! Ainsi ressassais-je, en reprenant ma déambulation solitaire autour du pilier d'Alexandre au milieu des garçons qui s'aggluti-

164

naient en groupuscules et associations provisoires. Ainsi, à la faveur de mon escarmouche avec Barbier, avais-je pu retourner à l'exaltation et l'exultation. Il n'y avait aucun ridicule à être amoureux. Je devais, au contraire, en tirer un avantage, et y puiser l'énergie pour faire de grandes choses.

19

Ah ! faire de grandes choses !

Atteindre par son talent et ses efforts à la reconnaissance ; tenir le devant de la scène ; faire se retourner les têtes sur son passage ; entendre la foule murmurer : c'est lui, il a écrit ceci, il a joué cela. Les chimères de la gloire venaient tinter à mes oreilles. En faisant « de grandes choses », je gagnerais l'estime définitive de mon ami Alexandre et l'amour réciproque d'Anna. J'existerais pleinement aux yeux des deux seuls êtres qui comptaient pour moi. Je m'inscrivis donc pour le concours. Il fallait rédiger un article de deux pages sur un sujet librement choisi — et comme j'étais « bon en français », et comme le sens de la compétition m'était venu par le simple effet de cet entracte autour d'un comptoir de bar, et comme la réussite sourit parfois aux innocents parce qu'ils ne savent pas, et que, ne sachant pas, ils n'ont peur de rien, je fus choisi avec quelques autres.

Il fallut, plus tard, procéder à une deuxième sélection afin de désigner, cette fois, ceux d'entre nous qui deviendraient les responsables de l'éphémère journal adolescent. Il ne suffisait plus de rédiger un texte original et d'attendre la réponse, on devait se présenter devant une sorte de jury, aller à la rencontre des professionnels qui nous avaient distingués parmi la foule des candidats. Et cela se passerait au siège même du prestigieux journal.

20

C'était un grand hôtel particulier formant l'un des deux arcs de cercle de pierre qui dessinent une partie des contours du rond-point des Champs-Élysées.

Après avoir montré votre convocation au guichet d'entrée sous le porche, entre les deux grands battants des lourdes portes de bois peintes en vert, vous étiez accueilli par un huissier qui vous conduisait par un escalier de marbre jusqu'à un grand salon au parquet « à la Versailles », situé au premier étage. En chemin vers cette pièce, vous aviez croisé des hommes en bras de chemise et cravate, porteurs de dossiers ou de papiers, un crayon fiché entre la tempe et l'oreille, qui avaient l'air affairés mais affables et vous dévisageaient avec une curiosité sympathique. Il régnait, dans les couloirs le long desquels des portes s'ouvraient ou se refermaient en un rythme incessant, une atmosphère active, faite de rires et d'interpellations, sur un registre bon enfant et courtois, comme si les êtres que vous croisiez s'amusaient, comme si le travail qu'ils effectuaient leur procurait du plaisir — comme si, en réalité, ce n'était pas du travail. C'était cela qui m'avait frappé de prime abord et m'avait profondément séduit et aussi rendu perplexe. J'avais l'habitude de ne lire que le tracas sur le front de mon père lorsqu'il sortait de son bureau ; les parents de mes amis m'avaient toujours paru graves, préoccupés, compassés ; tous ces adultes faisaient les importants et les sérieux. Au lycée, professeurs, surveillants, autorités et jusqu'au ronchonnant Capitaine Crochet, nous renvoyaient la même image lourde, la même impression que la vie n'était pas un jeu et que le monde pour lequel ils nous préparaient ne nous offrirait, comme à eux, qu'une charge de monotonie et de responsabilités accablantes.

Or, à peine entré dans l'hôtel particulier du Rond-Point, je découvrais avec une stupeur ravie qu'il existait un métier que l'on pouvait pratiquer avec la même aisance, la même gaieté, la même familiarité qui présidait à nos ébats sous les préaux de la cour des grands. Ces hommes qui « faisaient un journal » semblaient ne pas connaître l'ennui et vivre dans une sorte de « récré » permanente et je m'étais interrogé : pourquoi sont-ils aussi heureux ? Est-ce parce qu'ils aiment ce qu'ils font ? Était-ce la clé d'une vie réussie ?

— Asseyez-vous, me dit l'un de ces hommes, nous avons beaucoup aimé votre papier.

Mes yeux s'écarquillèrent.

— Oui, dit-il, votre papier. Un papier, c'est le nom qu'on donne à un article, dans notre métier.

Mon interlocuteur avait les yeux vifs et avertis, les cheveux noirs bien peignés, l'air sûr de lui, sans ostentation. Il portait un costume croisé bleu marine à rayures gris clair, une cravate en tricot bleu, une chemise bleu poudre. Il avait des gestes courts et méticuleux, une diction douce, rassurante, il rappelait les gentlemen aux manières impeccables dans les films que je découvrais à l'époque, ces comédies de mœurs ou ces intrigues policières en noir et blanc, en majorité américaines, et qu'animaient des acteurs habillés comme des gravures de mode, flegmatiques, maîtres de leurs gestes. Il me dit s'appeler Walfard et être chargé des services de promotion qui avaient pour mission d'organiser les concours et les jeux, châteaux de sable en été sur les plages, compétition de culture générale en hiver — et en l'occurrence, ce simulacre de journal pour jeunes qui permettrait d'animer le stand de leur publication pendant la durée du Salon.

— Je ne suis donc pas, à proprement parler, un journaliste. Je ne rédige pas. Mais il y a toutes sortes de professions à l'intérieur d'un grand journal et les hommes les plus importants dans cette maison sont parfois ceux qui signent le moins souvent. Bon, parlons de votre papier. Engiacamp ?

Il se retourna vers celui qu'il avait nommé, un des deux autres adultes installés autour de la table et en face desquels on m'avait prié de m'asseoir. Nous nous trouvions dans une vaste pièce dont les hautes fenêtres, encadrées de doubles rideaux, l'un de tulle, l'autre de velours vert sombre, donnaient sur les marronniers du Rond-Point aux branches vides et nues à cette époque de l'année. Mon nouvel interlocuteur était plus jeune que le dénommé Walfard. Il avait un visage plus rond, habité par la gouaille ; une attitude en éveil ; comme si les gens en face de lui méritaient qu'on les étudie et qu'on cherche à les connaître, voire les aimer. Sa tenue n'était pas moins bienséante que celle de Walfard, mais traduisait un certain mépris de l'ordre. La cravate était moins lisse, la chemise plus lâche, le costume moins bien coupé, à l'instar de la chevelure bouclée, un peu folle, partant dans toutes les directions. Je me sentis immédiatement en confiance avec Engiacamp, parce qu'il affichait une bienveillance amicale et que ses gestes, l'intonation de sa voix, son regard, vous faisaient un signe de reconnaissance, semblaient vouloir dire :

— Je ne suis pas là pour vous juger ou vous sanctionner, je ne suis là que pour vous comprendre.

En quelques minutes, je sentis tomber mes timidités et grâce à ce don qu'il avait pour mettre un lycéen sur le même pied d'égalité que le reporter-chroniqueur déjà aguerri, ayant déjà bourlingué, observé puis rapporté aussi bien les malheurs du globe que les comédies de la vie parisienne, je pus dialoguer avec franchise, me surprenant à lui dire ce que je ne parvenais pas à exprimer ailleurs. Il possédait la faculté, indispensable à l'exercice du journalisme, de faire parler les autres, même s'ils n'ont pas, au début, voulu livrer quoi que ce soit de leurs pensées ou leur humeur. Ainsi, sous le déroule-

171

ment habile de son interrogation souriante, je parvins à lui expliquer quelques-unes des raisons de ma présence au sein de cette auguste institution de la presse française.

— Alors, conclut-il, vous n'aimez pas trop le lycée, mais vous aimez écrire — et votre mère vous pousse à faire quelque chose de vous-même — et vous avez, sans le savoir vraiment encore, l'envie de sortir du lot, de vous distinguer.

— C'est ça, oui, monsieur, dis-je.

— Appelez-moi Pierre, me dit-il. Je ne suis pas un « monsieur ». Je n'ai que dix ans de plus que vous. Un jour, vous vous souviendrez de moi comme d'un gamin sans consistance.

Il avait dit cela avec un sourire indéchiffrable, celui des hommes qui, encore jeunes, ont été témoins de la violence, la vanité, la mort, et que leur profession conduit naturellement vers l'usage de la relativité. Puis il revint à moi.

— Bon. Votre papier était excellent. Nous avons passé en revue la plupart des autres candidats. Vous allez former une gentille petite équipe. Nous superviserons votre travail et vous encadrerons. Mise en page, titre, corrections, tout cela sera fait sous la houlette des vieux, des gens du métier. Mais il faudra que vous trouviez des idées, que vous écriviez des papiers et des chroniques, que vous fassiez des dessins. Le journal paraîtra deux fois par semaine pendant la durée du Salon mais il n'est pas question de vous empêcher de continuer vos travaux scolaires. On vous fera travailler essentiellement le

172

jeudi et pendant les week-ends — avec l'accord de votre famille, bien entendu.

Walfard reprit la parole pour m'apprendre qu'il restait trois noms en lice pour le titre symbolique de « directeur » et que je figurais dans leur sélection finale. Engiacamp et lui me regardaient avec amusement.

— Vous avez envie d'être directeur ? demanda l'un d'entre eux.

Je ne vis aucun piège dans la question. Je pensai soudain à Alexandre, puis à Anna. Alexandre, parce que sa morgue et sa capacité de parler d'égal à égal avec les « vieux » m'avaient toujours épaté et parce que je voulais, une fois pour toutes, être « à la hauteur », comme il m'y enjoignait souvent. Anna, parce que je souhaitais ardemment qu'elle m'admire et qu'elle m'aime ; devant sa cour de petits marquis, à l'entracte des concerts du Palais de Chaillot, je pourrais jouer un autre rôle que celui d'allumeur de cigarettes, celui qui renouvelle les coupes de champagne ; mais ce serait surtout elle, Anna, que j'étonnerais et dont je mobiliserais enfin les pensées. Alors, sur ce ton délibéré d'insolence que j'avais étudié chez Alexandre, je répondis aux deux hommes en face de moi :

— Bien sûr, j'en ai envie. Je ne vois pas d'autre position qui puisse véritablement m'intéresser ou me convenir.

Ils éclatèrent de rire.

— Vous ne manquez pas de culot, dit Engiacamp.

173

— Vous n'auriez que le culot, ajouta Walfard, on vous jetterait par cette fenêtre.

Et il se retourna vers les hautes vitres à travers lesquelles je pouvais voir les branches noires et tordues du Rond-Point, comme autant de bras justiciers dénonçant mon impertinence.

— On dirait aussi, ajouta Walfard en souriant, que vous avez non seulement du culot, mais une promesse de talent et d'ambition. Alors...

Sur cette phrase inachevée, il m'accompagna jusqu'à la porte du salon, derrière laquelle se tenaient deux autres garçons de mon âge qui attendaient leur tour pour passer leur « oral ».

— A bientôt, jeune homme, dit Walfard en me serrant la main. Nous vous donnerons de nos nouvelles.

Pierre Engiacamp fit quelques pas avec moi jusqu'aux marches de l'escalier. Il entoura brusquement mes épaules de son bras, dans un geste chaleureux.

— A bientôt, me dit-il. On vous reverra...

Puis il sourit.

— Vous m'avez bien fait rire tout à l'heure. Quel culot, dites donc, mon petit vieux !

A cet homme en qui, au cours d'une seule rencontre, j'avais décelé des réserves d'indulgence et comme une amorce de complicité, je voulus dire la vérité. Je lâchai tout, sans oser affronter son regard :

— J'ai fait semblant, lui dis-je, je ne suis pas comme cela, je ne suis pas un crâneur. J'ai joué la comédie, j'imitais quelqu'un d'autre, je n'ai pas de culot, monsieur.

Il m'interrompit avec gentillesse :

— Je t'ai déjà dit de m'appeler Pierre. Personne ne m'appelle monsieur, sauf les huissiers. Vas-y, me dit-il, continue.

Les yeux toujours baissés au sol, j'achevai ma confession :

— Vous devez me croire, Pierre, je n'ai pas voulu la ramener. Je ne suis pas un prétentiard prétentieux.

Il m'interrompit une nouvelle fois avec moins de douceur. Il prit mon menton entre ses doigts, pour me faire relever la tête et que mes yeux rencontrent les siens.

— C'est très bien comme ça, me dit-il. Ton culot est là pour dissimuler ta pudeur et ta sensibilité. C'est très bien, je connais cela par cœur, mon garçon. Tu n'es pas obligé de le clamer sur les toits, j'ai compris. Mais n'aie pas peur, non plus, de te servir de ce culot de temps en temps. Je ne te dis pas que tu dois mentir, mais il ne faut pas avoir froid aux yeux, par ici. Tu vois, ces gens autour de nous, ils me sourient et je leur souris, mais ils savent que je sais que certains d'entre eux me feraient volontiers un croc-en-jambe pour partir à Hanoi à ma place afin d'interviewer de Lattre de Tassigny. Alors, tu sais, la comédie, le culot, c'est parfois très utile.

Je l'écoutais avec avidité. Sans doute Pierre Engiacamp dut-il lire sur mon visage que je voulais en savoir plus, pousser plus loin cette porte que le hasard venait d'ouvrir. Il m'apostropha :

— Tu connais Saint-John Perse?

— Non.

— Lis-le. Il a écrit : « Il faut traverser toute vie, même littéraire, en animal de luxe. »

Il répéta :

— Tu connais Cocteau?

— Un peu.

— Lis-le. Il a écrit : « Il faut savoir s'avancer masqué. »

Enfin :

— Tu connais Apollinaire?

— Ah! oui, dis-je avec un soupir de soulagement. C'est mon poète préféré.

— Bravo, tu as raison. Eh bien, continue de le lire.

— Et qu'est-ce qu'il a dit, lui?

Engiacamp fit un clin d'œil.

— Il a dit quelques petites choses, et plus joliment que beaucoup d'autres. Par exemple...

Il s'écarta de moi et, élevant la voix comme s'il ne lui déplaisait pas que ses confrères se retournent sur son passage pour écouter ce valeureux bourlingueur, il se mit à réciter avec des trémolos de jubilation :

Avec ses quatre dromadaires
Don Pedro d'Alfarubeira
courut le monde et l'admira.
Il fit ce que je voudrais faire,
si j'avais quatre dromadaires.

Deux hommes plus âgés que lui, en bras de chemise, l'un ventripotent et la pipe à la bouche, l'autre mince et désinvolte, un rouleau de dépêches sous le bras, l'approuvèrent de la voix et du geste, comme s'ils avaient déjà souvent entendu Engiacamp clamer le petit poème qui était, aussi, sa profession de foi.

— Bravo, Pierre! Bravo, don Pedro!

Il les remercia d'un geste de la main, puis il reprit son ton de confidence :

— Tu vois, mon bonhomme, le journalisme te permet d'avoir accès aux quatre dromadaires. Si tu veux un jour, à ton tour, parcourir le monde et devenir Alfarubeira, il faudra que tu te serves de ce culot que tu affirmes ne pas posséder.

— Merci, monsieur, lui dis-je, submergé par la gratitude.

— J'en ai vraiment marre que tu m'appelles monsieur, répondit-il. Si tu ne m'appelles pas Pierre, on ne se parle plus.

Puis il me serra la main, en y mettant une pression plus forte que celle de la poignée de main de Walfard et je quittai le siège du grand journal pour aller jusqu'à l'arrêt Franklin-D.-Roosevelt, au rond-point des Champs-Élysées, afin d'attendre l'autobus qui me permettrait de rentrer chez mes parents. Debout, dans le vent qui soufflait en rafales venues du fond des jardins du Carré Marigny, il me fallut peu de temps pour constater que je n'étais plus tout à fait le même

177

garçon que celui qui avait, quelques heures auparavant, franchi le porche du bel hôtel particulier aux
parquets en bois et aux hautes fenêtres à chambran-
les dorés.

21

Square Lamartine, un Alexandre au visage contrarié, à la mine lugubre, m'attendait, couché sur le lit, la couverture et les draps non défaits, dans sa robe de chambre de malade.

— Elle le revoit, me dit-il. C'est une catastrophe. Et comme l'imbécile que tu es, tu ne m'as rien dit.

— De quoi parles-tu? dis-je. Je ne comprends rien à ce que tu me racontes.

Il haussa la voix :

— Tu n'as donc rien vu au concert? Ou alors tu n'as pas voulu me raconter!

J'insistai :

— De quoi parles-tu donc?

Alexandre se refusait encore à lever le voile. Il s'acharnait à m'accuser, me pousser dans cette culpabilité qu'il savait si bien créer chez moi.

— Tu ne m'as pas suffisamment bien raconté le concert. Je t'avais demandé de tout me dire.

— Mais je t'ai tout dit, lui dis-je. Les petits snobinards à l'entracte; Boris, que tu connais bien; l'incident avec des spectateurs en retard; le talent de Wilhelm Kempff... Je t'assure, je t'ai tout dit, je n'ai rien oublié.

Il se mit à gémir et, dans son gémissement, je crus reconnaître les accents mélodramatiques de sa mère, ce fantôme que je n'avais toujours pas aperçu alors que j'étais devenu un visiteur quotidien, un familier de leur appartement à la fois sordide et splendide.

— Non, non, non, fit-il en répétant ce non pour le déformer en une plainte, un sanglot, un râle. Noooooon !

Il cessa son hululement et se tut, fatigué. Un soupir, puis un sifflement, et le corps s'affaissa. Ses yeux avaient perdu une partie de leur éclat depuis qu'il s'était alité. Son visage aussi semblait se modifier subtilement, un peu plus mou, moins ciselé ; on eût dit que la position couchée, les médicaments, la privation de tout exercice physique, et je ne sais quel régime alimentaire, avaient commencé de retirer à Alexandre une parcelle de sa beauté et de sa séduction. Mais il y avait gagné en gravité — la maladie l'avait encore plus éloigné de son âge réel. Il n'avait jamais eu cet air boutonneux et inachevé, qui était celui de tous les garçons de ma classe ; désormais, quelque chose d'autre était venu prendre possession de ses traits, et cela faisait un peu peur, ou vous forçait à le traiter de façon prudente, comme on avance sur une couche de glace qui menace de se rompre à chaque instant.

— Je t'en supplie, reprit-il après un silence. Nous avons prêté serment chez Ku, rappelle-toi. Nous devons tout nous dire et ne jamais nous trahir. Nous sommes des amis authentiques.

Comme je ne devais pas paraître réagir assez vite, il redevint mordant :

— Allons, allons, Rouletabille ! Allons, allons, l'enfant naturel de Blaise Cendrars et de Joseph Kessel, tu ne vas tout de même pas me faire croire que ton grand talent de journaliste t'aurait trahi ?

Y avait-il de la jalousie dans cette boutade ? Je lui avais narré en détail mes aventures, mes audaces, au sein du grand hôtel particulier du rond-point des Champs-Élysées, ainsi que mon espoir de me voir retenu pour la sélection définitive. A ma grande déception, il ne m'avait pas félicité. J'aurais souhaité qu'il sollicite plus de détails, me complimente et m'accepte comme son égal en insolence et réussite, mais il avait ignoré l'ensemble de mon histoire, et j'en avais éprouvé de l'amertume. Maintenant, il me cinglait de son ironie coutumière, et je n'avais pas la force de lui répondre, parce qu'il était malade, mais aussi parce qu'il me dominait assez pour que je retrouve, en sa présence, l'état de soumission admirative qui avait été le mien dès notre première rencontre.

— Ça va, ça va, dit-il, je plaisantais, te vexe pas, mon vieux.

— Je ne suis pas vexé, dis-je.

— Bon. Le type est bien. Le type a beaucoup de patience et de contrôle de soi. C'est bien. Le type mérite vraiment mon amitié. Le type doit me faire un sourire.

— Ça va, Alexandre, lui dis-je. Explique-moi plutôt ce que tu voulais me dire.

Il se retourna vers la porte d'entrée de sa chambre, semblant vouloir s'assurer que nous étions bien seuls. Il avait repris sa mine contrite, son discours de comploteur. Il chuchota :

— Elle l'a revu, c'est sûr. Tu n'as pas remarqué un homme, là-bas, au concert ?

— Si, bien sûr, dis-je, Nuque Épaisse.

Une satisfaction douloureuse passa sur son visage.

— Ah, fit-il, je le savais ! C'est qui, Nuque Épaisse ? Qui appelles-tu de ce surnom ? A quoi ressemblait-il ?

— Eh bien, je ne sais pas, moi, dis-je, c'était le type qui était devant nous dans la salle, celui qui était arrivé en retard avec sa femme.

— Bien, bien, alors ? fit Alexandre avec impatience. A quoi ressemble-t-il ?

— Il a une nuque épaisse et des cheveux noirs, très plaqués, tu vois, comme un danseur mondain. Mais de face, il a de la gueule, on dirait un acteur de cinéma. C'est un bel homme, quoi.

Alexandre réfléchit et dit pour lui-même, contemplant le vide devant lui :

— Oui, bien entendu, c'est sûr que c'est lui.

Puis :

— Ils se sont parlé ?

— Qui ?

— Eh bien, Anna et le type, voyons !

— Mais non, dis-je, bien sûr que non.

— Bon, peut-être, insista Alexandre, mais est-ce que tu as eu l'impression que quelque chose s'était passé ? Ça n'est pas parce que les gens ne se parlent pas qu'il ne se passe rien, tu sais quand même ça, espèce de niais !

J'hésitais. Il me pressa :

— Enfin quoi ? Raconte !

— Eh bien, ils ne se sont jamais parlé, ça c'est sûr, dis-je, mais à l'entracte au foyer, maintenant que tu me le demandes et maintenant que j'y pense, j'ai bien eu l'impression qu'ils se regardaient comme s'ils se connaissaient déjà et ... je ne peux pas te dire franchement, je ne sais pas.

Au moment où je lui disais que je ne savais pas, je sentis que je savais ; j'avais tout de suite su qu'il s'était passé quelque chose entre Anna et cet inconnu.

— Tu es un crétin, dit-il.

— Oh, ça va, dis-je, j'en ai marre de tes insultes.

— Tu es un merveilleux crétin, répéta-t-il, cette fois avec affection. Nous avons prêté serment chez Ku et je te fais confiance, tu le sais. Et puis, tu es trop mêlé à tout cela maintenant pour que je ne te dise pas tout. C'est une catastrophe. Voilà : Anna aime encore cet homme. J'ai cru que c'était fini et qu'ils ne se revoyaient plus, que j'avais réussi.

— Réussi quoi ?

— A la détacher définitivement de lui. Mais depuis le concert de l'autre soir, Anna n'est plus tout à fait la même.

La phrase prononcée par Alexandre : « Anna

aime cet homme », me remplit d'une grande tristesse. J'avais reçu un coup, je me sentais groggy, il fallait que je m'étende, c'était trop injuste. Mais la curiosité, aiguillon de ma jalousie naissante, me poussait à lui poser à mon tour des questions :

— Comment ça, elle n'est plus la même ? A quoi peux-tu voir ça ?

Alexandre eut une courte expression de mépris devant mon ignorance de la vie.

— Figure-toi que ça se voit. Je la connais, moi !

Avec orgueil mais souffrance, et autre chose que je ne pouvais définir, Alexandre eut ce mot :

— Je la connais comme si c'était ma femme.

Puis, la voix toujours feutrée, sur le ton de la confidence, comme un criminel avoue son crime ou un mouchard livre son information, sur ce ton de vérité qui ne trompe pas puisqu'il est un soulagement pour celui qui l'exprime, l'abandon du secret, le partage de ce qui était trop lourd à porter seul — Alexandre me livra les premiers éléments sur Anna et sur Nuque Épaisse.

L'affaire remontait à un an auparavant, avant que les Vichnievsky-Louveciennes ne s'installent dans l'appartement du square Lamartine — quand ils habitaient près du parc Monceau. Un soir, en rentrant du lycée Carnot, Alexandre avait surpris sa sœur devant son miroir en train de se chanter doucement à elle-même :

184

— Il m'aime... Je l'aime... Il m'aime... Je l'aime...

La porte de la chambre d'Anna était entrouverte. Alexandre avait l'habitude de marcher sur la pointe des pieds le long du couloir, à la fois pour ne pas être entendu de sa mère dont il redoutait les interrogations (« D'où viens-tu ? Qu'as-tu fait ? »), mais aussi parce que le frère et la sœur éprouvaient un plaisir infini à se faire réciproquement peur. Cela remontait à leur enfance. Ils avaient toujours pratiqué ce jeu intime, se dissimulant derrière les meubles, les lits, les rideaux, pour faire sursauter l'autre en imitant un son bruyant, brusque et violent. Alors le frère ou la sœur poussait un cri d'effroi :

— Tu m'as fait peur !

Et ils se jetaient dans les bras l'un de l'autre. Elle lui prenait la main, la portait à sa poitrine.

— Entends comme mon cœur a sauté, lui disait-elle. Entends comme j'ai eu peur.

Il tâtait sa poitrine, il posait sa tête contre son cœur pour percevoir, à travers le voile du chemisier ou de la blouse, ou la veste de pyjama, la pulsation accélérée qui attestait de son agitation. Il lui disait :

— Je n'entends pas assez bien. Tu mens : je ne t'ai pas fait vraiment peur.

— Attends, disait-elle. Je vais te faire mieux entendre.

Elle déboutonnait la blouse ou la veste. Il collait alors sa joue ou son oreille contre la peau satinée d'Anna, s'attardant sur sa chair, ses sens autant troublés par le bruit de ce cœur qu'il entendait, dès lors, comme s'il avait été à l'intérieur du battement même, que par le parfum et le contact de cette peau, ces odeurs qui lui rappelaient les souvenirs de leurs premières embrassades enfantines et dont il devinait avec désespoir qu'aucun autre être humain ne pourrait les lui offrir. Lorsqu'elle avait grandi et qu'elle était véritablement devenue une jeune femme, et lorsqu'il s'était lui-même transformé en un jeune homme, ils avaient prolongé leur manège et, désormais, c'était contre son soutien-gorge et son sein qu'il se plaisait à poser son visage et il le faisait avec la même gourmandise, la même impudeur, la même conscience que cela n'appartenait qu'à eux. Elle l'embrassait avec autant de fougue ; il l'effrayait avec autant de délice ; elle criait avec autant de joie et de peur ; ils s'étreignaient avec autant de rires mêlés à autant d'attouchements.

Alexandre s'était donc approché de la chambre de sa sœur, près d'imiter le rugissement du tigre ou le hurlement du loup, mais il avait surpris l'étrange litanie chantonnée par Anna :

— Il m'aime... Je l'aime...

Il avait retenu son cri. Il s'était mué en voyeur. Plaqué contre le mur attenant à la porte de la chambre, il avait réussi à glisser lentement son corps de façon à pencher la tête et à pouvoir observer, sans être vu, à travers l'ouverture de la porte, le visage de sa sœur tel que le renvoyait le miroir de la coiffeuse devant laquelle elle était assise. Il avait cru lire une expression de bonheur et d'excitation contenue dans ses yeux et sur ses lèvres qu'il croyait si bien déchiffrer, dont il savait si bien interpréter les mouvements. Ce qu'il avait lu ne correspondait à rien de ce qu'il connaissait déjà. Cela fit sonner en lui les alarmes annonciatrices du danger qu'il avait redouté le plus et qu'il n'avait jamais osé définir : Anna lui échappait, Anna appartenait à quelqu'un d'autre ! Alors, il voulut la mettre à l'épreuve. Il poussa son cri. Elle réagit avec la même épouvante qu'à l'accoutumée. Il se rua vers sa sœur.

— Je t'ai fait peur ?

Elle se plia à leur rite, observant le déroulement des étapes traditionnelles.

— Oui, tu m'as fait peur, dit-elle à son frère. Entends mon cœur, comme il a sauté.

Il s'approcha d'elle pour l'enlacer et poser sa tête sur sa poitrine et elle le laissa faire, mais il possédait cet instinct propre à ceux qui, bien qu'ils aiment, ne perdent rien de leur perspicacité et débusquent tout indice d'un élément nouveau dans les sentiments de l'autre. A l'image de ces amoureux qui sont si soupçonneux qu'ils savent immédiatement capter le mensonge, Alexandre put flairer, dans l'impercepti-ble différence avec laquelle sa sœur le serrait contre lui pour leur habituelle cérémonie, que son corps lui mentait, qu'elle était occupée de quelqu'un d'autre. Il fit comme elle, et joua la comédie. Dès cet instant, cependant, il n'eut de cesse de surveiller Anna ; la suivre dans la rue à la sortie de ses cours ; épier son courrier ; écouter ses appels téléphoniques ; faire le compte de ses allées et venues, de ses changements d'humeur. Il était devenu l'espion de la vie de sa sœur et il en souffrait d'autant plus qu'il fallait continuer de la soutenir dans le conflit constant qui l'opposait à sa mère. Surtout, il n'avait rien perdu de son amour pour elle, son goût pour leur dialogue, sa vision de l'existence, son humour et sa folie. Mais il persista dans son double jeu et finit par identifier celui qu'aimait Anna.

— C'était un vieux, pas un type de son âge.

A ce stade de son récit, Alexandre s'interrompit. Il devint vague et elliptique et je compris qu'il refusait de m'en dire plus. Ni sur l'homme, ni sur la durée de la liaison, ni sur la manière dont le temps, la fracture des vacances d'été et quelques autres incidents de parcours (« trop dramatique, tout cela, mon petit vieux, des choses qu'on ne raconte pas, même à son meilleur ami ») avaient mis fin à la « désastreuse affaire ».

— Toujours est-il, conclut-il, que je croyais que c'était fini. Et voilà qu'il réapparaît à la surface et qu'elle le revoit.

— Comment sais-tu qu'elle le revoit puisque tu ne peux plus la suivre, puisque tu es condamné à garder la chambre ? demandai-je.

— Ha, ha ! fit-il en riant. Le type est fin, il réfléchit, astucieux le type ! Eh bien, je le sens, c'est tout, je l'ai compris au lendemain du concert, elle avait la tête à autre chose. Elle m'a peu parlé, elle a changé de parfum, elle rentre plus tard après les cours, elle frétille.

188

Il eut une moue de dégoût.

— Et si tu te trompais, dis-je. Et si tu te faisais des idées fausses ?

Alexandre me toisa de son regard.

— Excuse-moi, mon vieux, mais explique-moi la coïncidence ! L'homme assis à un rang devant elle ! Nuque Épaisse ! Et elle qui n'arrête pas de provoquer et d'insulter sa femme ? C'est bien comme ça que ça s'est passé ?

— Oui, dis-je, tu as raison, mais ce n'est peut-être qu'une coïncidence.

Il rit à nouveau.

— Ne fais pas cette tête, tu veux ?

La douleur était-elle aussi manifeste sur mon visage ? J'avais du mal à accepter tous ces éléments nouveaux. L'idée que je m'étais faite d'Anna correspondait si peu avec ce que je venais d'apprendre et que je redoutais d'imaginer : la pure jeune fille, l'objet de mon obsession amoureuse, dans les bras de cet homme aux traits dominateurs, ce Nuque Épaisse dont il me semblait, maintenant, pouvoir me remémorer chaque trait et chaque attitude aussi bien pendant l'entracte qu'au cours du concert. Gagné par les mêmes soupçons qu'Alexandre, j'en vins rapidement à interpréter ce qui n'avait été, peut-être, qu'anecdotique et fortuit comme les signes d'un code secret entre l'homme et la jeune fille : la façon dont il avait refusé de se retourner vers elle quand elle insultait sa femme, la crispation de son cou ; leur échange de regards d'un comptoir de bar à un autre et comment la jeune fille avait fini par baisser les yeux, soumise et consentante, prête à reprendre le fil brisé de la liaison. J'en étais malade, incapable de faire le tri dans toutes ces images, celles que j'avais vécues, celles que je m'inventais pour approfondir le sillon de ma jalousie : Anna dans les bras de cet homme, l'embrassant, Anna étant embrassée, Anna aimant et étant aimée.

— Tu es donc tellement amoureux d'elle ?

L'interrogation d'Alexandre me fit revenir à la surface. Je le regardai. Il avait retrouvé un air presque guilleret. Ma tristesse semblait lui redonner de la vigueur.

— Il fallait me le dire plus tôt, mon petit vieux, que tu aimais ma sœur à ce point-là. Je t'aurais prévenu que tu n'avais aucune chance. Aucune.

Mais comme nous étions solidaires dans le même malheur, il freina vite sa raillerie. Agile et inventif, Alexandre venait de voir l'avantage qu'il pourrait tirer de mon état d'esprit. J'étais son associé, nous partagions la même angoisse jalouse, et puisqu'il était momentanément cloué à son lit, il devait me revenir pour mission de surveiller Anna, vérifier si elle revoyait ou non l'ignoble personnage.

— Tu n'as qu'à la suivre et la prendre en filature.

— C'est impossible, dis-je, je ne sais pas faire ça.

— Tu ne sais pas ou tu ne veux pas ?

— Les deux !

Il n'insista pas.

— Très bien, fit-il avec calme, c'est comme tu veux. Je ne te force pas.

Mais il avait semé sa graine et je sentis la

suggestion s'installer en moi comme une maladie qui vous gagne subrepticement. Je m'en voulus de tomber dans le stratagème d'Alexandre, dépendre encore une fois de lui et de ses raisonnements pervers, son pouvoir de persuasion mais je m'imaginais déjà, aussi, prenant Anna en filature et devenant à mon tour l'espion de sa vie. Je haïssais l'idée que je puisse devenir le flic privé d'une de ces séries B en noir et blanc de la compagnie Warner qui faisaient l'essentiel de ma nourriture cinématographique. Ça n'était pas bien. Ça ne se faisait pas. Ce n'était pas ainsi que je me voyais, c'était encore moins ainsi que j'aurais voulu qu'on me juge.

— As-tu changé d'avis ? me demanda Alexandre.

Puis, l'œil rivé sur moi :

— Elle sort du cours Hattemer tous les soirs à cinq heures.

Je le quittai sans répondre.

22

Dehors, alors que je sortais du porche de l'immeuble pour déboucher dans la rue, une violente chute de grêle m'assaillit. Inattendue, brutale, glacée, trépidante, la grêle me submergea et je ne fis rien pour m'en protéger.

Je l'accueillis avec soulagement, avec cette manière éperdue qu'ont les adolescents de se livrer à la pluie et au vent, au froid ou à l'eau, afin d'oublier momentanément les mesquineries de la vie quotidienne, les limites tracées par le raisonnement des adultes. Je franchis la petite grille du square et m'immobilisai entre les arbres, en tendant mes mains et mes bras comme un épouvantail à moineaux.

Les grêlons étaient compacts, rugueux, ils fouettaient mon visage, ils attaquaient mes joues. Je fermai les yeux, j'ouvris la bouche pour tenter de les avaler. Je sentais les grêlons se déposer sur mes cheveux comme autrefois, lorsque tout petit enfant, j'avais découvert que la neige pouvait déposer une sorte de coiffe blanche sur notre tête. Bientôt, les grêlons fondaient et l'eau ruisselait sur mon front, le long de mon corps, pénétrant lentement dans mes vêtements à travers mon imperméable. J'aurais voulu rester ainsi, debout, pendant des heures, au milieu des flaques qui se formaient à mes pieds, recevant cette averse de grains blancs et ovoïdes comme les éléments venus du ciel pour me purifier et me laver de toutes les pensées malsaines que j'avais eues à propos d'Anna, toutes les images négatives qui s'étaient bousculées dans ma tête à l'écoute des confidences d'Alexandre. Le sein d'Anna, la peau d'Anna, Alexandre se pressant contre elle. Et puis, aussi, Anna dans les bras de Nuque Épaisse et puis où ? Dans quelle chambre ? A quelle heure du jour ou de la nuit faisaient-ils l'amour ? Et comment ? J'aurais voulu que la grêle arrache tout cela de ma personne, comme elle était en train d'attaquer le duvet de ma peau, avec régularité et violence. Que la grêle fasse de moi un être différent de ce jeune homme hésitant, déchiré entre ses désirs contraires, ses tentations et ses fantasmes et que, par le même phénomène, la grêle purifie aussi Anna et que le ciel me la rende telle que je l'avais aimée et rêvée, intacte.

Enfin et aussi, la grêle, à mesure qu'elle prenait possession de mes vêtements et de mon corps, me faisait oublier que je vivais dans une ville, dans un univers de ciment et de bitume. Car la violence de la chute avait fait ressortir les odeurs de terre et d'herbe du square et dans mon délire imaginatif, mon refus forcené de faire face à la réalité des choix qui m'étaient offerts, je recherchais un refuge, un retour aux sensations de mon enfance, lorsque je vivais à la campagne, lorsque la confiance que j'avais en mes aînés me protégeait de toute misère sentimentale. Comme tout était simple, alors! La glaise, le calcaire, la fougère, les bois, les maquis, les rivières, les vignes et les forêts. J'en aurais pleuré de mélancolie.

Puis la grêle s'arrêta. Ankylosé, je fis tomber mes bras le long de mes hanches et j'ouvris les yeux. J'étais seul au monde, comme tous les adolescents du monde. La durée de la chute avait été courte, mais j'avais perdu la notion du temps. Je n'étais plus qu'une masse dégoulinante d'eau, les joues en feu et les doigts gourds, les jambes transpercées par l'effet de la grêle et du froid sous le pantalon. En face de moi, de l'autre côté du square et de la rue, au premier étage, les lumières s'étaient allumées à travers la fenêtre de ce que je pouvais aisément reconnaître comme la chambre d'Alexandre. La fenêtre voisine, celle de la chambre d'Anna, restait sombre et sans vie. La jeune fille n'était pas rentrée chez elle. Où était-elle?

Dans le clapotement de mes semelles imbibées, faisant comme un bruit d'éponge que l'on presse, dégageant à chacun de mes pas sur le trottoir des bulles d'air et d'eau, silhouette de clochard juvénile, je rebroussai chemin vers mon propre domicile, transi de froid. Je souhaitais que la fièvre s'empare de ma gorge et ma poitrine pour que je puisse, enfin!, m'abandonner dans les bras d'une longue

194

maladie, pour qu'on me cajole et me réchauffe, qu'on m'emmaillote et me bichonne, et que je n'aie plus à décider de rien. Mais il était dit que je ne tomberais pas dans ce piège et que d'autres événements viendraient me forcer à prendre ma vie un peu plus en main. Ils surgirent par l'entremise d'une arme dont nous ne nous servions qu'à peine, à l'époque : le téléphone.

23

Le téléphone sonna deux fois à mon intention dans les semaines qui suivirent. Une fois pour une bonne nouvelle, une fois pour une mauvaise.

Le téléphone était un objet sacré dont l'unique exemplaire trônait sur le bureau de mon père. L'appareil dégageait une impression de puissance. De couleur noir d'encre, fait de bakélite, lourd et trapu, avec un combiné microphone-récepteur bien encastré dans un socle immobile, il ressemblait à une bête minéralisée, un crapaud sans vie. Sur le cadran rond, en matière plastique transparente épaisse, les alvéoles ronds permettaient d'insérer le bout du doigt afin de composer les trois lettres préfixes, suivies des quatre chiffres.

Lorsque le cadran, amené par le doigt jusqu'au butoir en métal, revenait à sa position initiale entre chaque composé des lettres puis des chiffres, on entendait une sorte de bruit s'apparentant à celui d'un roulement à billes, qui annonçait d'autres bruits tout aussi singuliers, celui de la sonnerie à distance vers notre correspondant. Les modèles de ces années-là ne possédaient pas de système d'alarme incorporé et l'ensemble de la sonnerie était incrusté au mur, à l'arrivée du fil, comme un dôme métallique de champignon, qui produisait de temps à autre le son d'un grelot, séduisant et inquiétant, puisqu'il était admis en ce temps-là et dans une famille comme la nôtre, qu'en dehors de l'usage professionnel que pouvait en faire mon père aux heures de la journée, on n'utilisait le téléphone qu'à des fins essentielles, graves ou urgentes. Il m'était rarement arrivé de recevoir un appel, encore moins d'en donner un.

Je connaissais néanmoins quelques numéros et avais échangé le nôtre avec celui d'Alexandre. Notre univers téléphonique se bornait à des PAS-SY, JAS-MIN, MOL-ITOR, KLÉ-BER ou autres AUT-EUIL et je n'avais pas encore goûté à cette exaltation, ce picotement de curiosité, lorsque des VOL-TAIRE, des LIT-TRÉ, des MÉD-ICIS, ou même d'insolites BOT-ZARIS, JUS-SIEU, ou de presti-gieux ÉLY-SÉES, ÉTO-ILE, ou d'impressionnants CEN-TRAL viendraient agrandir mon paysage de relations humaines, ainsi que ma familiarisation avec la diversité des vies à Paris. Mais j'aimais déjà ce partage de la ville en réseaux et en régions regroupés sous des noms d'écrivains, de maréchaux, de savants, d'industriels ou de lieux d'histoire, appartenant à cette génération qui vit, plus tard, dans la transformation de ces lettres en chiffres, un signe supplémentaire de l'uniformisation glacée, une autre manifestation de l'ennuyeuse modernité soumise aux chiffres et non plus à la mémoire collective d'un pays.

— C'est pour toi, un certain Pierre Engiacamp. Il dit qu'il ne veut s'adresser qu'à toi.

Avec ces mots prononcés sur un ton surpris et presque vexé, mon père vint, un soir, à l'heure du dîner, me chercher dans ma chambre. Je reconnus, dans le récepteur que j'avais collé à mon oreille, la voix gouailleuse, légèrement faubourienne, le débit chaleureux d'Engiacamp.

— J'ai une bonne nouvelle pour toi, me dit-il. Tu as été choisi pour diriger le journal. Félicitations !

— Ah, dis-je, ben ça alors !

— Comme tu dis, mon petit vieux. Il faut croire que ton culot a payé. Je dois te dire que j'ai appuyé ta nomination. En tout cas voilà, c'est fait, rendez-vous demain, après ta classe, vers dix-sept heures, au siège. Tu vas rencontrer notre grand patron, on fera une photo de toi et de tous tes camarades et on vous racontera comment ça va se passer pour vous au Salon. Maintenant, passe-moi ton père afin que je lui explique les choses en détail.

Je tendis le récepteur à mon père qui était resté debout à mes côtés, car il était évident qu'un coup de téléphone à l'attention de son plus jeune fils, reçu en fin de journée, ne pouvait se dérouler sans qu'il fût présent. Il n'agissait pas ainsi par esprit de censure, puisque c'était un homme tolérant, capable de nous accorder beaucoup de libertés, mais parce que la chose était insolite et, quelle que fût la distance que mes pudeurs d'adolescent avaient mise entre lui et moi, il n'avait cessé de surveiller mon évolution, soucieux de mes lacunes scolaires, mes silences, mes dissimulations multiples. Je vis son visage s'éclairer d'un sourire et compris à son regard qu'il éprouvait, pour la première fois depuis de longs mois, autre chose que de l'inquiétude à mon sujet. Mais comme rien à ses yeux ne comptait autant que les résultats et les travaux au lycée, je l'entendis grommeler à l'intention de son interlocuteur :

— Ça ne dérangera en rien ses études, j'espère ?

Tandis que je me précipitais pour informer ma mère dont la sensibilité et la perception m'avaient poussé à sortir de ma réserve et guidé sur le chemin d'une vocation.

Grâce à Engiacamp et ses confrères, pendant trois semaines, à raison de deux après-midi de travail et deux journées en fin de semaine, je pus m'initier à quelques rudiments du journalisme, depuis la rédaction d'un article jusqu'à son titrage, et sa mise en page.

Nous formions, avec la vingtaine de garçons et de filles venus d'horizons parisiens fort différents, un petit noyau de lycéens avides d'apprendre, enthousiastes, fiers de vivre ce simulacre de vie professionnelle. De pouvoir transporter une imitation de carte de presse, d'accompagner nos aînés, les reporters du vrai grand journal, dans certains de leurs interviews ou reportages, afin de reproduire, même maladroitement, notre propre compte rendu dans notre éphémère publication. Conformément à la crainte exprimée par mon père, nos études s'en ressentirent. Dubarreuilles, pour sa part, au courant de ma nouvelle activité, fit savoir à mes parents qu'il recommanderait le redoublement en fin d'année. Il m'interpella en une seule occasion, en pleine salle de classe, après que j'eus démontré mon incapacité à réciter une seule ligne d'une leçon de textes :

— On se prête à un jeu dangereux. On croit que l'on peut négliger le travail. On n'était déjà pas très doué pour l'effort. On en subira les conséquences. C'est bien joli d'aller baguenauder à la poursuite de la gloriole pour épater sa famille ou ses camarades, mais le verdict viendra en son heure, et l'on en sortira condamné. Ou bien on redoublera et l'on ratera son bac l'année d'après.

Les termes étaient sévères, énoncés avec cette voix du vieux professeur dont la seule sonorité appelait le respect. J'avais courbé la tête, mais l'algarade n'avait pas été exploitée, cette fois-là, par le reste des élèves, encore moins par Barbier. Il n'avait rien trouvé d'autre à me dire que :

— Au fond, tu as de la chance.

Mais si Dubarreuilles avait raison, la bouffée d'air frais qu'Engiacamp et ses collègues apportèrent au milieu de cette année compenserait bien, beaucoup plus tard, un piétinement fatal dans mes études. Je ne calculais guère. J'avais goûté à une épice assez forte pour que, dorénavant, sur le fond de mes hésitations et de mes ambitions brumeuses, s'inscrive l'envie d'y revenir — puisque ce qui m'avait instantanément plu, c'était que cela ressemblait à tout, sauf à ce que les adultes appelaient un « métier ».

Cette activité extrascolaire provisoire n'avait en aucune façon diminué mon attraction pour Anna, ma fidélité à Alexandre. Je venais toujours régulièrement à nos rendez-vous dans sa chambre, devant son lit de malade. Il me semblait, au contraire, que plus je gagnais en assurance dans l'exercice de mon rôle de « directeur de journal », et plus, face aux enfants Vichnievsky-Louveciennes, mes faiblesses de cœur et de caractère augmentaient. A peine retournais-je dans l'univers du square Lamartine, mes défenses tombaient, je me retrouvais sous leur pouvoir et leur influence. J'étais parvenu à éviter la filature dont m'avait chargé Alexandre en prétextant un emploi du temps trop lourd, mais je ne pouvais refréner mon envie de percer les secrets de la vie d'Anna. Jour après jour, je partageais, dans nos bavardages, les hypothèses et les angoisses d'Alexandre à propos de sa sœur. Avait-elle revu Nuque Épaisse ? Il n'en était pas sûr. Il la trouvait triste et détachée, avec des horaires étranges. S'il se confiait de plus en plus à moi, de mon côté, lorsque je venais lui rendre visite avec autant de zèle, c'était aussi parce que je comptais finir par retrouver Anna. Je ne l'avais pas revue depuis le concert.

Soudain, un soir, elle fut là.

Elle avait une silhouette fatiguée, les épaules basses comme au sortir d'une lutte. Elle marchait, la tête inclinée vers le sol et n'avait pas encore décelé ma présence. Elle montait l'escalier de marbre de son immeuble, alors que je l'empruntais en sens inverse, venant de fermer derrière moi la porte de leur appartement, toujours vide d'une quelconque présence parentale. J'avais trouvé Alexandre en meilleure forme :

— Les médecins disent que je peux peut-être remettre le nez dehors, m'avait-il confié.

Il était tard. J'avais hâte de rentrer chez moi afin d'achever un « papier » pour le « journal », mais l'apparition d'Anna dans l'escalier balaya mes projets. Elle leva la tête, marqua une hésitation — me reconnaissait-elle ? — et je pus croire que depuis notre soirée au Palais de Chaillot, elle avait oublié mon existence. Elle eut un sourire timide, lointain. Puis elle avança d'une marche tandis que de mon côté j'en descendis une, si bien que nous nous trouvions face à face, mais elle levait son visage vers moi et je le dominais d'une courte tête. Tout s'arrêta. Audacieux ou plus mûr, j'aurais tenté de l'embrasser, mais, paralysé comme à chaque fois par son apparition, et la troublante proximité de son visage, ému enfin de la revoir, je ne pus que saisir ses deux mains.

— Anna, dis-je, le souffle court, vous, vous voilà !

Elle reprit ce sourire éthéré, absent, vaguement fantomatique qui la rendait fragile et me faisait redouter je ne sais quel désastre intime.

— Bien sûr, me voilà, dit-elle à voix basse sans trace de comédie, me voilà telle qu'en moi-même... Me voilà, inutile, inintéressante, bonne à jeter comme ces fleurs qui fanent en moins d'une journée.

Le sourire se faisait plus pathétique avec, au coin des yeux, l'amorce de la perle d'une larme. Qu'était-il arrivé ? D'où venait-elle, dans son grand imperméable droit et noir, coupé à la perfection, le col relevé sur ses cheveux au parfum de bruyère ? Elle semblait désemparée, je sentais que si je l'avais lâchée, elle aurait pu s'affaisser sans bruit sur l'escalier.

— Vous êtes folle, dis-je, pourquoi prononcez-vous de telles bêtises ? Vous savez bien que vous êtes exceptionnelle, extraordinaire, qu'il n'y a pas une jeune fille comme vous et...

— Et quoi, fit-elle avec cette même note désabusée dans la voix. Et quoi donc ?

Je résolus de trahir la promesse que je lui avais faite et de lui dire mon amour, mais je n'osais pas prononcer les mots et choisis de m'exprimer à la façon du vieux Dubarreuilles :

— Et vous savez bien que l'on vous aime.

Et mon « on » voulait dire « je », mais elle secoua la tête, car pour elle, la phrase prenait un autre sens.

— Mais c'est bien précisément là où ça blesse, dit-elle avec un rire las, l'on ne m'aime pas !

Elle lâcha mes mains et s'assit sur la marche, le dos contre le mur, genoux repliés sous l'imperméable sombre.

— L'on ne m'aime plus, ajouta-t-elle. On ne veut même plus me voir.

Je pensai aux révélations de son frère : l'amant plus âgé, Nuque Épaisse, et qui la délaissait donc, semblait-il. Je compris ma méprise. Je m'accroupis face à elle. Elle avait fermé les yeux.

— Eh bien, moi, dis-je, je vous aime et je veux vous voir, moi, autant de fois que vous voudrez !

Elle parut me redécouvrir en ouvrant les yeux, au sortir d'une courte échappée ailleurs.

— Je vous avais pourtant interdit, murmura-t-elle sans conviction, de jamais m'exprimer votre amour.

— Oui, dis-je, mais tant pis, je le fais quand même.

Et je lui répétai :

— Je vous aime, Anna. Je suis amoureux de vous. Je vous aime.

Plus je martelais mes phrases, plus je me sentais ferme, capable de gagner et mériter un amour réciproque, prêt à prendre dans son cœur la relève de ses illusions brisées. Mais elle me considérait avec cet air proche de la commisération qu'ont ceux qui savent, face à ceux qui ignorent.

— N'employez pas ces mots à tort et à travers, me dit-elle avec une indulgence triste. Vous n'avez aucune idée de ce qu'ils veulent dire et de ce qui se cache derrière.

Je tentai de me rapprocher d'Anna. Elle se fit plus autoritaire :

— Arrêtez ! Vous prétendez m'aimer ! Alors, aidez-moi. L'amour, ça ne se dit pas, ça se prouve. Ne m'aimez pas ! Aidez-moi.

La lumière s'éteignit brusquement dans l'escalier. Seule, deux étages plus bas, subsistait celle du hall de l'immeuble, si bien que nous n'étions pas totalement plongés dans l'obscurité et que je pouvais deviner les traits de son visage grâce aux reflets venus des lustres d'en bas et qui, avec l'ombre portée de la rampe d'escalier, dessinaient des barres sur le mur derrière nous. Je voulus me lever pour aller appuyer sur l'interrupteur. Elle saisit mon bras et m'obligea à me rasseoir face à elle, sur la marche.

— Où alliez-vous ? dit-elle.

— Euh... Faire de la lumière, dis-je.

Elle eut un rire moqueur, mais d'une moquerie presque attendrie.

— Décidément, vous êtes bien innocent, fit-elle. Tout autre que vous, à votre place, aurait profité de cette obscurité pour essayer de me prendre la main et de m'embrasser. Mais non ! Voilà que vous allez chercher de la lumière !

— Vous n'avez pas compris, lui dis-je. Si je cherchais de la lumière, c'était pour mieux profiter de votre beauté.

Son rire se transforma et je la sentis moins débonnaire, plus coquette.

— Ah, comme c'est joliment dit ! Mais restez là, voulez-vous ? Le clair-obscur sied tellement mieux aux visages, vous ne trouvez pas ? C'est tellement mieux de ne pas tout montrer de ce que l'on ressent.

— Vous avez peut-être raison, lui dis-je. C'est vrai qu'on est mieux dans le noir.

Elle parut se détendre. Elle fouilla dans le sac qu'elle portait en bandoulière, en sortit deux cigarettes et un briquet et me tendit le tout. Je compris qu'elle attendait de moi un geste qui commençait d'être fort à la mode et que l'on voyait parfois faire aux acteurs ou aux actrices de cinéma : on portait les deux cigarettes à sa bouche, on les allumait ensemble, puis on en saisissait une que l'on tendait à son partenaire. En général, c'était la femme qui ordonnait ce rite et l'homme pouvait alors porter à ses lèvres le petit tube de tabac taché du rouge à lèvres de la partenaire, ce qui donnait encore plus d'équivoque à la comédie. Mais il arrivait aussi que l'homme posât lui-même, délicatement, la cigarette allumée entre les lèvres peintes de la femme, geste d'une extrême intimité, rituel de complices ou d'amants. Le couple, ensuite, aspirait puis rejetait lentement une longue bouffée de fumée et c'était comme s'ils avaient bu le même alcool au même verre et cela ressemblait à un prélude autant qu'à une conclusion de l'acte physique de l'amour. Je m'exécutai avec prudence, la gorge serrée, conscient du romantisme de l'instant, sans savoir à quoi je devais attribuer cette progression soudaine que signifiait pour moi le geste d'Anna, effectuant la petite manipulation silencieuse en tachant d'y mettre toute l'élégance que j'avais pu observer chez les séducteurs du grand écran, toute leur... décontraction.

Décontraction! Ce mot, aussi, faisait son entrée dans les mœurs. Un homme « décontracté » pouvait pousser la porte d'un bar ou monter à bord d'une voiture décapotable avec cette souplesse, ce relâchement du corps propre aux danseurs ou aux athlètes, cette faculté de laisser croire que tout est facile, qu'on domine la vie et le monde, que tout se conquiert sans lutte, d'un clin d'œil, d'un claquement de l'index contre le pouce, d'un simple sourire à l'adresse des autres, les femmes principalement, mais aussi les amis ou les adversaires. Étaient « décontractés » les prototypes venus du cinéma américain, et pas seulement les plus magiques ou les plus célèbres, tels Cary Grant, Gregory Peck ou Humphrey Bogart, mais aussi ceux qui formaient le gros des troupes de ces films dits « de série B » qui marquèrent tant mon adolescence : Van Heflin, Alan Ladd, Jeff Chandler, Stewart Granger, ou encore Dana Andrews dont l'impassibilité, l'inexpression envahissait chaque scène. Il en était un qui surpassait le lot et déployait un sens aigu et souverain de l'équilibre entre le geste et la parole. Il est vrai que c'était un danseur et que les choses lui étaient plus aisées, qu'il semblait habité par le rythme et la musique : l'intouchable Fred Astaire.

N'empêche : danseurs ou pas danseurs, ils savaient tous faire le coup de la double cigarette ; ils ne le rataient jamais ; et dans le regard qu'ils jetaient à la femme qui attendait, lèvres entrouvertes, il y avait toute la maîtrise de soi après laquelle je courais en vain depuis que j'essayais de devenir un homme.

Parfois, lorsque je sortais d'un film au Saint-Didier ou au Victor-Hugo, je n'avais presque rien retenu du récit ou de l'intrigue mais j'avais exclusivement reçu l'empreinte de ces silhouettes. J'avais tellement assimilé leurs attitudes que je les reproduisais en me dirigeant vers chez moi ou vers chez Ku, et je me disais que je parviendrais à les conserver jusqu'à ce que je devienne un autre moi-même. Et puis, ce court état de dédoublement qui m'avait porté pendant la marche s'évaporait, et je retrouvais ma maladresse, ma peau, mes vêtements, la réalité de mon existence, les énigmes de ma vie quotidienne, dont je comprenais bien, dès lors, qu'elles ne trouveraient pas leurs réponses dans l'artifice de ces histoires et de ces héros dépourvus de chair sur le grand écran de toile plate.

Ce soir-là, en allumant les deux cigarettes tendues par Anna, tout en imitant le geste de ces personnages irréels, je ne pensais plus à eux de la même manière. Sans doute m'évertuais-je à les imiter, à être aussi élégant, romanesque et décontracté, sans doute m'appliquais-je ; mais je savais que je n'étais pas un acteur dans un film, et que personne n'avait écrit à l'avance le déroulement de ce moment. Eux, ne faisaient jamais que jouer des scènes écrites par d'autres et ils savaient ce qui allait arriver, *après*. Moi, pas. Je ne pouvais prévoir comment cela se passerait, se terminerait, et j'en avais le cœur agité, la gorge sèche. Je posai la cigarette allumée entre les lèvres d'Anna. Elle eut un mouvement de la tête pour me remercier, puis elle tira longuement sur le tabac pour ensuite diffuser sur moi et tout autour d'elle la fumée de sa cigarette russe, en murmurant dans le même souffle :

— Merci.

Elle eut un frisson.

— J'ai beaucoup marché, beaucoup réfléchi, me dit-elle. J'ai eu un peu froid.

Elle prit la main que j'avais laissée reposer sur mes genoux et la dirigea vers elle.

— Réchauffez-moi, me dit-elle, prenez-moi dans vos bras.

Je franchis l'infime distance qui me séparait d'elle et parvins à faire passer mes bras entre son dos et le mur, puis l'attirai contre ma poitrine.

— Serrez-moi fort, me dit-elle, mais ne faites que cela, je vous en prie. Ne faites que cela, mais faites-le bien.

Je suivis son ordre, posai délicatement ma cigarette le long de la marche supérieure, le bout allumé fumant dans le vide, et je pressai Anna contre moi. Nous étions assis, accolés l'un à l'autre, et je suppose que nous ressemblions moins à un couple d'amoureux qu'aux deux passagers transis d'une chaloupe qui se blottissent l'un contre l'autre afin de s'armer contre l'adversité, au milieu d'un naufrage. Elle n'avait pas mis ses bras autour de mon cou. L'un d'entre eux pendait le long de son corps et elle avait laissé son bras droit libre, la main conservant la cigarette entre les doigts, suspendue au-dessus de mon épaule — aussi bien devais-je comprendre à ce signe qu'elle se refusait à une étreinte véritablement réciproque et qu'elle n'attendait de moi qu'un peu de chaleur et de réconfort. Je respectais trop sa fragilité pour tenter d'outre-passer mes droits. Il ne fallait rien gâcher, me disais-je, rien brusquer, rien faire d'autre qu'épouser son humeur, s'adapter à son besoin précis, immédiat. Mon innocence et mon manque de savoir-faire me servaient de frein, lui servaient de garde-fou. Mais toutes les limites qu'elle m'avait fixées et que ma courtoisie ou ma prudence m'avait dictées, n'empêchaient que nous étions corps contre corps et que le moment durait et que, les yeux fermés, mes lèvres près de ses cheveux, je pouvais sentir sa vie battre contre la mienne. Pour la première fois, peut-être, depuis que je l'avais rencontrée, Anna ne m'apparaissait plus comme une jeune femme supérieure en tout à moi, âge comme expérience. Il me semblait que nous avions aboli les quelques années qui nous séparaient, moi, « le niais », et elle, la belle romantique, mysté-rieuse, grave, déjà blessée par la vie et par un homme. Aussi bien son parfum que la simple émanation de sa peau m'avaient gagné et j'étais saisi d'un autre frisson que celui qu'elle avait ressenti. Et mon envie de l'embrasser ou la caresser à travers le tissu de son imperméable était contre-carrée par ma déférence à son égard. Elle devina que je ne pourrais plus longtemps rester aussi immobile. Elle se détacha de moi. Elle saisit ma cigarette dont la cendre avait grandi, indiquant ainsi, comme un sablier, les secondes pendant lesquelles j'avais eu le bonheur de tenir la jeune fille dans mes bras. Anna répéta le geste que j'avais fait quelques instants auparavant et ficha la ciga-rette entre mes lèvres. Je distinguais à peine son sourire, mais le ton qu'elle mit dans ses premières paroles me confirma que nous avions, en cette brève occasion, noué un lien de connivence.

— Merci, me dit-elle, merci beaucoup. Je vous suis très reconnaissante de m'avoir si bien comprise et de n'avoir tiré aucun avantage de ma fai-blesse.

Elle se leva afin de faire ce qu'elle m'avait interdit et grimpa quelques marches pour appuyer sur l'interrupteur, rétablissant la lumière dans l'escalier. Elle avait repris de la distance. J'étais resté assis. Elle me fit un signe de main.

— Allez-vous-en. Je rentre.

— Anna, lui dis-je, vous ne m'avez rien dit, vous ne m'avez pas dit ce qui... vous...

— Un autre jour, dit-elle. Allez-vous-en, main-tenant.

212

Elle me tourna le dos, bruits de clé dans la porte, bruits mortels.

— Allez-vous mieux, au moins? demandai-je dans son dos.

Elle retrouva son rire empreint de désillusion, ce même rire dur qu'elle avait eu lorsque, dans l'autobus, elle avait tant aimé mon attitude « incrédule ». Elle se tourna à nouveau vers moi, la porte de l'appartement déjà entrouverte.

— Non, me répondit-elle, au risque de vous décevoir, non, je ne vais pas mieux, mais je vous remercie de votre sollicitude. Je vous aime beaucoup. Au revoir.

Et toute la nuit qui s'ensuivit, je me demanderais si je n'avais pas été un imbécile, un niais (le terme me convenait si bien, ce coup-là!), un timide, un empoté, un impotent, et si je n'aurais pas dû la renverser sur les marches, la couvrir de mes baisers, la séduire! Et toute la nuit, ou ce que je crus être toute la nuit, je souffrirais de ce « beaucoup » qu'elle avait savamment rajouté à son « je vous aime », cet adverbe trivial qui tuait le plus beau de tous les verbes.

Comme souvent, j'avais l'impression que deux êtres contradictoires en moi commentaient mon attitude. Il y avait d'abord un premier moi-même, goguenard. Je croyais entendre le ricanement venu de ce spectateur clandestin, qui avait assisté à notre ébauche d'embrassade et il me disait :

— Maladroit ! Tu ne connaîtras jamais une telle chance. Il fallait oser, la conquérir, et la prendre comme un hussard sur les marches de ton foutu escalier.

Mais un autre moi-même, l'autre voix, plus utopique, venait me réconforter et me susurrer :

— C'est bien joué. Il s'est passé quelque chose entre vous deux et puisque tu n'as poussé aucun de tes avantages, c'est elle, désormais, c'est Anna qui a une dette envers toi. Tu t'es fabriqué une créance, et tu sauras la toucher quand une nouvelle occasion se présentera.

Dès lors, partagé entre le regret de l'inaccompli et l'espoir de la réussite, le corps agité par mes désirs refoulés, et qu'aucune caresse solitaire ne pourrait vraiment assouvir, je passai une autre de ces nuits de fièvre auxquelles mon obsession pour Anna avait fini par m'habituer. En pyjama, à trois heures du matin, errant dans le couloir qui menait de nos chambres à coucher jusqu'à la cuisine où j'allais me nourrir de lait, de sucre, et d'innombrables tranches de pain d'épice tartinées de beurre, je n'avais aucunement conscience du désordre qui était devenu la règle de ma vie. Mieux : j'y prenais plaisir. Je m'y installais.

Le goût du pain d'épice, aliment qui disparaît progressivement du tout-venant des familles françaises, et que plusieurs générations associent au souvenir des « quatre heures » du retour de l'école, subsisterait longtemps en moi comme un rappel de ces nuits d'insomnie, ces trous noirs au fond desquels j'oscillais entre l'exaltation et l'angoisse, propres à l'âge que je traversais, et dont j'ignorais que c'était un âge heureux.

TROISIÈME PARTIE

La fin de quelque chose

25

La deuxième fois que le téléphone sonna cette année-là à mon intention, ce fut à la fin d'une journée, avant le repas familial. Mon père, interloqué, vint m'annoncer de la part d'un « certain Alexandre » que Ku était morte.

— Ku est morte, répéta-t-il. Mais veux-tu me dire qui est-ce ? Et que nous as-tu encore dissimulé ?

Alexandre et moi avions toujours laissé en évidence, sur le petit guéridon de son entrée, une feuille sur laquelle nous avions inscrit en lettres et chiffres visibles, en très gros caractères, nos numéros de téléphone, aussi bien pour le propre usage de Ku — que pour celui d'un voisin, au cas où... Le cas était survenu. Ku était morte. Je n'arrivais pas à accepter ces trois petits mots.

Absorbé par mon amour pour Anna, autant que par mes balbutiements journalistiques, je n'avais pas rendu visite à la vieille dame russe depuis plusieurs jours. Alexandre avait compté sur moi pour « assurer le relais » et je n'y avais pas mis toute la régularité requise. Mais une présence plus constante n'aurait rien changé, puisque, lorsque je pus reconstituer les événements, il s'avéra que le cœur de Ku s'était arrêté tout net, en plein après-midi.

— C'était un cœur usé, âgé, un vieux cœur sans problèmes mais en fin de course, expliquerait plus tard le médecin du quartier. Un cœur fatigué. La pompe s'est détraquée d'un seul coup.

Elle était tombée raide sur le carreau de la cuisine. Le couple de blanchisseurs pour qui elle effectuait ses travaux de repassage, ne voyant pas venir leur habituel lot de linge, avait dépêché leur jeune employé qui frappa longuement à la porte. Une odeur âcre, ainsi qu'un filet de fumée dense, filtrait à travers les cloisons. Inquiet, le jeune homme revint chez ses patrons. Ils alertèrent les pompiers. On força la serrure pour découvrir la vieille, dans ses pantoufles et ses vêtements qui l'emmaillotaient comme une poupée, étendue sur le sol de la cuisine. Le fer à repasser, posé et branché sur la planche, avait cramé la housse, le molleton et entamé le bois ; le petit rez-de-chaussée empestait le linge et le coton brûlé ; des épaisses volutes de fumée gris et blanc s'étaient répandues à l'intérieur ; on avait frôlé l'incendie ; la vieille dame aurait pu finir carbonisée.

En chemin vers chez elle, j'avais tenté de raconter à mon père qui était cette Madame Kudlinska et quel rôle Alexandre, ses amis et moi-même, avions essayé de jouer auprès d'elle. Il m'avait dit :

— Je ne vois pas pourquoi tu n'en as pas parlé à

tes parents. Il n'y a rien de honteux à faire la charité à une vieille dame sans ressources. Ta mère et moi aurions pu t'aider.

J'avais bredouillé quelques explications et excuses, mais je m'étais surtout appliqué à ne pas dérouler plus loin le fil de la pelote qui aurait mené tout droit à d'autres révélations sur ma vie cachée, sur Anna. Maintenant, nous étions devant le corps de Ku et je me penchais vers son visage, qui n'était pas entamé par la chute, puisqu'elle avait dû tomber en arrière ou sur le côté. Son sourire indéfinissable n'était pas effacé. J'avais l'impression qu'elle me regardait encore, et qu'elle voulait me dire je ne savais quel aphorisme dans son langage qui m'avait tant amusé. Quelqu'un s'agenouilla près de moi, en murmurant son nom :

— Ku, Ku, ma pauvre Babouchka, pourquoi m'as-tu quitté ?

C'était Alexandre.

Il prit ma main et la serra, et je sentis son corps secoué par les sanglots. Je me mis à pleurer à mon tour, à l'unisson de mon ami, et je ne savais pas si je versais des larmes sur la mort de la vieille dame russe ou sur la ruine de ce qui avait été notre tanière secrète, le repaire de notre amitié, le lieu de ma rencontre avec Anna, ou bien si je pleurais parce que je pressentais que cet épisode inattendu marquait la fin de quelque chose, et je redoutais d'en deviner la signification.

26

Madame Ku n'avait apparemment aucune famille, ni bien sûr aucune économie, et tout la destinait à la fosse commune — près de Bagneux — nous avait-on dit. Nous refusâmes, avec Alexandre, d'envisager cette perspective et insistâmes auprès de nos parents pour qu'ils lui trouvent une place dans un cimetière de notre quartier. Il faudrait user d'influence pour obtenir un coin de terre de la part des services de la mairie du XVIe arrondissement. Le père d'Alexandre, Georges Louveciennes, dont je découvris enfin à cette occasion la silhouette avantageuse, les costumes croisés en fil à fil, les cheveux calamistrés, le visage suave et fuyant, leva une main protectrice à l'intention de mon père et lui dit :

— Je m'en charge. Avec un peu d'argent et un peu de bras long, on peut tout avoir dans cette ville.

— Comme vous voudrez, répliqua mon père, distant et froissé.

La scène s'était déroulée dans le bureau de mon père puisque nous habitions à quelques minutes à pied de l'impasse et du minuscule pavillon où avait vécu la vieille Russe. « Geooorges » (comme l'avait appelé Anna) accompagnait Alexandre. Dès le coup de fil annonciateur de la mort, nos pères avaient pris en main ce qu'aucun gamin de quinze ans ne pouvait réellement maîtriser, qu'il fût seul ou avec un ami. Les deux hommes s'étaient toisés dans l'indifférence et la rapidité. Mon père avait laissé « Geooorges » s'occuper de tout puisque ce dernier affichait une telle certitude, mais plus tard, il m'admonesta en présence de ma mère :

— Ce garagiste, le père de ton ami...

— Ce n'est pas son père, voulus-je corriger, c'est le deuxième mari de sa maman.

— Bon ! Bref, raison de plus ! Ce Louveciennes se comporte et parle comme un margoulin. Garde tes distances avec ces gens-là, si tu veux bien, mon petit. Je ne sais pas très bien ce qu'il fricote dans son garage, mais il a des manières et un parler de margoulin, tiens-le-toi pour dit.

Je n'avais pas répondu. Ma mère s'était contentée de m'observer en silence, comme si elle subodorait une histoire plus compliquée qui me tenait fort à cœur mais que, avec son indulgence coutumière, elle préférait me laisser vivre sans intervenir. Il m'importait peu que « Geooorges » fût un « margoulin » ou un trafiquant, puisque, déjà, Anna m'avait laissé entendre le peu de poids que l'homme avait dans son existence, comme dans celle de son frère. Mais je ne voulais pas que le jugement de mon père puisse ternir l'amitié et l'amour que j'éprouvais pour les deux enfants, les deux êtres les plus

223

importants de ma vie, et ce jugement et cette sentence me confirmèrent dans mon choix d'avoir toujours tenu secrète ma relation avec les Vichnievsky-Louveciennes. L'allure de « Geooorges » ne m'avait pas surpris. Je m'étais attendu à ce genre de personnage. Je n'avais pas imaginé qu'Alexandre et Anna aient un père « normal » — d'autant qu'il n'était pas leur père —, de même que l'idée que je me faisais de leur mère, que je n'avais toujours pas entrevue, se situait à mi-chemin entre une princesse vieillissante et déchue et l'évadée d'un asile de fous.

Il n'empêche : « le margoulin » décrocha rapidement une place pour Ku au cimetière de Passy où nous nous retrouvâmes un vendredi matin.

27

Il faisait beau. Dans l'air, au-dessus du Trocadéro et par-dessus l'esplanade de Chaillot, on
croyait voir s'envoler, sous l'effet d'une brise,
d'infimes particules vertes, blanches et brunes,
provenant peut-être des écorces et des bourgeons
des arbres du cimetière, comme de la place, de ces
marronniers, platanes ou cèdres nains, premières
pousses d'un printemps que, dans mes aveuglements amoureux, je n'avais même pas vu surgir. Le
ciel était clair et l'on voyait loin, du haut de cet
étrange promontoire que j'avais si souvent longé,
cette butte imposante de pierres et de terre qui
n'était pas encore, à l'époque, ceinte d'une muraille
protectrice et dissimulatrice, et qui donnait directement sur la place, en dessous, la place avec ses six
avenues et son rond central de gazon et de gravier.

   J'avais toujours considéré l'endroit avec curiosité
et révérence, parce qu'il était comme une enclave de
mort au-dessus d'un des lieux les plus vivants et les
plus animés du quartier. Le cimetière dominait nos
allées et venues quotidiennes, depuis l'esplanade où,

gamin, j'avais pratiqué le patin à roulettes pendant des heures et des heures, jusqu'aux terrasses des trois cafés concentrés autour des deux sorties du métro Trocadéro, établissements que je fréquentais un peu plus maintenant que j'étais adolescent, et enfin le Palais de Chaillot, dépositaire des mystères de la musique et du spectacle, devenu, en outre, un territoire sacré pour moi depuis que j'y avais été initié, aux côtés d'Anna, à la touche magique du pianiste Wilhelm Kempff.

Toutes nos activités : nos courses vers le kiosque à journaux ; nos interminables déambulations sur les larges trottoirs, quand on n'avait pas envie de rentrer chez soi et que l'on ne cessait de se raccompagner les uns aux portes des immeubles des autres ; nos stations immobiles aussi quand, sur les bancs publics de bois peints en vert, on regardait passer les Facel Vega ou les Aston Martin décapotables des fils à papa du quartier qui tournaient autour de la place, membres des diverses « bandes du Troca » ou du Scossa, friqués et gominés, rigolards et vides, cette jeunesse dite « dorée » à laquelle je n'appartiendrais jamais, ces habiles habitués des circuits de surprises-parties auxquelles j'aurais rarement accès, ces virtuoses de la Vespa, de la parka vert et blanc, des chaussures à semelles de crêpe jaune ; enfin, mes attentes devant l'arrêt de l'autobus qui m'emmènerait plus loin, vers le Rond-Point où, pendant quelques trop courtes journées, j'aurais un délicieux avant-goût d'un métier qui déjà m'attirait puisque j'y avais vu le moyen de m'affirmer et sortir du lot de mes contemporains ; tout cela, toute cette vie du Trocadéro à laquelle je mêlais étroitement ma propre vie, mes rêves et mes désirs, me semblait être en permanence chapeauté par le haut cimetière.

Dans l'épaisse butte qui délimitait la frontière de cette place mouvante et bigarrée, étaient ensevelis des morts, et des morts, et des morts. Ils stagnaient au-dessus de nous, lycéens vierges et désarmés. Cette notion ne m'avait jamais quitté depuis que, arrivés de la province, nous nous étions installés à quelques immeubles de là. Il m'était resté je ne sais quelle puérile et campagnarde notion selon quoi un cimetière se doit d'être éloigné du cœur d'une ville, et je n'éprouvais ni crainte ni attirance pour le haut plateau du cimetière de Passy, mais j'en sentais l'invariable présence et levais souvent les yeux vers ses pins nains, ses mélèzes, ses caveaux aux toitures biscornues et aux décorations baroques et je m'interrogeais sur le nombre d'existences éteintes, gisant dans cette terre et cette caillasse qui contemplaient notre passage dans le temps. Et maintenant, c'était moi qui me trouvais sur la butte, au-dessus de la vie, dans le royaume des morts, puisque j'y étais venu dire adieu à Madame Ku.

Nous n'étions pas nombreux. Nos parents avaient eu la délicatesse de marcher avec nous jusqu'à la petite tombe qui avait été récupérée et installée entre deux énormes stèles de marbre noir gravées de noms prestigieux, puis ils nous avaient laissés comme pour signifier :

— Ceci est votre cérémonie, pas la nôtre.

Aussi bien, « Geooorges », le « margoulin », que mon père « le vertueux », accompagné de ma mère, avaient tourné le dos. Il ne restait plus qu'Alexandre, Anna et moi.

— C'est ma première sortie depuis que je suis tombé malade, dit mon ami.

Avec son habituel sens de l'apparence et sa préoccupation de l'élégance, quelles que soient les circonstances, il avait trouvé la tenue la plus sobre et la plus digne. Il portait une veste bleu-noir, avec une chemise de soie blanche, immaculée, une cravate de tricot noir, un pantalon gris anthracite et des souliers noirs cirés à l'extrême, brillants sous le soleil matinal. La pâleur et la maigreur de son visage, dues à ses longues semaines de maladie et de réclusion dans la chambre, ajoutaient une note dramatique à sa belle silhouette. J'avais été surpris et heureux de découvrir sa sœur, Anna, à ses côtés.

— J'ai voulu être avec vous deux en cette occasion, m'avait-elle dit en m'abordant avec un sourire discret.

Elle avait recouvert ses épaules d'un grand châle de cachemire noir qui dissimulait en partie une robe de même couleur. Elle était chaussée d'escarpins à courts talons, qui lui donnaient une petite supériorité de taille sur nous deux. J'avais cru lire dans son sourire une ébauche de complicité, un rappel de

notre scène dans l'escalier et comme une invite à
n'en rien dire à quiconque, même pas à son frère, ce
que je m'étais, de toute manière, bien gardé de faire.
Nous étions immobiles ; le soleil chauffait légèrement nos épaules.

— Il faudrait peut-être que l'un de vous deux
prononce quelques mots, murmura Anna.

Nous nous regardâmes. De nous deux, Alexandre
était le plus doué pour l'éloquence, possédant un
choix de vocabulaire qui m'avait séduit et dépassait
celui des garçons de notre âge.

— C'est à toi, lui dis-je. Et puis, tu l'as connue
depuis bien plus longtemps que moi.

Mais Alexandre secoua la tête.

— Ah, non ! dit-il. C'est toi le littéraire. Maintenant que tu écris dans les journaux...

En tout autre moment, j'aurais cru qu'il maniait
encore une fois l'arme de son incorrigible ironie,
mais ici, sur le haut plateau vide, au milieu des
stèles, des statuettes et des corbeilles de fleurs
artificielles, dans la douceur de ce matin printanier
qui s'était emparé de nous et transformait subtilement nos attitudes passées, je compris qu'Alexandre
ne plaisantait pas. La même impression que j'avais
déjà ressentie au cours de mes récentes visites
refaisait surface. Il me semblait qu'il avait, au fil de
l'hiver, perdu une partie de son mordant, sa vivacité, sa charge d'insolence, le sentiment inné de sa
supériorité vis-à-vis d'autrui.

— Bon, dis-je, comme tu veux.

Mais par quoi commencer ? Je m'étais avancé

devant le trou en rectangle creusé dans la terre, avec le cercueil de bois modeste posé au fond et, sur le côté, près d'être installée quand on aurait comblé le trou, la petite pierre tombale sur laquelle Alexandre avait simplement fait graver le nom de la vieille : KUDLINSKA, car nous n'avions retrouvé aucune trace de prénom ou de date de naissance, aucune fiche d'état civil dans le petit tas de papiers et de breloques qui remplissaient le seul tiroir de la table de nuit de sa chambre à coucher. Morte, son identité était encore plus énigmatique que de son vivant. D'où était-elle venue ? Quelles voies avait-elle parcourues, de la Russie jusqu'à la France, et avec qui, le long de ce chemin, pour se retrouver ici, saluée seulement par deux jeunes gens qui avaient fait d'elle leur mascotte, la gardienne de leurs rendez-vous secrets et qui, au passage, lui avaient procuré un peu de chaleur, un semblant de compagnie ?

— Madame Ku, dis-je à voix basse, mais suffisamment claire pour que les seuls témoins de mon oraison funèbre puissent l'entendre, nous sommes ici pour vous rendre un dernier hommage.

J'avais baissé la tête, puis l'avais relevée et cherché les yeux d'Anna. Elle me regardait avec confiance, une expression d'encouragement sur ses lèvres, et cela m'avait permis de continuer.

— Nous nous souviendrons toujours de vous, dis-je, comme de la dame qui nous servait du thé dans son vieux samovar et qui riait à toutes nos plaisanteries, toutes nos bêtises, et qu'Alexandre faisait danser comme une toupie en battant des mains. Vous aviez un sourire, un sourire... que je suis incapable de définir. Vous étiez la bonté et nous n'avons pas été assez bons avec vous. Vous étiez accueillante et nous ne nous sommes pas assez occupés de vous. Quand Alexandre est tombé malade, vous lui avez fait du bortsch. Nous nous souviendrons toujours de ce bortsch.

Soudain, je me sentis pris de court. Je savais bien ce que je voulais dire, mais j'étais inapte à le faire. J'aurais voulu expliquer tout l'amour et toute la sollicitude que Madame Ku avait mis ce jour-là dans l'agencement des ustensiles pour que je parvienne à transporter sa soupe-miracle jusque chez Alexandre et j'aurais aimé raconter comment, la gamelle à la main, j'avais traversé les rues vides du XVIe arrondissement, inconscient de l'importance de la mission que l'on m'avait confiée. D'autres images apparurent alors devant moi, que je ne parvenais pas plus à reconstituer avec des mots ; d'autres sensations et d'autres odeurs ; tout ce minuscule univers régi par la petite femme ronde et ridée qui semblait marcher sur ses pantoufles noires comme dans un état de lévitation, la petite vieille irréelle et impavide, et je voulus me retourner vers mes deux amis pour leur dire :

— Pardonnez-moi, mais je n'y arrive pas. Je ne trouve plus mes phrases.

Mais un personnage était apparu derrière eux, qui avait dû s'approcher sans bruit pendant ma brève tentative et il prononça d'une voix forte, basse, grave, avec le même accent russe que nous avions tant aimé chez la vieille, avec le même phrasé approximatif :

— Bravo, jeune homme. Beau discours. Hommage mérité. Bonne et brave femme. Partie de petite communauté à nous.

Il était grand et rondouillard, habillé pauvrement et je n'eus pas de mal à reconnaître en lui le Boris de l'entracte au Palais de Chaillot, le barman complice d'Anna. Qui l'avait prévenu ? Anna ? Ou bien parmi les quelques vieux Russes blancs disséminés dans le voisinage de Ku, l'information avait-elle fait son petit circuit de bouche à oreille ? Il sortit d'une poche de sa veste aux manches élimées une mince bougie de cire jaunâtre et l'alluma au moyen d'un briquet à mèche. Il passa entre Alexandre et Anna pour se figer à mes côtés devant le trou, la tombe et la pierre, et il se mit à psalmodier dans sa langue natale ce qui devait être une prière, ou une sorte de chant religieux. J'aurais voulu comprendre ce qu'il disait, et regardant Anna et Alexandre, je les enviais en silence car je voyais, aux larmes dans leurs yeux, qu'ils étaient, bien plus que moi, touchés par la voix de Boris. Suivaient-ils vraiment le sens de la prière ? Je n'en étais pas sûr puisque Alexandre m'avait précisé un jour qu'il était né, comme sa sœur, en France, et n'avait pas reçu d'autre éducation que celle de n'importe quel citoyen de notre pays. Leur mère ne leur avait livré que quelques rudiments de russe, mais cela suffisait sans doute pour qu'ils vibrent mieux que moi aux intonations du vieux

232

Boris, lequel, toujours immobile, la bougie au bout de ses doigts, achevait son chant. Cette fameuse « âme russe », cette « russité » d'Anna, que j'avais si souvent cherché à élucider, elle était là, présente dans ce trio vêtu de noir : Alexandre, pâle et défait ; Boris, solennel et bonasse ; et Anna, plus belle encore, pensais-je, qu'à aucun autre moment depuis que je l'avais rencontrée, Anna, mon amour de quinze ans, que j'aimais d'autant plus intensément que nous partagions cet instant de chagrin. Ce n'était pas un instant de tragédie ou de désespoir. C'était plutôt agréable, doux et unique, fragile, impalpable, sur ce plateau de terre posé au-dessus de la ville, et dont j'aurais souhaité qu'il se détachât du monde réel pour nous emporter, indéfiniment, ailleurs.

28

Boris s'est arrêté de chanter. J'ai fait quelques pas vers le bord de la butte. Au-dessous de nous, dans une vague rumeur assourdie, comme un bruit lointain de mer au fond d'un golfe, des voitures tournaient autour de la place ; les gens sortaient du métro ; des dames en tenue élégante, avec des sacs à main, bavardaient entre elles à la hauteur de l'étalage d'un fleuriste ; des messieurs en chapeau ou tête nue, habillés conventionnellement, marchaient et se croisaient, l'allure affairée, vers je ne savais où.

J'ai regardé ces représentants cossus et affables de la population du quartier, hommes et femmes de qualité et de vertu, occupés d'eux-mêmes, avec leur simplicité composée ou leur grande opinion de soi ; avec leurs impatiences et leurs futilités, leurs trames, leurs mouvements, leurs initiatives, leurs ambitions, leur course, leur culte. J'ai regardé, à mes pieds, cette comédie muette qui semblait à la fois incertaine et organisée, ce tri, ce tamis, ce manège et cette noria, et j'ai pensé à Ku.

Elle n'était rien. Elle n'avait rien été dans la vie,

elle était désormais encore un peu moins que ce rien, mais je m'abandonnais à la révélation qu'elle avait eu autant de valeur et mérité autant, sinon plus, de considération et d'amour que les acteurs de la parade qui s'agitait sous mes yeux, les hommes et cette farce qu'est leur vie, à laquelle il était dit que je devrais un jour participer.

29

— Ce n'est pas le tout, dit Alexandre, mais on ne sort pas d'un enterrement sans aller immédiatement boire quelque chose dans un endroit bruyant et public. C'est une in-dis-pen-sa-ble nécessité !

Il semblait avoir retrouvé sa vigueur péremptoire, son arrogance, ses certitudes coutumières.

— Bruyant et public ! Direction : le premier bistrot de la place.

Nous emboîtâmes son pas, sortîmes du cimetière, Boris, Anna et moi, pour entrer dans le premier café situé entre l'avenue d'Eylau et l'avenue Raymond-Poincaré.

— Deuxième principe : on ne s'assied pas. On consomme debout, au comptoir !

Il était onze heures du matin. Alexandre nous assena sa troisième règle de conduite :

— Et on consomme de l'alcool ! Pas du pipi de chat.

Il parlait fort. La salle était vide, sauf un couple de consommateurs désœuvrés qui, assis dans l'angle, jouaient au 421 en faisant rouler leurs dés sur un plateau rond, leurs doigts dansant le rythme de l'ennui et de la routine. Anna, Boris, Alexandre et moi étions le long du comptoir, face au patron, un moustachu en bras de chemise.

— Quatre vodkas, s'il vous plaît, monsieur, fit Alexandre.

Le patron le dévisagea, puis il parcourut l'ensemble de notre petit groupe avec des yeux indécis. On n'avait pas pour habitude de servir de l'alcool de grain à des adolescents, dans ce genre d'établissement ou de quartier, mais nos tenues noires, la beauté statuesque d'Anna, ainsi, surtout, que la présence de Boris, seule véritable grande personne parmi nous, parurent le convaincre qu'il n'avait pas affaire à des clients ordinaires.

— J'ai pas de vodka, dit-il. J'ai de l'eau-de-vie.

— Ça fera l'affaire, dit Alexandre.

Nous attendîmes en silence.

— On boit cul-sec, fit Alexandre, lorsque quatre petits verres à pied furent remplis et alignés devant nous.

Anna, qui n'avait pas prononcé un mot depuis le cimetière, eut un geste de la main vers son frère.

— Doucement, Sania, tu ne dois pas boire d'alcool à cause de ta maladie, fit-elle.

Il la prit dans ses bras et l'embrassa sur la bouche.

— Merci, Annoushka, dit-il, mais aujourd'hui n'est pas un jour comme les autres et puis j'aurai tout le temps de réparer cet écart pendant ma cure. Allez, cul-sec !

Il porta le verre à ses lèvres et nous l'imitâmes. Je bus l'alcool d'un trait et sentis la chaleur envahir mon corps. Boris lança un sonore « na zdarovié », reposa le verre avec force sur le comptoir, puis nous salua :

— Prendre congé. Partir travail. Peut-être Mademoiselle Anna prochain concert dimanche ?

— Peut-être, Boris, lui dit-elle en souriant.

Et elle lui tendit une main qu'il s'empressa de baiser, sans que son geste et sa courbette prêtent à rire. La gnole avait déjà fait son effet sur moi et j'observais la courte scène avec sentimentalité. J'aimais ces gens, leur goût pour la parade, je les trouvais romantiques puisque imprévisibles, et je me sentais moi-même gagné par une sensation de précarité devant ces trois personnages qui semblaient en exil de quelque chose, chacun portant son poids de douleur et de mystère : Boris et sa solitude, son humilité ; Alexandre et sa fragilité, son désir excessif de plaire ; Anna à qui le deuil allait si bien, avec les zones d'ombre de cette affaire amoureuse qui lui avait fait si mal, Anna et son charme souverain, l'arôme de sa nuque et de ses cheveux, lorsque je l'avais tenue contre moi sur les marches de l'escalier obscur parce qu'elle voulait que « je l'aide » et que j'étais prêt à l'aider, l'aimer, l'aider ! toute la vie durant, pourvu qu'elle m'en accorde le privilège. Je vacillais, me tenant par la main au bord du comptoir, de peur de tomber en arrière. Mes deux amis ne semblaient pas atteints par le coup de fouet de l'alcool matinal.

— Qu'est-ce qu'on fait, maintenant ? demandai-je péniblement à Alexandre.

— On paie et on s'en va, répondit-il. On ne s'éternise pas. Le rite a été respecté.

Dehors, sur le trottoir, l'air frais du printemps me permit de retrouver un semblant de stabilité. Alexandre et Anna s'apprêtaient à partir bras dessus, bras dessous, et je me sentis brusquement exclu. J'eus un mouvement vers mon ami.

— Qu'est-ce que tu as voulu dire tout à l'heure ? Tu as parlé d'une cure ?

Alexandre rit tristement.

— Eh, oui, mon vieux, le type s'en va. Le type va vous quitter pour quelque temps. Le type part faire une cure à La Bourboule.

— C'est où, ça ?

— Quelle importance ? dit-il. Je ne sais pas, quelque part au centre de la France, dans le coin le plus sombre et le plus reculé des paisibles massifs français. Quelle importance ?

— Mais tu pars quand ? dis-je.

— Cet après-midi, je le crains, répondit Alexandre.

J'étais stupéfait.

— Mais qu'est-ce que je vais faire ? dis-je.

— Comment ça, qu'est-ce que tu vas faire ? répéta Alexandre qui ne comprenait pas ma réaction.

Subitement, on m'enlevait quelqu'un qui occupait mes jours et dont le langage, le comportement, la vision du monde avaient profondément modifié mes propres manières, quelqu'un grâce à qui, surtout, j'avais l'espérance quotidienne d'approcher la jeune fille qui occupait mes nuits! Qu'allais-je devenir sans Alexandre? Comment aurais-je accès à Anna? La brusquerie de l'événement me laissait sans voix. « Ils » ne pouvaient pas me faire cela, tous les deux! Ils m'avaient mélangé à leur existence, ils m'avaient fait partager leur intimité; ils m'avaient habitué au mélodramatique, à l'humour et l'extravagance, à la recherche de l'élégance, au culte du secret, aux serments de loyauté. Je n'avais pas encore obtenu toutes les réponses aux multiples questions que leurs actes et leurs propos avaient suscitées chez moi. Je n'avais pas non plus reçu d'Anna la récompense de mes efforts, la satisfaction d'un seul de mes désirs. Les choses ne pouvaient pas s'arrêter comme ça, c'était cruel, injuste. J'avais besoin d'eux, moi! je ne pouvais me passer d'eux, c'était trop brutal.

J'avais senti que notre présence, là-haut, sur la butte du cimetière, autour du cercueil de Madame Ku, nous avait un peu plus rapprochés et réunis dans une même nostalgie, une même tendresse — et voilà que tout se fracturait. Une crevasse noire. La perspective du vide, à nouveau, dans ma vie.

— Ne prenez pas cet air malheureux, intervint Anna. Pensez plutôt à l'ennui terrrrrrible qui va s'abattre là-bas sur notre pauvre Alexandre, dans ce lamentable trou perdu : La Bourboule.

— Oui, bien sûr, dis-je avec réticence, bien sûr que j'y pense. Ça ne va pas être très marrant pour toi, mon vieux.

Elle enlaçait Alexandre de son bras et, dans un geste affectueux, voulut recouvrir les épaules de son frère d'une partie de son large châle noir. Ils avaient l'air d'un couple, tout d'un coup. Je les enviais, les aimais, et les haïssais à la fois. Alexandre se dégagea et dit à sa sœur :

— Va devant, Anna, je te rejoins. Prends par l'avenue, je te rattraperai.

— A bientôt, dit-elle à mon intention.

Elle m'embrassa furtivement sur la joue.

— Oui, oui, bien sûr, fis-je, incapable de la retenir ou de retenir l'instant, à bientôt.

— Viens avec moi, fit Alexandre, j'ai deux mots à te dire avant mon départ.

Il m'obligea à pivoter pour faire quelques mètres dans le sens contraire de la direction prise par sa sœur.

— Asseyons-nous là, me dit-il en désignant un banc qui sous un réverbère peint en noir faisait face au bistrot que nous venions de quitter. Il faut que je te parle d'Anna.

30

— Le type est innocent et vierge, commença
Alexandre, mais le type n'est pas un imbécile. Il a
beaucoup lu, et il nous semble que depuis quelque
temps, il se déniaise à vive allure. Le type est en état
d'écouter ce que je veux lui dire, non?

— Bien sûr, dis-je.

— Et puis le type est mon ami, nous nous devons
loyauté absolue, et je me dois de lui raconter deux
ou trois choses avant de lui dire au revoir.

— Mais tu ne pars pas longtemps, dis-je. Tu
n'exagères pas un peu?

Alexandre tourna son visage jaunâtre vers moi. Il
n'avait rien perdu de sa grâce, son esprit, sa manière
de tourner les phrases, sa volonté, toujours exaucée,
de séduire autrui et vous entraîner dans le jeu de son
langage, les multiples schémas de sa conversation,
cette faculté de donner au moindre propos ou à la
moindre circonstance, de la singularité et du
charme. Du mystère aussi, une once d'imprévu;
avec lui, tout était tellement plus palpitant qu'avec
les autres. Mais il n'était plus le même garçon que

j'avais connu au milieu de l'automne. La maladie avait fait son travail. Il avait acquis plus de lenteur et de gravité ; on sentait qu'il s'adonnait moins volontiers à la comédie, celle dont il avait fait chaque instant de sa vie ; le dynamisme et la fougue s'étaient émoussés et par conséquent, la perversion et la jalousie qui, autrefois, surgissaient, avaient disparu. Tout ceci se lisait dans ses yeux et dans leurs cernes, à l'ourlet de ses lèvres, à une ride précoce, qui barrait, verticalement, l'interstice de ses sourcils aussi finement dessinés que ceux d'une fille.

— Je suis fatigué, tu sais, me dit-il. Si tu veux que je te l'avoue, je ne serais pas sûr de pouvoir me lever de ce banc, là, tout de suite, et si je m'y suis assis avec toi, c'est pour te dire des choses, mais c'est aussi parce que j'étais physiquement incapable de marcher aux côtés d'Anna. Et comme je ne voulais pas l'inquiéter outre mesure, j'ai trouvé ce prétexte. Cette matinée m'a épuisé à un point que tu ne peux t'imaginer.

— En plus, avançai-je, tu n'aurais jamais dû boire d'alcool tout à l'heure.

Il revint à sa première position, le visage faisant face à la place du Trocadéro, et ne m'offrant plus que son profil. Il avait le regard perdu.

— J'ai appris le sens réel d'un mot, dit-il sans relever ma remarque. Tu as de la chance, parce que tu ne connais pas ça. Tu ne sais pas ce que c'est, quand on a véritablement goût à rien, quand tout vous pèse, quand les jambes ne répondent pas à votre appel, quand les livres, les magazines, les disques, les devoirs de classe, tout vous tombe des mains. Tu ne sais pas ce que c'est, quand un bruit trop fort, une lumière trop violente, une odeur trop tenace vous dérange et vous donne le dégoût, quand on a envie de tout écarter loin de soi. Tu ne sais pas ce que c'est, et moi j'ai appris le sens réel de ce mot. Ça s'appelle la lassitude.

Il poussa un long soupir.

— Mais tu avais l'air tellement en forme il y a une minute au bistrot, dis-je.

— Provisoire exaltation, mon cher. Courte imposture.

Il leva le bras vers le ciel, comme à son habitude.

— Non, vois-tu, la vraie vérité, c'est cela, oui, c'est cela, je suis lassé, je suis las, las, las ! Je suis rempli d'une immense, d'une incommensurable lassitude !

Il se tut, comme si cette dernière tirade n'avait fait qu'accroître la lassitude, mot qu'il prononçait à voix sourde et résignée. J'eus de la peine pour lui et m'aperçus que c'était la première fois qu'il m'inspirait un tel sentiment. Je l'avais admiré et adoré, envié, parfois détesté. Il m'avait fait rire et souffrir, mais il n'avait jamais suscité ma compassion. Et maintenant, par le caprice de sa maladie et son départ pour La Bourboule, il devenait mon égal, voire mon inférieur, mais cela ne me satisfaisait pas. Je n'avais aucune envie de dominer Alexandre.

— Dis-moi, reprit-il. Te crois-tu capable de surveiller un peu ma sœur ?

244

— Je ne sais ce que tu attends de moi, dis-je.

— Si je te donne mon adresse, est-ce que tu m'écriras régulièrement pour me dire ce qui se passe ?

— Mais comment veux-tu que je sache ce qui se passe ? Je ne vis pas chez vous, moi, et j'ai le lycée, et puis...

Il eut un geste d'exaspération. Je savais qu'il n'avait pas apprécié que je ne suive pas ses injonctions quelques mois plus tôt, et que je refuse de prendre Anna en filature à la sortie du cours Hattemer. Il n'avait pu faire de moi l'espion de sa sœur. Ce projet, comme tant d'autres, s'était évanoui aussi vite qu'il l'avait formulé.

— Oh ! Oh, écoute, oublie tout ça, dit-il. Après tout, je ne sais pas pourquoi je me fais autant de souci, Anna est tirée d'affaire maintenant. Je suis sûr qu'elle ira bien. Elle ne le voit plus. Elle a un peu souffert, mais elle va surmonter tout cela... Non, ce que je te demandais, c'était simplement pour que tu me livres tes impressions, comment tu la vois, comment tu suis son évolution.

— Mais elle va t'écrire, elle aussi ?

— Oui, tous les jours, elle me l'a promis, dit-il sur un ton plus assuré. Mais elle ne me dira pas tout. Et puis, je ne serai plus là pour voir à quoi ressemble son visage. Alors, écris-le-moi, de temps en temps, dis-moi ce que tu lis dans ses yeux. Tu sais bien qu'on peut tout lire dans ses yeux.

Il avait prononcé ces derniers mots avec une telle ferveur, qu'il m'apparut enfin comme une certitude qu'Alexandre était passionnément amoureux de sa sœur. Il ne l'aimait pas simplement comme un frère mais il avait à son égard les réflexes de protection d'un père — ce père qu'il n'avait pas connu —, les sollicitudes inquiètes d'une mère — cette mère qui ne semblait pas compter dans leur vie, cette absente à demi folle —, et les élans inconditionnels d'un amant. Cet amant qu'il n'avait pas le droit d'être, cet amant dont il voulait à nouveau, et en détail cette fois, me raconter l'irruption dans l'existence d'Anna.

— La première fois que je t'en ai parlé, me dit-il, je ne t'ai pas tout dit, volontairement, mais maintenant je pars, et toi et moi, nous sommes un peu devenus des frères. On a aimé Ku ensemble, on l'a enterrée ensemble, ça crée des liens. Tu aimes ma sœur et je l'aime. Je te demande de la revoir non pour la surveiller, mais pour l'observer. Alors, tu es en état d'entendre mon récit.

31

Cela s'était passé un peu plus d'un an auparavant, lorsqu'ils habitaient dans le XVIIᵉ arrondissement, dans un hôtel particulier dont le rez-de-jardin
donnait directement sur le parc Monceau.

Dans sa mémoire, Alexandre se souviendrait
toujours des années passées « à Monceau » comme
les plus libres et les plus enivrantes de la vie avec sa
sœur. Lorsqu'il m'en parlait, il faisait la comparai-
son avec leur statut actuel dans l'appartement du
square Lamartine, aux couloirs et aux murs délabrés, avec la mère cloîtrée dans la chambre, et il
constatait ce changement comme une chute, une
décadence et une disgrâce. Et tout cela à cause de ce
qui était arrivé à Anna...

On possédait une clé qui permettait l'accès au
parc à toutes les heures et, surtout, aux heures
pendant lesquelles le public en était écarté. C'était
délicieux au printemps ou au début de l'été, lorsque
les journées sont longues et qu'on va avec sa sœur,
avant ou après l'heure du dîner, se rouler dans
l'herbe sous les marronniers ; on peut respirer

l'odeur, dans le soir qui tombe, des massifs de bégonias, des ifs et des troènes, des plantes et des fleurs. Il y a dans l'air comme un restant de la poussière qu'ont soulevée les gamins qui ont joué, il y a encore une heure, à la patinette et au cerceau ; sur les bancs et les chaises métalliques, vides, qu'ont occupés des nurses, des mamans ou des retraités, il ne vient plus se déposer que la rosée, qui s'étend peu à peu, et l'on peut se rouler dans cette herbe, les pieds en l'air, faire les farfelus, chanter du Rossini ou clamer du Baudelaire. Et se jurer que rien ne pourra briser le lien qui unit un frère à une sœur depuis l'enfance.

Ils aimaient aussi jouir de ce privilège en hiver. Puisque, cette année-là, la neige était suffisamment tombée pour que les pelouses du parc ne soient plus qu'un immaculé déroulement de blanc doux et velouté, et que seules les pattes de quelques oiseaux viennent imprimer leurs traces sur ce territoire qui était, dès lors, tout entier fait pour eux, leurs roulades et leurs boules de neige, leurs enlacements dans le froid, leurs rires, l'hystérie de leurs cris dans la nuit noire.

Ils rentraient par la petite porte privée, mouillés et trempés, gelés, de la neige dans les cheveux, les gants et les oreilles, hilares et essoufflés, avec la sensation que le parc leur appartenait, qu'ils en étaient les seigneurs exclusifs.

Ils étaient précoces, complices, infatués d'eux-mêmes. Anna, du haut de ses seize ans et de sa beauté éclatante, dictait sa loi et sa conduite à

Alexandre qui, à tout juste quatorze ans, exerçait déjà l'ironie de son regard et de son verbe vis-à-vis de tout le monde et notamment des amis de « Geooorges », le beau-père aux cheveux calamistrés. Louveciennes recevait, en effet, sur un rythme assez fréquent, quelques hommes pour de longues et nocturnes parties de poker et les deux jeunes gens leur distribuaient des notes dans le secret de leur conciliabule. Les notes portaient sur la tenue vestimentaire et la physionomie, sur le taux de vulgarité ou de distinction dans la voix et le geste, sur l'appartenance ou pas au monde de « l'automobile » dans lequel prospérait « Geooorges », propriétaire de multiples garages dans la ceinture est de Paris et que leur mère avait épousé quelques années plus tôt. Il existait, pour Anna comme pour Alexandre, quelque chose qu'ils ne parvenaient pas complètement à circonscrire et semblait commun à tous les hommes qui, comme « Geooorges », « faisaient dans l'automobile ».

— Quelque chose de gras et de satisfait, mais aussi de louche, tu vois, comme des trafiquants, des gens pas entièrement clairs. Attention, hein ! Plutôt élégants, les types, plutôt bien sapés, et pas dépourvus d'une certaine supériorité, une arrogance, mais sur le fond, des types vulgaires, si tu vois ce que j'essaie de te dire.

Alexandre et Anna prétendaient pouvoir reconnaître, sans risque d'erreur, ceux qui « faisaient dans l'automobile », et ceci à un seul geste, une façon qu'ils avaient bien à eux, lorsqu'ils étaient assis, de poser le dos de la main sur le haut de leur cuisse, la paume ouverte vers l'extérieur, avec leurs gros doigts boudinés et bien écartés les uns des autres comme pour les faire respirer. Ou bien une manière d'allumer la pipe, le cigare ou la cigarette, en prenant du temps, comme si cette activité, malgré tout relativement risible, revêtait pour ces hommes une importance considérable, à quoi il fallait apporter autant de sérieux et de componction qu'un pianiste virtuose à l'attaque du premier mouvement d'une sonate. Sur ce sujet, les enfants Vichnievsky étaient intarissables et lorsqu'ils véri-fiaient auprès de « Geooorges » la profession de tel ou tel de ses invités, et quand ce dernier leur confirmait qu'il évoluait dans le même métier que le sien, ils en étaient ravis, extasiés, ils s'esclaffaient :

— Tu vois ! Je te l'avais bien dit ! Quelle note on va lui donner ?

— Dix sur vingt, pas plus !

« Geooorges » les laissait dire et faire. Du peu que l'on ait connu ou compris de lui, on doit conclure que ce n'était pas un imbécile, qu'il n'était pas dupe des codes utilisés par ses beaux-enfants. Anna et Alexandre s'étaient toujours plu à le caricaturer ; ils ne l'aimaient pas, et « Geooorges » le leur rendait bien ; les deux parties se toléraient ; les enfants savaient profiter de lui et de son argent, qu'il distribuait les yeux fermés ; il avait cru pouvoir gagner leur affection en leur allouant des sommes illimitées d'argent de poche, il les avait seulement gâtés et pourris. Il redoutait un peu leur caractère fantasque, leur intelligence inquiète, semblable à celle de leur mère, qui avait commencé à déraisonner dès après le mariage. De leur côté, ils craignaient « Geooorges » physiquement, ses mains lourdes et épaisses, sa masse menaçante, ses éclats de voix. Ils n'étaient pas sûrs que « Geooorges » n'ait pas battu leur mère en plusieurs occasions. Ils se refusaient à élucider la nature des rapports de ce couple et la raison même de ce mariage, car ils avaient depuis toujours tissé la toile de leur propre univers, construit leur cellule à deux, et vivaient en autarcie à l'intérieur de ce ménage qui n'en était pas un. Ils appartenaient, depuis leur plus jeune âge, au désordre, à la confusion des valeurs et des sens, ils étaient brillants mais erratiques ; souvent renvoyés des établissements scolaires ; trop mûrs pour leur âge et cependant attachés aux rites et irréalités de leur enfance, à la fois déjà trop adultes et néanmoins, et pour toujours, déjà irresponsables.

« Geooorges » avait institué un système qu'ils trouvaient fort pratique : à portée de main, sur une table basse qui servait à accueillir livres, albums, courrier et journaux, dans le salon principal de la demeure, au rez-de-chaussée, il y avait une grosse boîte en bois clair, du format des boîtes à cigares, dans laquelle il suffisait de puiser. Les billets et les pièces ne manquaient jamais. A une époque où la plupart des garçons et des filles connaissaient à peine la couleur de l'argent, Anna et Alexandre le touchaient constamment du doigt, vivant « à la russe », s'achetant fleurs, revues et friandises, disques à la mode et places de concert, renouvelant leur garde-robe avec frénésie et méticulosité. Il semblait que le contenu de la boîte fût essentiellement constitué des gains au poker de « Geooorges ». Aussi bien, malgré le mépris qu'ils affichaient pour les amis de leur beau-père, leur dédain à l'égard de sa personne et son métier, puisqu'ils se prenaient, eux, pour des enfants de prince, Anna et Alexandre s'intéressaient-ils à ses revenus et ses pertes. A vrai dire, le jeu même du poker, ses us et ses coutumes ne les laissaient pas indifférents. Les lumières basses, les boiseries et le tissu vert foncé, la fumée au ras des têtes, les bouteilles d'alcool sur les plateaux, les mots échangés, lâchés, par des voix d'abord tendues et dures, ensuite, plus tard, lourdes et embrumées, les expressions qui fascinaient Alexandre :

— Le temps, tous mes droits. Parole. Je passe. On blinde. Obligado Porte Maillot. Full aux as par les rois. Tapis.

Et combien d'autres termes qui renforçaient chez l'adolescent son goût inné du jeu et de la parade, du mensonge et de la défausse, le sens du bluff et l'instinct pour le geste et le verbe qui vous font sauter le cœur, vous font vivre au bord du risque, au sein de l'imprévisible. Et comme il fallait renouveler les cubes de glace dans les bacs, vider les cendriers, chercher les cartouches de cigarettes dans le placard de l'entrée, et autres tâches parallèles à l'activité centrale autour de la table, dans le smoking-room du rez-de-chaussée, il était fréquent qu'Alexandre s'en chargeât, ou qu'Anna vienne donner un coup de main. Les joueurs la trouvaient belle et rayonnante, ils ne se privaient pas pour le dire, avant de passer aux choses sérieuses, c'est-à-dire aux cartes. Et quand bien même elle, comme son frère, voulait professer vis-à-vis des amis de « Geooorges » son souverain mépris d'adolescente, Alexandre et Anna étaient attirés par ces heures volées à leur sommeil, ces instants d'intrusion dans un monde qui dégageait un parfum d'irrégularité, d'interdit et qui, de ce fait, rejoignait leur nature profonde.

Anna poursuivait ses études dans un cours privé situé dans la rue Margueritte. Lorsque le temps était clément, on pouvait, à la sortie, voir quatre à cinq garçons, stationnant sur le trottoir d'en face, venus depuis le lycée Carnot tout proche, dans l'espoir de bénéficier d'un sourire d'Anna, une parole, un regard, ou bien, récompense suprême, un accord d'Anna pour se laisser raccompagner jusqu'à son domicile. Mais Anna faisait peu de concessions à ses soupirants, la plupart ayant dix-huit ou vingt ans, déjà bacheliers, élèves de khâgne ou d'hypokhâgne. Elle acceptait leur compagnie et leur conversation lors des concerts hebdomadaires à Pleyel, Gaveau, ou au Palais de Chaillot, mais elle les tenait à distance. C'était Alexandre qui venait la chercher ; ensemble, ils rentraient à « Monceau » où les attendaient une mère sans discipline, un beau-père sans autorité, des heures oisives, et la perspective de l'observation occasionnelle des amis de « Geooorges » pendant les parties de poker.

Ils virent apparaître, un soir, un nouveau joueur

qui ne ressemblait pas aux autres participants. Quadragénaire comme les autres, il n'avait pas leur vulgarité ni leur parler gras ; il n'exhibait aucune de ces petites tares qui éveillaient l'ironie des deux jeunes gens. Malgré une nuque épaisse, il y avait plus d'élégance et de distinction dans son maintien, de classe dans son habillement, de finesse sur son visage. Son regard allait plus loin lorsqu'il daignait le poser sur vous, ce qu'il faisait rarement. De tous les hommes qui fréquentaient l'hôtel particulier des Vichnievsky-Louveciennes, il était le seul qui ne se soit pas appesanti en compliments sur la beauté de la jeune Anna. Le seul, des membres de ce que l'on appelait « la partie de Geooorges », qui ne se soit pas attardé sur le déhanchement de sa marche, son sourire.

Pourtant, il la désira en secret, il lui fit la cour, et il la posséda.

Cela commença après quelques visites régulières du nouveau joueur ; il s'appelait Gilbert de Resny et l'on disait qu'il était comte. Lors d'une pause — il avait jeté ses cartes, passé son tour et demandé qu'on l'autorisât à quitter la table —, il se dirigea vers l'office. Anna et Alexandre étaient montés dans leur chambre à coucher. C'était une nuit de juin, il faisait chaud, et la jeune fille, en peignoir de soie à pois bleu et blanc, cheveux défaits sur les épaules, avait eu envie de redescendre pour renouveler l'eau de la carafe qu'elle conservait près de son lit. Elle fut surprise de voir l'homme, courbé au-dessus de l'évier, en train de boire à même le robinet. Il se redressa, essuya ses lèvres et lui dit tout à trac en la regardant de ses yeux sombres et persuasifs :

— Mademoiselle, vous occupez mes nuits depuis déjà de nombreuses nuits.

Elle se cabra, silencieuse mais pas hautaine. Elle cherchait une réplique mais ne la trouva pas. La personnalité de l'homme envahissait la pièce. Il parlait avec intensité, précision, la voix autoritaire et chaude :

— Je vous en prie, lui dit-il, je dispose de peu de temps, laissez-moi parler. Faites-moi la grâce de ne pas me confondre avec les jeunes gommeux qui tournent autour de vous. Ce que je vais vous dire va peut-être vous étonner et vous êtes libre de ne pas le croire. J'habite l'hôtel particulier qui se trouve presque en face du vôtre, et c'est à travers mes fenêtres, qu'un jour, je vous ai découverte, alors que vous jouiez dans la neige sur la pelouse avec votre frère. Vous étiez surprenants tous les deux mais vous, vous étiez si belle que je vous ai souvent, pendant des mois, épiée et admirée. Je ne vous raconterai pas le temps qu'il m'a fallu et les astuces que j'ai échafaudées pour pouvoir trouver une entrée dans la « partie » de votre beau-père, avec qui je n'ai strictement rien en commun. Nous n'appartenons pas au même monde.

Anna eut un mouvement, comme pour protester. Elle voulait bien brocarder « Geooorges » en privé avec Alexandre, mais n'aurait pas admis qu'un inconnu critiquât le mari de sa mère. L'homme était vif, devinant la pensée de la jeune fille. Il leva la main.

— Loin de moi l'idée de le mépriser ou le méjuger. Je veux simplement que vous compreniez que nous ne sommes pas du même monde et que, pour dire la vérité, le poker m'horripile. Si je me suis introduit dans cette « partie », sachez que c'était dans le seul but de vous approcher.

Anna :

— Pourquoi ?

L'homme :

— Pour vous voir, vous parler, entendre le son de votre voix, vous dire que je vous...

Elle l'interrompit.

— Ne dites rien, dit-elle.

Il prit son intervention comme il le fallait, c'est-à-dire l'involontaire aveu de l'intérêt qu'Anna éprouvait pour son travail d'approche. Et comme il possédait plus de rouerie qu'elle n'en aurait jamais, et comme son expérience de séducteur lui avait appris qu'on ne doit pas pousser vite ou loin ce qui semble être un avantage trop aisément acquis, il se détendit et sourit, abandonnant le ton d'urgence et de gravité avec quoi il avait remporté la première victoire — puisqu'il l'avait déjà un peu apprivoisée. Il se fit plus désinvolte.

— Mettons que je ne vous aie rien dit. Mettons, aussi, que vous ayez compris ce que je voulais vous dire.

256

Encore une fois, Anna ne sut quoi répondre. L'homme se déplaçait en direction de la salle de poker. En passant, il la frôla et elle recula, mais sans brusquerie. Il s'arrêta un demi-pas plus en avant. Il ne cessait de la regarder.

— Mademoiselle, lui dit-il, j'ai, moi aussi, une clé qui me permet d'entrer à ma guise dans le parc. Je m'y rendrai chaque soir à partir de minuit, quelque part en face de vos fenêtres. Je serais heureux que vous veniez m'y rejoindre.

Elle était médusée ; flattée ; intriguée ; irritée. Et ce qui l'irritait plus sans doute, c'était le mal qu'elle avait pour trouver des réponses adéquates à cet homme directif et suave. Elle avait toujours su faire jeu égal dans la conversation avec les plus brillants et les plus mûrs des garçons qui la courtisaient, quand il ne s'agissait pas de moucher les plus jeunes ou les plus naïfs. Avec cet homme en face d'elle, tout était différent et plus difficile, plus subtil. Surtout, plus hasardeux. Elle se sentait en danger, parce que en situation d'infériorité, mais elle y trouvait quelque goût.

— Que ferions-nous si je venais vous y rejoindre ? dit-elle, se croyant adroite, alors qu'elle glissait ainsi un peu plus dans ses filets.

— Nous parlerions, dit-il sans emphase.

— Et de quoi ?

— Mais de tout, dit-il. De musique, par exemple. Je sais que vous aimez beaucoup la musique.

— Comment le savez-vous ?

— Figurez-vous que je vous ai aussi vue à

Chaillot et à Pleyel. Vous ne passez pas inaperçue. Et vous y êtes très entourée.

— Ah !... dit-elle. Vous y allez aussi ?

— La musique est une de mes passions, dit-il.

Elle insista.

— Et de quoi d'autre parlerions-nous ?

Il eut un rire de gorge, agréable et enjôleur.

— Mais de tout, vous dis-je, puisque j'ai envie de vous entendre à propos de tout.

Eût-elle souhaité qu'il prolongeât sa cour ? Il préféra briser d'un coup, en lâchant :

— Demain, minuit.

Elle, coquette et faussement dégagée :

— Mais... Et vos parties de poker ?

Il eut un sourire lent et conquérant.

— Je n'aurai plus besoin d'aller jouer au poker puisque j'ai pu vous approcher, puisque nous nous sommes parlé.

— On ne vous reverra plus dans cette maison ?

— Non, je ne pense pas, dit-il. Ça n'a plus aucun sens maintenant.

Il s'éloigna. Le lendemain soir, lorsqu'elle eut constaté qu'en effet de Resny n'était pas venu à l'habituel rendez-vous des amis de « Geooorges », et lorsqu'elle se fut assurée qu'Alexandre s'était endormi dans la chambre qui jouxtait la sienne, Anna, toutes lumières éteintes, écarta le rideau pour scruter, de l'autre côté de la vitre, l'espace obscur du parc désert, à peine éclairé par le reflet d'un distant réverbère. Elle avait, une grande partie de la journée, tourné le projet dans sa tête.

— J'y vais ? Je n'y vais pas ? Non, je n'irai pas !
Et je vérifierai que lui, il est bien là — du moment
qu'il ne s'aperçoit pas que j'ai vérifié.

Cela avait occupé une grande partie de ses
réflexions, ses actes ; elle s'était surprise à penser
plusieurs fois à lui, le sourire sur ses lèvres, la force
dans ses yeux, son port de tête ; elle s'était remémoré
leur court échange, la veille, et elle s'était astreinte à
ne pas trop y penser et, cependant, elle avait
éprouvé de l'impatience lors de la tombée du jour,
puis au cours du dîner.

Anna écarta donc le rideau. La nuit était plus
noire que d'habitude et il lui fallut un instant avant
de distinguer les formes familières des grands
arbres, le kiosque à musique, le manège recouvert
de sa toile claire, les chaises irrégulièrement aban-
données le long des allées vides. Ses yeux parcouraient cette partie du parc qu'elle connaissait bien et
où elle déambulait, dansait, riait si souvent avec
Alexandre, et elle murmurait pour elle-même :

— Où est-il ? A-t-il choisi un banc ? Est-il assis ?
Est-il debout derrière un massif de plantes ? Que
fait-il ?

Mais elle ne voyait personne. Alors elle oublia sa
prudence, ouvrit la fenêtre et se pencha sur le
balcon, son corps et son visage tendus vers l'obscurité verte. Elle crut apercevoir un minuscule point
rougeâtre, incandescent, qui respirait dans la nuit ;
une petite tache ronde et rouge dans le coin le plus
noir du parc, comme le bout allumé d'une cigarette
que son porteur aspire, si bien que le rouge aug-

mente puis faiblit en intensité. Elle devina, plutôt qu'elle la reconnut, une silhouette d'homme.

— C'est lui, se dit-elle. Il est donc venu !

Et elle en éprouva une immense satisfaction, une angoisse aussi, car elle s'interrogeait :

— Que dois-je faire ?

D'instinct, elle décida de se retirer du balcon, mais elle le fit avec assez de lenteur et d'amples mouvements du peignoir pour que la sombre silhouette au point rouge, de l'autre côté du parc, ait enregistré que la jeune fille avait mordu à l'hameçon. Anna se félicitait de la finesse de sa tactique, aveugle à la stratégie de l'autre. Et lorsque le lendemain à la même heure, elle revit le même petit point rouge dans le noir, mais que, le ciel étant moins impénétrable, elle put reconnaître Gilbert de Resny — cette fois, il n'était plus debout mais assis sur une chaise — elle se trouva toute bête : et maintenant, quoi ? Il y avait cet homme là-bas, fumant silencieusement sa cigarette, immobile ou presque, et elle était debout sur la terrasse, à la fois étonnée, ravie qu'il ait persisté et se soit à nouveau déplacé pour l'attendre, mais effarouchée, aussi, par la perspective. Elle n'osait pas le rejoindre. Elle fit à nouveau retraite.

Le soir suivant, il était toujours là, comme le chasseur doué d'une infinie patience et qui attend une proie. Mais Anna ne concevait pas l'aventure en termes aussi cruels. Elle voyait dans la constance de l'homme pour ce rendez-vous la preuve qu'il l'aimait ; il y avait quelque chose de fou et de profondément romantique, romanesque ! dans cette attitude, et elle tomba amoureuse de cette folie, alors même qu'elle n'avait pas échangé plus de quelques paroles avec l'homme. Elle décida d'aller au rendez-vous, de traverser la pelouse pour rejoindre le petit point rouge dans la nuit. Elle se répétait désormais :

— Il m'aime... Il m'aime... Je l'aime... Je l'aime...

C'était ainsi que devant son miroir, Alexandre l'avait surprise un soir — c'était ce moment qu'il m'avait déjà raconté. Mais il ne découvrait rien d'autre puisque Anna attendait que son frère et sa mère fussent endormis, tandis que « Geooorges » et ses amis jouaient aux cartes au fond du rez-de-chaussée. Elle vint donc aux rendez-vous dans le parc, au milieu des douceureuses nuits de juin, et l'homme fit à la jeune fille une cour si habile, si lente et si civilisée, qu'elle lui céda, comme il l'avait désiré, au bout de multiples rencontres.

Il ne la touchait pas ; ne l'effleurait pas ; il la tenait constamment sous son regard, comme le tireur d'élite ne quitte pas des yeux le noir de la cible. Il parlait, elle écoutait. Mais elle s'exprimait aussi avec volubilité et humour, fougue, jugeant avoir trouvé en cet homme de trente ans son aîné un interlocuteur à la hauteur de sa personnalité. Elle raffolait de ses idées et de son style, de la diversité de ses penchants culturels ; ils communiaient dans leur passion pour la musique symphonique. Un soir qu'ils chuchotaient, rapprochés l'un de l'autre, dans un des coins les plus sombres du parc, il lui dit :

— Allons chez moi. J'y suis seul en ce moment. Nous n'allons tout de même pas passer notre vie dans ce jardin.

Elle était prête, consentante, offerte. Il sut la prendre comme si c'était elle qui se donnait ; sans la heurter ; et comme c'était, bien sûr, son premier acte charnel, Anna s'attacha plus passionnément qu'aucune des précédentes conquêtes de Gilbert de Resny. Elle lui plaisait beaucoup, beaucoup ; il prolongea la liaison plus qu'il n'en avait l'habitude.

Puis il rompit, brutalement, à la Valmont, comme il savait faire. Elle en souffrit, mais son orgueil prit le dessus. Emmurée dans le silence et les mensonges, elle voulut subir, perdurer, s'en sortir seule, tout dissimuler. Surmonter la première blessure de sa vie.

L'ennui, c'est qu'elle était tombée enceinte.

32

— Comment l'as-tu su ?

— Anna a fini par me le dire. Elle m'a tout raconté, tout, de A jusqu'à Z. Elle estimait qu'elle n'avait personne d'autre que moi dans la vie à qui confier une nouvelle aussi terrible. D'ailleurs, elle avait raison.

— Mais, et lui ?

— Qui ça, lui ?

Je n'avais pas osé dire « son amant ». Le mot me faisait horreur. Le récit d'Alexandre me permettait de comprendre la distance illimitée qui me séparait d'Anna. Les expressions du vocabulaire amoureux dansaient dans ma tête avec leur force ravageuse, la gravité de leur signification. Elle avait eu un *amant*. Elle avait été une *maîtresse*. Ça s'appelait une *liaison*. Ils avaient fait l'*amour*. Il l'avait *déflorée*. Enfin, comble du comble, scandale des scandales en une époque aujourd'hui préhistorique, lorsque la majorité des jeunes filles arrivait vierge au mariage, lorsque le mot de contraception et l'existence des contraceptifs relevaient du domaine de la science-fiction, Anna, la belle Anna, mon pur et bel amour, s'était fait engrosser.

— Eh bien, vois-tu, dit Alexandre, j'ai été obligé d'aller le voir, même si ça me répugnait.

— Pourquoi toi?

— Parce que Anna refusait de lui demander un secours quelconque, et refusait de le revoir.

— Et alors?

— Alors, il m'a dit : « Si vous désirez de l'argent, faites-le-moi savoir. L'argent n'est pas un problème. » Je lui ai dit que je n'avais vraiment pas besoin de lui pour recevoir ce genre de réponse élémentaire. Il m'a viré. J'ai cru que je pourrais y arriver seul, je me suis renseigné, mais j'avais présumé de mes forces et de mes moyens. La boîte de cigares de mon beau-père n'était pas assez pleine. Ça coûte cher, ces choses-là, et le type avait beau être très avancé pour son âge, vois-tu, mon petit vieux, le type a bien été obligé de mettre son beau-père dans la confidence.

J'admirais mon ami en silence. Je l'imaginais, à quatorze ans, allant sonner à la porte du séducteur pour l'interroger sur ses intentions; avait-il tenté de le gifler comme nous le verrions faire pour un autre adulte à l'entrée du lycée, un an plus tard, ce qui contribuerait à sa légende? Je l'en croyais capable, mais je me disais aussi que « Nuque Épaisse » n'eût pas été homme à se laisser impressionner par l'insolent adolescent. J'imaginais ensuite Alexandre réconfortant Anna; se faisant encore plus son complice qu'autrefois; se renseignant, mais auprès de quelles sources ?, pour obtenir l'adresse d'une « faiseuse d'anges » ou d'un médecin qui acceptait de pratiquer « ces choses-là » ; tentant de collecter suffisamment d'argent auprès de « Geooorges » ; puis étant obligé d'avouer au même « Geooorges » son incapacité de faire face, et rabattant sa morgue pour solliciter le soutien du beau-père méprisé.

— Il a plutôt bien réagi. Mais évidemment, même si je lui avais demandé le secret, il en a parlé à ma mère. Ça l'a rendue un peu plus folle. Elle faisait des scènes à Anna, alternait tendresse et ressentiment. C'était devenu invivable à Monceau, avec la présence de l'autre bonhomme de l'autre côté du parc, avec sa femme et ses enfants.

— Il est marié ? Il a des enfants ?

— Ben oui, qu'est-ce que tu crois ! La bonne femme que tu as vue avec lui l'autre jour à Chaillot, c'était elle. C'est souvent comme ça, mon vieux. C'est une situation d'une banalité à mourir ! Bon. Bref. Tout cela s'est terminé comme ça se devait. Après le voyage en Suisse, on est parti loin en croisière, j'ai été renvoyé de Carnot, trop de conneries, trop d'absences. Finalement, « Geooorges » a vendu l'hôtel particulier et on a changé de quartier, et on s'est retrouvés square Lamartine.

Je reconstituais leur itinéraire. Il m'était moins simple de déchiffrer pourquoi, malgré sa dévotion à Anna, une fois qu'ils eurent changé de domicile, Alexandre avait voulu, en créant le « salon de Madame Ku », fabriquer son propre lieu secret, son territoire exclusif. Peut-être une façon pour lui de retrouver, seul, une paix et une sérénité qui avaient singulièrement manqué à leur vie en commun? J'étais déçu, par ailleurs, de constater qu'Anna, un an plus tard, avait à nouveau tenté de revoir de Resny et saisi l'occasion de sa présence au concert, lorsque je l'y avais accompagnée, pour essayer de renouer un lien. Une partie des mystères dans l'attitude et le langage de la jeune fille — le deuil, les accès de désespoir dans la voix; l'ironie de son « on ne m'aime plus, on ne veut plus me voir » qu'elle m'avait confié sur les marches de l'escalier — et, plus généralement, tous les petits pans d'obscurité faisaient place à une vision plus claire du paysage.

Je comprenais mieux. Mais cela ne diminuait en rien mon sentiment pour Anna, et après avoir imaginé et admiré Alexandre traversant cette affaire avec sang-froid, culot, porté par son amour pour sa sœur, je tentai de me figurer comment, de son côté, elle avait subi la déflagration qui avait secoué un univers déjà si fragile. Mais je n'y parvins pas. Comment aurais-je pu, un instant, me mettre à la place d'Anna?

33

Alexandre avait prononcé les mots avec une fausse négligence : « le voyage en Suisse ».

A l'époque, si l'on voulait être sûr que cela se passe vraiment bien et que la jeune fille ou la femme enceinte ne se fasse pas charcuter dans des conditions dangereuses, clandestines et illégales, il y avait, pourvu que l'on dispose d'assez d'argent ainsi que des bonnes adresses, et que l'on obtienne la bonne filière, la solution du « voyage en Suisse ». Anna avait fait le voyage.

Elle se souvenait du visage froid du psychologue, lors du premier entretien préalable à Lausanne. On ne faisait pas les choses à la légère dans ce pays et il fallait suivre un chemin précis, se soumettre à un protocole, procéder par étapes. Elle se souvenait des questions posées, des réponses données par sa mère et son beau-père, puisqu'elle était mineure et que malgré son désir d'y aller seule — ou alors, accompagnée par son frère ! — elle n'avait pas pu se passer de leur présence, leur caution, leurs explications et leur autorisation, leurs passeports et leurs chèques.

Elle se souvenait de ces heures comme d'une oppression constante ; elle sentait le regard de sa mère sur ses épaules ; elle s'était armée en prévision d'elle ne savait quelles scènes de pleurs ou de cris, devant les divers inconnus suisses vêtus de blanc qui s'étaient occupés d'elle, mais la mère avait gardé son calme. Pourtant, Anna avait enregistré l'intensité de sa respiration dans son dos, comme si la mère retenait sa fureur et sa honte, sa vindicte et son chagrin.

Anna se souvenait du retour à l'hôtel, le soir. La prochaine convocation aurait lieu le lendemain et, lorsque les certificats auraient été délivrés, l'entrée en clinique un jour plus tard. Elle se souvenait du premier dîner dans la grande salle à manger sous les lustres du Palace, au bord du lac. A travers les hautes fenêtres entrouvertes, elle voyait la ligne faiblement bleue du lac, avec des formes floues qui flottaient dans la nuit brumeuse. Elle n'avait pas pu supporter le silence entre son beau-père, sa mère et elle ; un silence meublé des seuls bruits de fourchettes, couteaux, minimes déplacements de salières, craquement des gressins et biscottes entre les doigts, versement de l'eau minérale gazeuse dans les verres, avec les « merci », « ce sera tout », les « bon appétit » et rien d'autre, rien que ce silence et ces déglutitions, ce glouglou, ces mastications, ces froissements de serviettes. Elle eût préféré que « Geooorges » et sa mère sacrifiassent à un peu de « small talk », c'est-à-dire parler pour ne rien dire, la pluie et le beau temps, le confort des chambres, la qualité du service, la bobine des dîneurs autour d'eux. Mais il semblait que sa mère et son beau-père avaient résolu de s'exprimer le moins possible, voire de se taire pendant toute la durée du voyage en Suisse. Elle avait prétexté un mal au cœur et s'était déplacée à travers la salle pour sortir sur la terrasse et marcher dans le jardin, jusqu'au ponton donnant sur la rive du lac.

Elle se souvenait d'une cascade d'odeurs, comme si la condition dans laquelle elle se trouvait avait rendu Anna plus sensible qu'auparavant aux parfums et aux odeurs. Le jardin du Palace était luxuriant, parsemé de boqueteaux de rosiers, mariés à de la clématite. Des lilas étaient en fleur. Il y avait de la glycine aussi, des iris de Florence, un seringa qui embaumait de façon presque violente. Pourtant, c'était le chèvrefeuille dont la senteur l'avait tout entière envahie. Anna s'était assise sur les lames de bois du débarcadère, écoutant dans la nuit le clapotis de l'eau autour des pilotis et des amarres des bateaux endormis, et l'odeur du chèvrefeuille l'avait pénétrée et poursuivie et elle l'avait emportée avec elle. Elle en avait fait le parfum de tout le voyage et elle avait décidé à ce moment précis, en cette première nuit, de ne penser qu'à cette odeur, de se faire accompagner par elle tout au long de la journée du lendemain, puis de l'admission à la clinique, l'anesthésie, l'opération, la postanesthésie, le réveil, le départ — de tout rapporter à cette odeur et à cette plante, de se fabriquer comme une obsession et un point fixe, pour y attacher sa force et sa concentration. Elle s'était dit que si elle réussissait, à la sortie de la clinique privée, puis du Palace, puis à la montée dans le train Lausanne-Genève-Paris du retour, à conserver la même remembrance de ce chèvrefeuille, alors elle garderait aussi son équilibre, et elle aurait surmonté l'épreuve. Elle serait intacte.

Tout s'était passé dans le blanc, l'ouate, l'éther, l'efficace et le compétent, l'impersonnel malgré, tout de même, devinait-elle, une sorte d'hostilité sourde chez les femmes et les hommes qui avaient participé à l'avortement. Mais cela ne lui avait pas fait mal et elle n'avait pas « souffert », comme on dit. Elle était trop jeune pour regretter l'anéantissement d'un espoir de vie — la vie d'un être qu'elle n'avait jamais désiré — mais elle n'était pas assez âgée pour se persuader qu'elle ne serait pas différente après, et que rien n'avait changé — si tant est que, à quelque âge que ce soit, un tel acte puisse jamais se passer dans l'indifférence. Aussi bien, avait-elle farouchement, obstinément, de manière monomaniaque, focalisé tous ses efforts sur la souvenance du chèvrefeuille et elle avait voulu croire que si elle avait versé des larmes lorsque l'infirmière, grassouillette, penchée au-dessus d'elle, lui avait dit à son réveil avec un fort accent vaudois : « Eh bien, c'est fini. Vous voilà bien désencombrée à présent », ça avait été parce que, pour la première fois, elle ne parvenait plus à reconstituer l'identité de l'odeur. Elle avait éclaté en sanglots. Elle avait reconnu sa mère assise à ses côtés le long du lit et elle n'avait pu retenir ses larmes, ni ces quelques mots :

— Maman! Le chèvrefeuille! J'ai perdu le chèvrefeuille!

Alors, malgré la foi inébranlable qu'elle possédait en sa propre force de caractère, elle avait craint d'avoir laissé s'échapper une partie de sa raison. Et ça avait été cela, pour elle, Anna, le voyage en Suisse. Ça avait été la fin de quelque chose.

34

Le grand patron — au siège du journal, on ne l'appelait que par ses initiales, P.B. — nous reçut dans son bureau de forme ovale, immense, avec des trumeaux, très haut de plafond, une pièce pleine d'acajou, de velours, de silence et d'importance. Les fenêtres donnaient sur le Rond-Point fleuri ; l'allée des philatélistes, peu fréquentée ce jour-là ; les jardins du Marigny, égayés par des enfants en bas âge ; l'on pouvait voir, au-delà, le sommet de l'Obélisque dominant un océan de marronniers aux crêtes rondes, vertes et fleuries.

— Mes collaborateurs me disent que vous avez tous pris votre tâche à cœur. Il est vrai que votre petit journal n'était pas mal fait et je tenais à vous en féliciter personnellement.

Il avait un parler châtié ; il émanait de sa personne une aisance, du charme, et à la fois la conscience du rôle qu'il jouait dans la ville et dans le pays, du poids charrié par chacun de ses éditoriaux, paraphés de la célèbre plume et du « F » majuscule ; il respirait la compétence et la courtoisie, avec, par-dessus cela, une grande réserve et cet air inaccessible qu'eurent les adultes de sa génération pour les adolescents que nous étions, en un temps où l'on ne vous prenait au sérieux, l'on n'admettait votre existence, qu'après une série d'étapes indispensables — baccalauréat, faculté, diplômes, service militaire, apprentissage, longues années d'anonymat et de patience —, un temps où le temps n'avait pas la vitesse du temps d'aujourd'hui.

— Je ne suis pas certain que vous ayez eu l'occasion d'en apprendre beaucoup avec ces quelques numéros conçus pendant vos heures de liberté du jeudi, mais j'ai noté, çà et là, de jolies tournures de phrases et des anecdotes bien rapportées.

Le groupe de lycéens et lycéennes qui avaient participé à l'expérience formait un arc de cercle, face au grand patron qui parlait debout de l'autre côté du petit meuble raffiné sur lequel étaient posés ses légendaires crayons verts, des rames de papier, les dernières éditions des journaux concurrents, quelques objets précieux et anciens. Nous étions encadrés par ceux qui nous avaient mâché la besogne, Pierre Engiacamp et deux ou trois autres journalistes, ainsi que Walfard, le responsable de cette opération de promotion. Ils avaient corrigé notre copie, nous avaient démontré comment l'on fait un « intertitre » et ce qu'est un « encadré » ; ils avaient réécrit nos « chapeaux » et suggéré les thèmes à traiter. Nous les avions accompagnés dans leurs déplacements parisiens. Aux côtés d'Engiacamp, j'avais pu assister à une séance de l'Assemblée nationale ; la remise d'un prix littéraire ; la répétition d'une pièce de théâtre de la Compagnie Renaud-Barrault. Un de nos camarades avait passé une matinée à la Bourse. Il en était revenu assourdi mais ébloui et fasciné. Une fille, férue de sport, avait interrogé la championne de tennis du moment, à la veille d'un tournoi qui se déroulerait dans un stade sans barrières, aux gradins de pierres rêches, aux maigres allées d'herbes folles, et qu'on appelait Roland-Garros.

— Qu'avez-vous retenu de tout cela ? L'avenir le dira. En tirerez-vous profit ? Voudrez-vous bien plus tard essayer d'en faire votre profession ? Cela vous regarde, ainsi que vos professeurs et parents, mais sachez qu'il y a pléthore de candidats et peu d'élus. Que les heures ne se comptent pas. Et que si l'on se doit d'être rapide, on ne gagne rien à se contenter du premier jet. Écrire clair ! Savoir voir ! La meilleure leçon de journalisme repose tout entière dans le titre, comme dans le contenu, d'un ouvrage de Victor Hugo : *Choses vues*.

Il ajouta, en lançant un bref coup d'œil supérieur dans ma direction :

— Ainsi, s'il est vrai que l'on a parfois pu remarquer des représentants du peuple piquer du nez sur les bancs de l'Assemblée nationale, je doute fort qu'aucun d'entre eux se soit jamais amusé à y fabriquer des cocottes en papier.

J'ai rougi et baissé les yeux. Les deux heures que j'avais passées à suivre une séance de routine à l'Assemblée nationale m'avaient parues si vides et la perspective d'avoir à écrire mon article si pauvre, que j'avais cru voir des députés jouant avec des feuilles de papier. Ayant cru les voir, j'avais jugé finaud d'enjoliver et maquiller la vérité. A la lecture, dans ma famille et parmi les amis de mon âge, tout le monde avait trouvé cela drôle et l'on en avait même fait le titre : « Des cocottes en papier au Palais-Bourbon ». J'avais vite fait d'oublier cette petite supercherie, mais dans son discours d'adieux au siège du Rond-Point, la sèche remarque de P.B. me ramena à la réalité. J'avais triché, et les professionnels n'avaient pas été dupes.

— Eh bien, voilà, conclut-il, retournez à vos études, mesdemoiselles et messieurs, je vous souhaite bonne fortune dans vos futures entreprises.

Sur le palier de la grande pièce ovale, nous nous sommes tous serré la main avec plus ou moins de regrets. Nous avons échangé nos adresses respectives. Puis j'ai traîné, laissant volontairement partir mes camarades par l'escalier de marbre. Pierre Engiacamp est sorti, au bout de longues minutes, du bureau de son patron. Il m'a regardé, l'air furibond :

— Je viens de prendre un beau savon, par ta faute.

Je me suis tu.

— Ne prends pas cette mine stupide, a-t-il continué, tu sais très bien de quoi je parle.

— Les cocottes en papier, ai-je dit... Mais vous aviez trouvé cela très bon ! C'est même vous qui m'aviez suggéré le titre.

Engiacamp m'a violemment pris par l'avant-bras, m'entraînant vers l'escalier.

— Justement, a-t-il dit, tout en descendant les marches et me poussant devant lui, justement! J'ai eu la faiblesse de trouver cela amusant, ton histoire, alors que je me doutais bien que tu avais bidonné.

— Quoi?

— Bidonné, tu sais ce que ça veut dire?

Il avait parlé avec une certaine hargne et je me mis à craindre que cet homme qui m'avait encouragé, que je respectais, en qui j'avais tant confiance, n'en vienne à me mépriser.

— Euh, non, mais j'ai compris, je crois, ai-je répondu.

— Eh bien, oui, tu as fait ce qu'on appelle un papier bidon — et je le sentais mais j'ai passé outre, parce que je t'aime bien, et puis ça faisait un titre amusant et puis... merde, quoi! Ce n'était pas très sérieux tout cela, votre journal. Mais P.B. n'a pas du tout été de cet avis.

— Il a gueulé?

Pierre Engiacamp éclata de rire devant ma méconnaissance du personnage qui présidait aux destinées de l'institution à laquelle le journaliste était si fier d'appartenir.

— P.B., quand il te passe un savon, il ne gueule pas, mais pas du tout, tu vois. Il te regarde froidement et de sa voix très douce il te démolit en trois phrases et deux adjectifs. Il m'a dit que si j'avais eu l'indulgence ou la négligence de ne pas vérifier auprès de toi l'authenticité de ta « chose

276

vue », cela pouvait signifier, pour lui, que j'étais moi-même susceptible, un jour, dans un de mes papiers, d'inventer et falsifier afin de plaire aux lecteurs! Non mais, tu te rends compte! Il a mis mon honnêteté en doute.

— A cause de moi, dis-je.

Nous étions arrivés dans la cour extérieure, à la hauteur du guichet d'entrée, près de la grande porte qui donnait sur le Rond-Point. Pierre Engiacamp se radoucit.

— Mais non, mon bonhomme, tu n'es pas responsable. Tu n'es qu'un jeune amateur. C'était à moi de faire la correction, de t'interroger et d'agir comme un vrai « secrétaire de rédaction ». Et P.B. a eu raison. Il m'a donné une belle leçon. L'approximatif, mon vieux, quand on prétend être un bon journaliste, c'est le péché absolu. Elle était vide, l'Assemblée? Les bancs étaient déserts? L'ambiance morose? Il ne se passait rien? Les députés tiraient leur habituelle tronche de bovidés endormis? L'air était stérile et les huissiers bayaient aux corneilles? Le rouge et l'or, le cuir et le bois, te paraissaient gagnés par une même maladie, comme une torpeur? Comme une épidémie symbolique du climat délétère de cette IVe République de fantoches? Eh bien, tu n'avais qu'à écrire ça mon vieux, tu n'avais qu'à le dire! Le vide et l'ennui, il te suffisait de les raconter sans en rajouter, sans enjoliver. Ton papier aurait été tout aussi bon. Meilleur, même. La réalité, dans notre métier, est toujours plus intéressante que son travestissement.

Il poussa la porte, continuant de m'entraîner dans sa marche, s'éloignant du siège du journal pour s'engager sur le Rond-Point. Je sentais qu'il s'était calmé. Sa marche ne s'était pas ralentie mais il avait lâché mon bras, mis les mains dans ses poches.

— Il faut toujours se méfier de son talent, dit-il.

Puis il rectifia :

— Non, pas de son talent. De sa facilité. Il ne faut pas écouter les sirènes du racolage, du sensationnel, de la poudre aux yeux. Il faut rester honnête.

Maintenant, il semblait m'avoir oublié. Je marchais à ses côtés, traversant entre les deux rangées de gros clous la partie basse des Champs-Élysées, pour avancer dans l'avenue Montaigne, et j'avais l'impression qu'il ne s'exprimait plus à mon intention. Venait-il de répéter à haute voix la récente admonestation de son patron ? Il fit un grand geste du bras, comme pour mettre tout cela derrière lui. Les boucles de ses cheveux noirs voletaient sur son front, il avait retrouvé son air de gouaille, de vivacité, de liberté. Une femme en robe à fleurs se retourna sur son passage et il lui fit une sorte de salut, plus proche de la pirouette que de la révérence. Elle éclata de rire et continua sa route. Engiacamp en fut enchanté et, du coup, il redécouvrit ma présence.

— Ah ! fit-il en se retournant vers moi, sais-tu qu'à cette époque de l'année, à ce moment précis à

278

Paris, quand les marronniers sont en fleur, quand il fait très beau, elles sont toutes belles, les femmes, toutes ! Regarde-les ! On dirait qu'elles se sont toutes réveillées et qu'elles sont sorties de l'opacité de l'hiver. Elles ne sont plus invisibles.

Nous avions marché à vive allure et atteint la place de l'Alma. Il s'immobilisa devant Chez Francis.

— Je t'offre un café liégeois avant de te renvoyer à tes chères études, me dit-il.

J'entrai pour la première fois avec lui dans ce que l'on appelait alors, avant qu'elle soit détruite, la partie « grill-room » de l'établissement. C'était une salle en forme de croissant avec des banquettes de cuir et des compartiments qui permettaient aux convives de boire et fumer dans une certaine intimité. On voyait sur les murs des fresques couleur pastel de femmes voilées à demi nues, porteuses de vasques et de grappes de raisin. A son allure et son aisance, la clientèle semblait composée de membres, hommes et femmes, d'une sorte de club, et les gens se saluaient comme des habitués, comme s'ils voulaient respecter une règle tacite de courtoisie dans une ambiance sans heurts, agrémentée par la bonne humeur et la célérité de deux garçons que l'on interpellait par leur prénom, Miguel et Mario. Il flottait dans l'air ce charme indéfinissable d'un lieu public possédant son histoire, ses rites et routines, que seule une fréquentation régulière vous permet de décoder. Pierre Engiacamp se déplaçait dans le grill-room avec le même naturel, le même sourire qui lui servaient pour traverser la salle de rédaction ou descendre vers les sous-sols des ateliers des linotypistes, ce « marbre » magique et mythique qu'il m'avait permis un jour de visiter, et où j'avais reniflé l'odeur irrésistible, inoubliable, de l'encre d'imprimerie, mélangée à la fumée des clopes qui pendaient, collées aux lèvres inférieures des « protes », lesquels, penchés sur leurs lamelles de plomb, la pince métallique au bout de leurs doigts noircis, recherchaient la malfaçon.

— Installe-toi là, me dit-il.

Et à Miguel, qui s'était présenté devant lui avant même que nous ayons fini de nous asseoir sur la banquette :

— Comme d'habitude pour moi, Miguel. Et pour ce jeune homme, un café liégeois.

Il parcourut la salle de ses yeux noisette, ses yeux vifs et curieux du monde, levant parfois la main vers un client en signe de reconnaissance. Je le regardais en silence, intrigué. A quoi pensait-il ? Sur son visage juvénile et cependant marqué, déjà finement ridé, il y avait un air impatient, l'expression que je pourrais, plus tard, avec l'expérience, assimiler à celle de ces athlètes de vitesse pure qui attendent, concentrés, le coup de pistolet du starter. Pour l'heure, s'il m'était impossible de découvrir l'état d'esprit de Pierre Engiacamp, je le devinais en proie à une interrogation muette. Encore sous le coup de mon humiliation (j'avais « bidonné ») et de sa violence verbale à mon égard, je n'osais pas interrompre sa réflexion. Il me suffisait d'être assis sur la

280

banquette de Chez Francis aux côtés de ce prestigieux journaliste, et de voir s'approcher Miguel, porteur de mon café liégeois et du « drink » habituel d'Engiacamp, un verre à pied au rebord comme légèrement givré par le froid, plein d'un liquide incolore dans lequel flottait une olive.

— Merci, dit-il à Miguel. Si le téléphone sonne, c'est pour moi, venez vite me chercher.

Il contempla le verre en le faisant tourner dans sa main.

— Je ne bois pas à ta santé, me dit-il, parce que je ne sais pas encore si je vais t'en vouloir pour le restant de mes jours.

— Je ne comprends pas, dis-je.

Il rit.

— J'attends un coup de fil, tu vois — pour me faire savoir si oui ou non, je pars. Si je pars, c'est que P.B. m'a pardonné, il a passé l'éponge. Si je ne pars pas, ça veut dire que mon patron m'en veut encore et qu'il a décidé de me sanctionner pour tes cocottes en papier.

— Je suis vraiment désolé, dis-je avec tristesse.

Engiacamp goûta à son Dry Martini, puis commença à le déguster à petites gorgées.

— Ce n'est pas ta faute, dit-il, mais je t'en veux quand même un peu. Parce que j'ai rarement attendu un coup de téléphone avec autant d'inquiétude.

Il jetait à intervalles réguliers son regard au-delà des deux marches qui séparaient le grill-room du reste du café, vers le coude d'un comptoir recouvert de cuir sur lequel reposait un téléphone blanc, sous une lampe avec un abat-jour rouge foncé.

— Vous deviez partir où ? demandai-je timidement.

— Loin, fit-il, cursif et les yeux perdus dans le vide. Loin, là où commencent à souffler les vents de la guerre.

J'étais navré.

— Décidément, dis-je, ce n'est pas ma semaine !

— Ah, bon, pourquoi, fit le journaliste avec une légère indifférence.

— Oh, pour rien, dis-je.

— Si, si, mon petit vieux, il faut tout me dire. Qu'est-ce qui se passe ? Il faut tout raconter à l'oncle Pedro.

— Rien, dis-je, j'ai l'impression que tout tourne mal pour moi en ce moment.

Il me regarda avec plus d'intérêt. C'était un homme généreux, un extraverti aux réactions spontanément chaleureuses. D'un seul coup, je sentis qu'il oubliait sa rancœur, balayait d'un revers de main l'attente anxieuse de ce coup de téléphone qui devait — ou pas — l'envoyer là où « soufflaient les vents de la guerre », pour me consacrer son attention et me convaincre, par la force persuasive de son sourire et ce don qu'il avait de faire parler les autres, de lui expliquer mes malheurs. Le matin même, j'avais appris, de la bouche du vieux professeur Dubarreuilles, qu'il avait refusé mon passage dans la classe supérieure et que je serais forcé de redoubler à la prochaine année scolaire. Mon père, à qui j'avais annoncé la catastrophe, m'avait dit :

— A ta place, j'aurais honte.

Il avait ajouté :

— J'ai du travail. Nous en reparlerons ce soir. Voilà où t'ont mené ta paresse et ta négligence, et la néfaste fréquentation de ton ami Alexandre.

J'aurais pu compléter les reproches à sa place. Voilà, en effet, où m'avaient mené mes insomnies, mes obsessions d'Anna, mes fantasmes et mes rêves, la lente destruction de tout effort scolaire, mes heures interminablement passées à bâiller devant livres et cahiers, à combattre le sommeil et la fatigue, à divaguer en pensant à la jeune fille, en me répétant cent fois les quelques mots aimables qu'elle avait eus à mon égard, en reconstituant cent fois ses gestes, son ébauche d'embrassade, son regard posé sur moi, la promesse que j'avais cru deviner dans ses paroles pourtant anodines.

— En plus de cela, dis-je pour conclure mon bilan à l'attention d'Engiacamp, en plus mon seul ami véritable a quitté Paris. Il est parti en cure à La Bourboule. En plus, tout à l'heure, devant tout le monde, votre patron m'a engueulé. Et en plus, je vous ai mis dans l'embarras.

Engiacamp eut d'abord un mouvement protecteur de ses mains autour de mes épaules, puis il s'écarta de moi sur la banquette.

— Si tu continues, c'est moi qui vais t'engueuler. Tu vas me faire regretter de t'avoir raconté

ma scène avec P.B. Arrête de te complaire là-
dedans. Rien de tout cela n'est grave.

Mais il ne m'avait pas consolé. Par-delà le
brouhaha assourdi de la salle, j'entendis une sonnerie de téléphone et je vis mon voisin se redresser,
comme à l'affût.

— Tu vas voir, me dit-il, c'est pour moi. Je te dis
que c'est pour moi ! Tu vas voir. Je vais y aller. Je
vais partir ! Ah, partir !...

Il avait prononcé ce « partir », avec une telle
emphase, un tel espoir, qu'on sentait dans ce seul
verbe passer la pleine signification de son métier, sa
vocation, sa raison d'être. Tout alla vite, dès lors.
Miguel lui fit signe : l'appel lui était bien destiné. Il
se leva. Il traversa le grill-room en trois enjambées.
Je le vis saisir le combiné blanc sur le comptoir. Il
avait tourné le dos à la salle, mais je crus deviner
une sorte de remuement de son corps et lorsqu'il eut
raccroché, et qu'il se fut redressé, puis retourné vers
la salle et vers moi, il affichait un sourire dans lequel
venaient se mélanger diverses émotions : enthousiasme, satisfaction, sens de la victoire, anticipation
du voyage et de l'aventure, et peut-être aussi un
grand soulagement. Il rayonnait. Il marcha vers la
banquette où j'étais resté figé, mais délivré du
sentiment de culpabilité qu'il avait fait naître en
moi. Il me souleva de ses deux bras, au-dessus de la
banquette, m'embrassant sur les joues avec une
fougue contagieuse et je me mis à rire avec lui.
Autour de nous, les consommateurs, amusés,
avaient suivi notre manège. Puis il me reposa sur la

banquette avec autant de facilité, comme si je n'avais pesé d'aucun poids, ce qui me fit prendre conscience de sa force physique. Je croyais connaître un elfe du journalisme parisien — je découvrais un hercule, un dur, un homme fait. Il reprit son souffle, et sans fébrilité, mais avec une chaleur contenue :

— Le Pays du Matin Calme, me dit-il. C'est un beau nom, tu ne trouves pas ?

— Oui, dis-je. C'est là que vous allez ? C'est où ?

Ses yeux souriaient, envoyant de petites flammèches, comme un feu de brousse qui se déplace sans qu'on puisse le circonvenir.

— Je vais te raconter une histoire assez épatante. Il y a dix jours, je préparais une proposition pour un grand reportage sur les « Îles Inutiles et Inaccessibles ». Je voulais obtenir du patron qu'il m'accorde un long voyage avec des arrêts un peu partout, en Indonésie, Java, Sumatra, dans le Pacifique, la Nouvelle-Calédonie, les îles Sous-le-Vent, etc. Pendant que je recherche ma documentation, je tombe sur un Japonais qui me dit quelque chose du genre : « Ah oui, vous n'allez pas passer très loin de la Corée ? Il va faire chaud là-bas, bientôt. » Je n'y connais rien en politique étrangère mais j'ai un peu d'instinct et j'ai des relations. Je me renseigne, je demande et obtiens un visa pour la Corée du Sud. Entre-temps, j'apprends que la Corée du Nord masse des troupes au-dessus du 38e parallèle. Et que le vent souffle chaud là-bas. Je vais voir P.B. et je lui dis : « Ça va éclater, il faut m'y envoyer avant que ça pète. » Il a dû vérifier lui aussi, à son tour, vois-tu

285

— appeler nos correspondants, à Tokyo, je ne sais pas, moi, ou bien le bureau américain. Toujours est-il qu'il m'a donné son accord. Je pars demain matin — un long voyage par l'Islande, Anchorage, etc.

— C'était lui, au téléphone ?

Engiacamp finit son verre et le reposa avec délicatesse, en prenant soin de contrôler son geste. On eût dit qu'il craignait de frapper le pied de verre sur la table et le briser, tant sa jubilation était forte.

— Oui, il m'a dit : « Si votre instinct est juste, vous serez le premier et le seul envoyé spécial sur place. Sinon, vous pourrez toujours nous faire un grand papier touristique sur le Pays du Matin Calme. Après tout, ça n'est jamais que des billets d'avion. Vous partez ! »

J'eus un soupir, une interrogation :

— Et j'ai failli vous faire rater tout cela ?

Il me couvrit à nouveau de son bras protecteur.

— Mais non, fit-il, pas du tout, oublie ça. La vérité, c'est que j'avais tellement le trac de rater ce reportage que je me suis inventé toutes sortes de raisons de ne pas l'obtenir. C'est de la superstition ! Tu sais, ce métier n'est pratiqué que par des êtres éminemment sensibles. On a l'air de baroudeurs et de cyniques, quand on n'est jamais que des gens fragiles, pourvus de beaucoup trop d'imagination. Tu n'étais pour rien dans mes angoisses. J'ai été injuste avec toi, pardonne-moi.

Je l'aimais en silence. C'était un homme jeune mais il était très loin de moi, vivant de l'autre côté d'une barrière qu'il me faudrait encore des années pour franchir, celle du monde du travail, des choix, des échecs et réussites, des responsabilités, du danger, de la lutte pour se faire un nom et une place dans l'exercice d'un métier subtil auquel aucune école ne vous préparait. Et je lui savais gré d'avoir l'intelligence et la franchise de demander pardon à un adolescent. Cela me paraissait un geste noble, inattendu, qui me redonnait du courage. Il se leva, après avoir laissé de l'argent sur la table.

— Finis ta glace, me dit-il, je vais repasser au journal pour toucher mon avance sur frais et mes billets d'avion.

Dans son costume négligé, mal coupé, les mains sur les hanches, ses cheveux noirs en bataille sur un front large, son grand corps dominant les consommateurs assis dans la salle et qui le regardaient se déployer, il avait l'air d'un héros à la Mermoz, à la Saint-Ex, un de ces personnages de l'Aéropostale comme le cinéma français de l'époque, en noir et blanc, nous en proposait dans des réalisations sans talent, avec des acteurs qui s'appelaient Jean Chevrier ou Georges Marchal, dont nous nous plaisions à rire, mais qui nous faisaient, malgré tout, rêver. Ça se situait où, la Corée du Sud ? Le 38e parallèle ? Personne ne savait que nous étions à quelques jours du franchissement de la ligne par les armées communistes, et le monde n'allait plus attendre longtemps pour se familiariser avec ces noms exotiques, porteurs de mort et de peur : Pyongyang, Pusan, Inchon... et aussi Syngman Rhee, MacArthur, opération Thunderbolt, commando Crève-cœur..

— Je crois que nous n'allons pas nous revoir de
sitôt, me dit Pierre Engiacamp.

Il décida brusquement de se rasseoir face à moi,
aux prises avec mon café liégeois et mes fragilités.

— Ça m'ennuie de te laisser dans cet état-là, me
dit-il. Il ne faut pas t'en faire. Je vais envoyer une
lettre à tes parents pour leur dire que tu n'as pas
perdu ton temps avec nous. Redoubler une classe
n'a pas d'importance. Ça en a pour le moment, mais
ça n'en aura pas dans dix ans. Ils comprendront. Et
toi, tu comprends, n'est-ce pas ?

Je secouai la tête, hésitant. Il sourit, avec cette
assurance qui vous l'aurait fait suivre dans
n'importe quelle expédition.

— Tu comprendras, dit-il. Maintenant je m'en
vais vraiment. Un jour, dans dix ans, je te rencon-
trerai dans un aéroport et tu te souviendras à peine
de l'adolescent que tu es aujourd'hui. Moi, je sais ce
qui va t'arriver dans la vie ; toi, tu ne peux pas
savoir. Maintenant, dis-moi merde.

— Merde, dis-je.

Il se releva et se dirigea vers la sortie, presque à la
course, effleurant Miguel qui se retournait sur son
passage, séduit par son allure énergique comme
beaucoup d'autres clients du grill-room, emmenant
avec lui une partie de ce qui allait constituer mon
idéal — et laissant derrière lui un jeune homme
moins lourd d'incertitudes, stimulé et gagné par son
goût pour l'action.

Une force, alors, me poussa vers Anna. Elle n'était pas seulement due à l'audace que m'avait insufflée, sans le savoir, Pierre Engiacamp, partant sourire aux lèvres vers une guerre encore en gestation. Une envie, un besoin m'avait assailli, à peine m'étais-je retrouvé seul sur la banquette au milieu des couples qui avaient repris leur musique parisienne faite d'allégros et d'andantes, de rires avertis, de chuchotis complices où la gravité côtoie souvent l'inconsistance.

— C'est aujourd'hui ou jamais, dis-je pour moi-même.

Je parcourus la salle de mes yeux conquérants. Il n'était pas loin de cinq heures. Je décidai d'aller chercher Anna à la sortie de son cours. Dehors, on sentait flotter dans l'air cette crispation vivifiante, ce parfum proche de celui qu'exhale une rivière et qui, à ce moment précis du printemps, accélère la marche des amoureux, allège le corps, vous fait trouver la ville et la vie belles, le parfum annonciateur de réussite.

35

Devant le cours Hattemer, quelques garçons à peine plus âgés que moi attendaient les filles en fumant, essayant de mettre dans le maniement de leur cigarette la nonchalance des grandes personnes, comme s'ils avaient fait cela pendant toute leur vie.

— Ce sont de pauvres êtres, dis-je, à nouveau, à voix basse.

Depuis qu'Alexandre avait quitté la ville, je me surprenais à m'exprimer ainsi comme pour m'adresser à l'ami qui me manquait tellement. Je m'étais installé contre la grille extérieure d'un jardinet sur le trottoir d'en face, au coin des rues Longchamp-Faisanderie. Je ne tenais pas à me mêler au petit groupe qui s'agrégeait autour des deux seuls possesseurs de Vélosolex, le nouveau moyen de transport grâce auquel on pouvait désormais différencier ceux qui avaient de la chance, ceux qui étaient mobiles et fluides, de ceux qui ne l'étaient pas.

— La voilà, dis-je.

Je vis Anna se détacher du reste des jeunes filles. Elle portait un chemisier jaune pâle et une jupe à fleurs mauve et orange, ensemble saisissant au milieu du blazer bleu et de la jupe blanche, uniforme de la majorité des filles. Elle écarta deux garçons qui s'étaient rués vers elle d'un geste qu'elle semblait avoir inventé tant il était naturel, sans agressivité, une sorte de politesse indifférente et quasi aristocratique, qui vous faisait comprendre qu'il eût été vain, voire vulgaire, d'insister. Ils n'insistèrent pas, battant retraite, à ma grande jubilation intérieure. J'éprouvai une joie plus intense quand je compris qu'Anna m'avait reconnu, avant même que je me redresse pour traverser la rue et me porter à sa rencontre. Elle agita le bras en souriant et s'avança à vive allure pour me rejoindre et me gratifier d'un baiser sur les joues. Elle sentait bon, un mélange de vanille et de fleurs. Ma respiration se fit plus brève.

— C'est drôle, dit-elle. Je pensais à vous il y a tout juste un instant.

— Moi, lui dis-je sans attendre, je pense à vous à tout instant.

Elle rit, ignora ma réplique, prit mon bras et m'entraîna vers l'avenue Victor-Hugo.

— J'ai reçu une lettre d'Alexandre, dit-elle.

— Moi aussi, dis-je.

— Ah! L'avez-vous sur vous? Oui? Alors, vous me la lirez!

— Oui, dis-je, à condition que vous me lisiez la vôtre.

— Eh bien, d'accord, dit-elle en riant, allons

chez moi, nous ferons une séance de lecture commune. Mais c'est vous qui commencerez.

Elle marchait à son rythme, ni vite ni lent, avec cette harmonie dans le corps, ce déhanchement proche de la danse qui lui donnait son allure souveraine. Il fallait se mettre à l'unisson de sa cadence, tenter de se hisser à la hauteur de cette grâce, comme les mauvais valseurs qui ont toujours un demi-pas de retard sur leur cavalière et finiront par trébucher et ruiner leur entrée dans le bal. Elle m'interrogea avec une curiosité irritée :

— Mais pourquoi, au nom du ciel ! pourquoi vous retournez-vous aussi souvent ?

— Je vous demande pardon, dis-je, j'avais cru voir quelqu'un de ma connaissance.

C'était un mensonge. Je n'avais pu résister à la satisfaction de regarder en arrière pour narguer les « pauvres êtres » qui étaient restés sur le trottoir, interloqués, s'interrogeant sur l'identité du gamin qui avait droit aux faveurs d'Anna Vichnievsky-Louveciennes. Mais au moment même où je m'offrais ce court plaisir vaniteux, je m'apercevais que c'était inutile et dégradant. L'important n'était pas d'étonner mes aînés ou mes contemporains, mais plutôt de m'adonner entièrement au privilège de la compagnie d'Anna, sentir ses longs doigts posés sur mon poignet, touchant ma peau à la hauteur de la manche de ma veste, et subir la violence du désir que ce simple et constant contact venait de susciter en moi.

J'étais surpris. Je n'avais pas, jusqu'ici, éprouvé

une aussi brusque attirance physique pour la jeune fille. Nous nous étions déjà approchés. Je l'avais tenue dans mes bras sur les marches de son escalier pendant ce moment qui n'avait cessé, depuis, de m'obséder, mais cela n'avait pas provoqué un tel émoi de mes sens. J'en avais souvent rêvé ; je m'étais vilipendé de n'avoir pas exploité l'occasion qui m'avait été offerte ; j'avais revécu, la nuit dans mon lit, les yeux grands ouverts, ce court mais douillet enchevêtrement de nos bras et nos bustes ; il ne s'était créé aucun lien entre ce souvenir et la vie de mon corps. Aujourd'hui, tout changeait d'un coup et le moindre mouvement des doigts d'Anna sur mon poignet augmentait un désir si précis qu'il gênait ma marche. J'en avais du mal à me déplacer normalement.

— Qu'avez-vous, me dit-elle, vous êtes souffrant ?

C'était comme une douleur, une exigence, et pourtant c'était exaltant aussi, mais je ne savais comment accepter cet état, vivre et marcher avec, au moins jusqu'au square Lamartine. C'était délicieux, mais insupportable.

— Ce n'est rien, lui dis-je.

— Si, si, dites-moi, insista la jeune fille, voulez-vous que nous nous arrêtions un instant ? Vous semblez boiter d'un seul coup ?

— Non, vous dis-je, ce n'est rien, répétai-je.

Je me sentais impudique et ridicule, et je craignais qu'Anna finisse par comprendre et qu'elle rie de moi, me congédie en me traitant de misérable créature. Aussi bien, je me résolus à me défaire discrètement du bras d'Anna et ne plus marcher qu'à ses côtés pour que, le contact de nos peaux disparu, je retrouve mon calme. Mais j'eus beau m'écarter d'elle, je demeurais dans la même disposition jusqu'au square Lamartine, jusqu'à la porte de l'appartement, jusqu'à sa chambre, jusque dans le fauteuil où elle m'invita à m'asseoir afin que je puisse lui lire la lettre d'Alexandre. Et ce fut seulement à cette étape que je revins à un calme relatif. Mon corps, enfin, se détendait. Anna s'était assise dans sa position favorite, sur le tapis rouge, jambes repliées sous sa jupe en corolle. Mon cœur et mon corps battaient avec moins de violence et si je sentais encore la force du désir, l'obligation de la lecture à haute voix avait diverti mon attention.

— Allez, dit-elle, allez-y. Je vous écoute.

Je voyais dans ses yeux une attente, une lueur malicieuse. Se jouait-elle de moi ? Avait-elle compris la raison de mon embarras ? Elle manifesta de l'impatience.

— Allez ! Je vous écoute.

36

Lorsque j'avais reçu la lettre d'Alexandre, quelques jours auparavant, j'avais découvert en haut de la page, inscrit en lettres majuscules : « CONFIDENTIEL — A NE PAS DIVULGUER. CECI NE S'ADRESSE QU'AU TYPE QUI DÉTRUIRA CETTE LETTRE APRÈS LECTURE. »

A relire ces premières lignes, je me demandais s'il avait prévu qu'Anna voudrait connaître le contenu de sa correspondance, et que je céderais aussi facilement à la requête de sa sœur. Et si je n'étais pas déjà en train de le trahir. Mais j'aurais tout fait pour Anna. Et puis, j'avais d'autant moins la sensation d'être déloyal envers Alexandre, qu'ils étaient semblables, complices, et qu'il m'eût paru anormal que je ne lui livre pas le texte de son frère.

« Comment ça va ? Toujours attaché à la poursuite de ta petite gloire ? Ou bien déjà anéanti par la perspective de ton honteux redoublement ? Il ne faut pas t'en faire là-dessus, mon vieux. Il n'y a que deux sortes de garçons qui redoublent leurs classes : les crétins irrécupérables ou les dilettantes qui cherchent leur destin. Puisque tu fais forcément partie de la deuxième catégorie, ne te laisse pas abattre. D'ailleurs, si je suis remis de ma maladie, je te rejoindrai sûrement dans le coin maudit des redoublants, aménagé par notre légendaire Dubarreuilles, et nous passerons ensemble, sur ce petit banc infâme, au pied de l'estrade, le dos dans la porte, face au reste d'une classe composée de jeunes connosos imberbes et goguenards, une année de mépris caché et d'apparente contrition. »

Anna m'interrompit, dans un sourire émerveillé et attendri.

— Sania écrit tellement bien, vous ne trouvez pas ? Il n'a pas une écriture de son âge.

— C'est vrai, dis-je. De toute façon, il ne m'a jamais donné l'impression d'avoir le même âge que moi.

— Comment pourrait-il en être autrement, dit-elle. Il a déjà beaucoup plus vécu que vous, mais sans doute un petit peu moins que moi... Il fait chaud, vous ne trouvez pas ?

Elle se leva, alla à la fenêtre qu'elle ouvrit pour offrir son visage à la brise qui, passant à travers les marronniers, les platanes et tilleuls du square, venait rafraîchir la pièce. Avec le vent, toutes les odeurs du printemps s'infiltraient autour de nous. Anna eut un geste qui me sidéra : en revenant vers le tapis pour retrouver sa place et sa position de prédilection, elle défit les boutons de son chemisier, de façon naturelle, comme si elle avait décidé de se déshabiller sans prêter attention à ma présence. Ses doigts s'arrêtèrent au quatrième bouton. Sa poitrine était visible, les deux courbes de ses seins débordant d'un soutien-gorge dentelé, de la même couleur que le chemisier, jaune pétale, jaune velouté, et j'en restai muet, admiratif, aguiché. Elle me regarda sans ciller. Je sentis revenir le battement de mon désir.

— Eh bien, continuez, voyons, dit-elle, qu'attendez-vous ? Alors ?

Avait-elle ébauché une invitation ? Ou bien lui étais-je tellement indifférent, et familier, qu'elle n'accordait aucune importance à ce geste intime qui ravivait la petite douleur insistante et dure et modifiait ma compréhension du moment que j'étais en train de vivre ? Elle répéta :

— Alors ?

Je repris ma lecture avec difficulté.

« Ici, comme tu l'imagines, les gens n'ont aucun intérêt. Ce sont des nains de cirque. Ils ressemblent au nom de la ville dans laquelle ils sont venus se soigner : Bour-Boule. Boule. Bourg. Boubou. Bloublou ! Sans blague, c'est à pleurer. Mais enfin si tu veux tout savoir, je ne vois pas les gens. C'est une capacité que j'ai presque parfaitement mise au point : éviter de voir les visages des autres. Cela veut dire que tu laisses passer tes yeux à travers les visages. En fait, c'est comme si tu avais les yeux fermés, sauf qu'ils sont ouverts. C'est une sensation formidable, mon vieux ! Il faut des heures pour y arriver, des jours et des jours, même — c'est l'équivalent d'être aveugle avec un regard. Tu as mis une vitre entre toi et les gens. C'est un phénomène formidable. J'en suis très fier. Ça me permet de ne plus voir que ceux que j'ai choisi de voir. C'est un énorme progrès dans ta fréquentation de l'humanité, crois-moi, tu devrais essayer. Ça facilite vraiment la vie. »

Anna eut un petit rire triste. Elle avait tourné son regard vers les arbres du square, dont on pouvait voir le sommet vert clair à travers la fenêtre ouverte.

— Le pauvre, murmura-t-elle. Ça n'est pas la lettre de quelqu'un qui est heureux.

— C'est la même chose pour la lettre qu'il vous a écrite? demandai-je.

— Oui, presque, répondit-elle. Continuez.

Mais il m'était impossible de lire à haute voix le passage qui suivait. Je m'en voulus d'avoir conservé sur moi la lettre d'Alexandre. J'avais voulu la relire entre deux classes, ou bien, pendant la classe, dissimulée sous le livre d'études, puisque, me sachant condamné au redoublement, je ne faisais plus qu'un simulacre d'effort scolaire. Mon esprit ne suivait plus la voix du professeur. Je rêvais à Anna, je regrettais l'absence d'Alexandre, et bientôt j'imaginerais les aventures de mon ami journaliste, Pierre Engiacamp, là-bas au loin, dans cette Corée sur laquelle soufflaient, comme il l'avait dit, « les vents de la guerre », formule qui m'exaltait. Je m'en voulus d'avoir conservé la lettre, car le passage que j'étais forcé de soustraire à la connaissance d'Anna disait ceci :

« Je pense d'un seul coup à notre ultime conversation à propos d'Anna — et c'est surtout pour cela que je t'écris cette lettre. Si tu dois la revoir, ne fais *jamais* une seule allusion à ce que je t'ai dit à son sujet. Je ne sais pas pourquoi je l'ai fait. Je me disais que tu avais besoin de savoir ces choses-là pour mieux comprendre qui elle est, de quoi elle a souffert, et comment elle pourrait à nouveau souffrir. Et j'étais inquiet et je voulais que tu me rapportes ses faits et gestes. Mais maintenant que je suis loin d'elle et de toi, je me rends compte que je n'aurais jamais dû te confier de tels secrets. J'ai commis une erreur terrible. Plus que ça, une faute. Tout cela ne te regardait pas. Et puis, de toute façon, je sais qu'Anna ne reverra plus cet homme. C'est fini. Elle a essayé une fois et tu en as été le témoin au concert et puis un peu après, sans doute, mais maintenant, c'est fini, je le sais! Et j'ai bien tort de me faire des cheveux. Si je m'en fais autant c'est parce que je l'aime trop. Je ne l'aime pas comme une sœur, tu l'as compris, et elle ne m'a pas toujours aimé comme un frère. Anna a tellement d'orgueil qu'elle ne se fera plus jamais humilier par un homme. Il faut que tu oublies tout ce que je t'ai dit sur elle, et puisque tu es encore amoureux d'elle — l'es-tu encore, d'ailleurs? — eh bien, mon petit vieux, je te souhaite beaucoup de patience et beaucoup de stoïcisme, parce que tu n'arriveras nulle part dans ce domaine avec elle. Tout bien réfléchi, il vaudrait mieux que tu ne la revoies plus du tout. Écris-moi, quand même, si tu en as envie. Good-bye, le type! Mais si tu ne m'écris pas, alors remercie le ciel d'être en bonne santé. Je ne connais rien de pire que d'avoir un corps faible. »

J'avais lu et relu ce dernier passage de la lettre d'Alexandre mais son avertissement ne m'avait pas empêché d'aller rejoindre Anna à la sortie de son cours. Oui, j'étais encore amoureux d'elle — plus que jamais, j'entretenais l'illusion que la force de mon amour lui permettrait d'oublier les épreuves qu'elle avait traversées, d'effacer « l'homme » à mon profit ! Mais maintenant que je me retrouvais face à elle dans cette situation délicate, je me sentais piégé. Il fallait jouer la comédie, il fallait mentir, elle ne me lâcherait pas facilement. J'étais ignorant mais je savais au moins cela — je savais qu'elle possédait des ressources tactiques plus fines et plus nombreuses que les miennes. Elle observait mon silence, mon incapacité d'avancer dans la lecture de la lettre que je tenais entre mes doigts.

— Qu'attendez-vous ? finit-elle par dire.

— Euh, rien, pardon, dis-je.

— Vous ne voulez pas me lire la suite, c'est cela ? Quelque chose que je ne devrais pas connaître, peut-être ? Vos ridicules petites cachotteries de garçons, sans doute ?

Elle avait pris son ton de moquerie indulgente mais je sentais qu'il dissimulait sa volonté d'en savoir plus. Surtout, je pouvais voir, à l'expression vive dans ses yeux, que plus je me réfugierais dans le silence et la dissimulation, plus Anna exigerait de connaître le contenu entier de la lettre de son frère.

— Non, dis-je. Ce n'est rien, en fait la lettre se termine comme ça.

Elle joua l'étonnée, la fausse naïve.

— Vraiment, fit-elle. Vraiment ? C'est un peu court, vous ne trouvez pas ?

— Oui, dis-je, peut-être, mais il ne m'a rien écrit d'autre.

Elle prolongea sa parodie.

— Vraiment ? Pas de formule d'adieu ? Rien ?

Elle s'était levée, battant des mains sur sa jupe à fleurs comme pour chasser les particules de pollen qui avaient pu invisiblement pénétrer par la fenêtre ouverte. Son chemisier jaune, largement entrouvert, flottait au rythme de ses mouvements. Elle était souriante et suave. Elle s'avançait vers moi, à pas lents.

— Si, si, bien sûr, dis-je avec précipitation. Ce sont quelques mots sans importance, mais si vous voulez tout savoir, je vais vous les lire.

Et j'inventai une autre chute :

« Assez bavardé maintenant. Je dois repartir pour une séance de cure. Je te laisse. Good-bye, le type. Écris-moi. »

Puis, de façon hâtive, je repliai la lettre et la glissai dans la poche intérieure de ma veste. Mais comme je voyais que la jeune fille n'avait cru aucune de mes paroles, je voulus changer de registre, sortir de l'impasse. A mon tour, je me déplaçai, aussi lentement qu'elle, pour conserver une distance entre nous.

— Êtes-vous retournée au concert du dimanche ? demandai-je.

Elle eut un rire abrupt dans lequel perçait sa certitude que je lui avais menti, un rire âgé.

— Non, répondit-elle, figurez-vous que je n'y suis pas retournée.

— Pourquoi?

— Je n'en ai plus envie. Tout ce remue-ménage à l'entracte, avec les garçons et les filles dans le foyer, ce n'est plus drôle sans Alexandre.

Elle continuait d'évoluer insensiblement vers moi et je m'éloignais d'elle, tout aussi subrepticement. Dans la pièce en demi-cercle, nous dessinions comme une figure de poursuite au ralenti, car je n'avais, de crainte qu'elle s'empare de ma lettre, cessé de reculer et m'esquiver. Elle s'immobilisa, ses yeux posés sur les miens.

— Qu'avez-vous? me dit-elle. Je vous fais peur?

— Non, dis-je.

Elle avait raison. La peur m'avait gagné au point d'éloigner le désir qui était revenu en moi à la vision de sa poitrine et du jaune poudre de son soutien-gorge.

— Eh bien, dans ce cas, dit-elle, cessez de remuer tout autour de ma chambre. On dirait que vous me fuyez. Je suis donc si repoussante?

Sa voix avait baissé de plusieurs registres et j'entendais presque autant les bruits montant du square Lamartine au-dehors — cris d'enfants; cliquetis d'un cerceau le long des grilles de protection de la pelouse; grincement de la fontaine d'eau de source auprès de laquelle venaient régulièrement s'approvisionner les habitants du quartier — autant ces sons inoffensifs, rassurants, printaniers, que la voix d'Anna, basse, inquiétante, provocatrice. La question qu'elle venait de poser m'avait figé sur place. Je secouai la tête : non, elle n'était pas repoussante, elle était, bien plutôt, séduisante et incompréhensible. Elle s'avança vers moi et nous fûmes visage contre visage, corps contre corps. Je sentis sa poitrine m'effleurer. Une main vint prendre la mienne et la poser sous la naissance de son sein. Ses lèvres se rapprochaient des miennes. Je voyais dans ses yeux des petites étincelles noirâtres qui apparaissaient, reflets d'étoiles dans un océan sombre.

— Je *veux* cette lettre, dit-elle brusquement, le souffle rauque.

Dans un geste rapide, elle porta sa main libre vers la poche de ma veste. Je me libérai tout aussi vivement, saisis son poignet, lui interdisant d'aller plus loin. Elle voulut se dégager. Je la retins. Elle cria, se débattit et, de rage, tenta de me projeter contre le mur. Nous tombâmes sur le tapis rouge.

37

Alors, au sol, elle devient soudain lâche et souple, dénouée, n'offrant plus aucune résistance, s'abandonnant comme si le temps et l'espace se fondaient entre nous. Une chaleur la parcourt. Toute sa fureur s'est évanouie. Elle souffle son haleine dans le creux de mon cou, m'embrasse, je lui renvoie son baiser, je m'enhardis, j'atteins sa bouche et nous mêlons nos lèvres. Incrédule, je découvre le goût de sa langue.

Elle enchevêtre ses jambes entre les miennes. Sa jupe à fleurs, lourde, juponnée, est une entrave, une barrière. Parfois, ses gestes trahissent encore la violence avec laquelle, il y a un instant, elle m'a attaqué, mais je ne perçois plus cette fureur, je ne reçois plus que les ondes de sa sensualité. J'en suis envahi. Je n'ai pas le temps de penser que, quelques mois auparavant, je m'étais retrouvé sur un autre tapis, me battant avec son frère. Je caresse la peau d'Anna par le chemisier qui s'est un peu plus défait, je ne me lasse pas de toucher, sous la soie jaune, la rondeur de son sein. J'hésite, cependant, à aller plus loin ; je tâtonne et balbutie ; à la fois ignorant et affamé, répétitif parce que peu sûr de moi, partagé entre la progression accélérée de mon désir et l'effroi devant ce que je veux faire, ce que je dois faire, ce que je peux faire, ce que je n'ose faire. Je me surprends à chuchoter :

— Je peux ? Je peux ?

Elle me répond :

— Non, tu ne peux pas parce que je ne veux pas. Mais moi, je peux. Laisse-moi soulager tes maladresses.

Elle redresse son buste. Elle ôte prestement ma veste, déboucle la ceinture de mon pantalon qu'elle ouvre et retrousse sur mes cuisses. Puis elle défait le reste de son chemisier, elle dirige de sa main ferme contre ma nuque mon visage vers ses seins. Courbé contre elle, je respire tous les parfums de sa peau. Elle m'ordonne de maintenir mes lèvres sur sa poitrine que j'embrasse à travers le tissu, tandis qu'elle dégage avec maîtrise tout ce qui sépare sa main de mon désir. Elle s'en empare, l'enferme et le domine et le fait s'emporter dans un mouvement frénétique, expert, inarrêtable. Très vite, je connais un plaisir plein, une jouissance à crier, incomparable à tout ce que j'ai pu, dans mes nuits blanches d'adolescent, découvrir en solitaire. Car c'est elle qui me l'a fait, ce n'est pas moi. Et plus rien n'est pareil. J'ai fermé les yeux. Je ne veux pas encore les rouvrir. Je ne sais pas si je suis heureux ou désespéré. Je voudrais retenir le souvenir immédiat de ce qu'Anna vient de me faire connaître. Déjà, toutefois, une frustration angoissée me traverse. C'était trop bon. Ce fut trop court.

Elle s'est détachée de moi. Elle s'est levée. Je l'entends aller et venir, ouvrir une porte, revenir. Elle s'agenouille à mes côtés et me tend un carré de linge, puis m'indique, avec une infinie courtoisie dans la voix, la direction de son cabinet de toilette.

— Allez, me dit-elle, abolissant l'usage du « tu ». Allez vous réparer, vous n'êtes pas très présentable.

Quand je suis revenu dans la chambre, Anna se tenait debout sur son balcon, de l'autre côté du battant ouvert de la fenêtre, son beau profil découpé dans les rayons tombants du soleil.

La brise venue des arbres du square s'était renforcée et faisait soulever les cheveux noirs sur ses épaules. Elle aussi s'était « réparée ». Le chemisier de soie jaune était rentré dans la jupe à fleurs, les boutons étaient fermés jusqu'au haut du corsage. Elle ne contemplait pas le paisible spectacle d'en bas, ne se penchait pas, mais dirigeait son regard au-delà des toits de l'avenue Victor-Hugo. J'avais envie de me rapprocher d'elle, la serrer contre moi, mais je sentais que je n'en avais pas gagné le droit. Tout, dans son attitude éloignée, comme absente, me laissait plutôt comprendre que la jeune fille voulait tourner le dos à mes possibles effusions, et je ne savais comment dire ce que je ne savais trop qu'il fallait dire. Je ne comprenais pas encore pourquoi elle était passée aussi brusquement du charme à la violence puis à l'abandon et pourquoi elle m'avait ainsi pris dans sa main, ainsi donné satisfaction à mon envie.

— Je pense, dit-elle, en se retournant vers moi et en s'éloignant du balcon pour faire un pas vers l'intérieur de la chambre, je pense qu'il vaudrait mieux, maintenant, que vous retourniez chez vous.

Elle avait dit cela d'un ton calme et neutre, accompagné d'un petit sourire que j'aurais pu interpréter comme de politesse, si j'avais pris le temps d'étudier sa voix et son visage. Mais, submergé par une vague de gêne et d'humiliation, je battis retraite devant Anna, murmurant simplement :

— Je le pense aussi.

Je lui tournai le dos.

— N'oubliez pas votre veste, me dit-elle en détachant bien les mots.

Sur le bras d'un fauteuil style ours polaire, tendu d'un tissu du même rouge que le tapis sur lequel s'était déroulée ma si fugace secousse, il y avait ma veste, bien pliée. La lettre d'Alexandre, tout aussi soigneusement pliée, n'était plus rangée dans la poche intérieure de la doublure où je l'avais glissée un peu plus tôt, mais dépassait, de façon presque trop voyante, de la poche extérieure. C'était sans doute la façon la plus efficace et la plus silencieuse de me dire :

— J'ai lu. Je sais ce que vous savez de moi. Je sais qu'Alexandre m'a trahie. Allez-vous-en.

307

Mais Anna ne disait rien et suivait avec calme mes gestes pressés. Une fois que j'eus endossé ma veste, je voulus ébaucher un mouvement vers elle. Lui tendre la main, peut-être, mais cela ne venait pas bien ; je ne réussissais pas à trouver l'attitude qui convenait ; je me sentais encore plus gauche qu'à l'habitude, avec, sur moi, toute la pression, le poids de ce qui, désormais, existait entre nous. Aussi ne parvins-je qu'à dire :

— Au revoir.

À quoi elle répliqua, aussi neutre, mais sans avoir attendu une seconde :

— Non, je ne crois pas. Pas au revoir, non.

Puis j'eus l'impression que je disparaissais instantanément de son horizon. À l'instar de son frère, elle s'était rendue « aveugle » à moi ; une vitre épaisse était tombée, comme un rideau, entre nous deux. En fermant doucement derrière moi la porte de la chambre rouge, je sus que je fermais la porte sur ce que j'avais cru être ma première histoire d'amour.

Lorsque je rencontre des êtres jeunes, je ne peux jamais complètement me détacher du souvenir de qui j'étais, à leur âge. Je ne me demande pas :

— Sont-ils malheureux ? Sont-ils heureux ?

Mais, plus fréquemment, je m'interroge :

— Sont-ils plus malheureux que moi ? Sont-ils plus heureux que je l'ai été ?

Je sais bien que tout a changé depuis l'époque où je vivais ces événements, ces bonheurs et ces tourments. On leur a donné accès à toutes sortes de connaissances qui nous étaient refusées ; la technologie, le progrès, l'image et l'argent ont bouleversé leur appréhension de la vie et du monde. Ils ont probablement déjà tout vu de l'acte de l'amour ; ils en savent plus ; peut-être savent-ils tout ? La violence et la vitesse, sœurs jumelles de la vulgarité et de l'uniformisation, sont venues accompagner cette destruction d'innocence. A quinze ans, ils n'ont pas, ils n'ont plus quinze ans.

Voilà ce que je sais ; mais ce que je vois dément ce que je sais.

Je vois sur leurs visages et dans leurs yeux, je vois dans leurs gestes et j'entends dans leurs paroles, la même difficulté de comprendre l'éphémère ; la même solitude malgré le phénomène de groupe qui les réunit. La même angoisse face à la même nuit ; la même impuissante et sourde colère face à la même indifférence bornée, égoïste des adultes ; le même besoin d'aimer ; la même nécessité d'être aimé. Les mêmes illusions qui se brisent jusqu'au désespoir sur les mêmes réalités. Les mêmes coups de foudre, toquades, emportements, aveuglements. Non, ils ne sont ni plus heureux, ni plus malheureux, que nous l'étions. Et peut-être avions-nous plus de chance, puisque nous avions plus d'innocence. Mais peut-être demeurent-ils aussi innocents que nous.

Entre aujourd'hui et hier — entre l'instant, où, sorti de l'immeuble d'Alexandre et d'Anna, je titube en direction de mon domicile, convaincu que ma vie vient de basculer, l'esprit traversé par l'image d'Anna, dépoitraillée, penchée sur moi, le souvenir de sa main rapide et habile sur mon désir, la sensation du poudroiement jaune du tissu qui recouvrait son sein ; l'odeur âcre et douce à la fois de ce qu'elle faisait aisément jaillir de mon corps ; la lente prise de conscience que, me clouant ainsi contre elle et m'ayant fait jouir, elle m'a éloigné d'elle et a pu ensuite à loisir lire la lettre de son frère ; lequel est désormais trahi par moi et démasqué par elle, et qu'il ne me le pardonnera jamais et que je n'oserai plus lui faire face, pour tenter une explication ou trouver une excuse ; et que, ainsi, afin d'essayer de gagner un amour impossible, je me suis fourvoyé et j'y ai perdu une amitié ; entre l'amorce de ce que je considère comme un désastre, et la persistante présence de l'odeur et du goût inédits de ce plaisir charnel, avec, par-dessus le tout, rêveur que je suis ! l'illusion ultime que tout cela n'a pas seulement eu lieu parce que Anna se jouait de moi pour obtenir la lettre, mais que, au fond, peut-être, elle avait sincèrement aimé faire ce qu'elle m'avait fait, et que cela me laissait une ultime chance ; puis, tout aussitôt, ce faux espoir suivi d'un peu de réalisme : Non, c'est fini, tout est gâché, tout est foutu — entre cet instant, hier, entre celui que j'étais à ce moment-là, jeune homme assiégé par ces multiples et contradictoires sensations, aux prises avec le désordre et la fragilité, nu, sans défense — entre cet instant et aujourd'hui, et la vision de cet inconnu ou cette inconnue que je vois traverser la rue, attendrissante et vulnérable silhouette adoles-cente, et dont je crois que la démarche et le visage trahissent autant d'insatisfactions et de tourments — y a-t-il une différence ? Nous avons tous eu les mêmes quinze ans.

ÉPILOGUE

Les vacances d'été se passèrent sans heurts, monotones, anecdotiques. J'avais l'impression de vivre un double chagrin d'amour. Car je les avais aimés tous les deux. Amour perdu pour mon ami Alexandre. Amour ruiné pour et par Anna. Je pensais à eux, à elle surtout, sans espoir, tentant de me guérir de ma première blessure du cœur.

Je ne reçus aucune nouvelle d'Alexandre, ce qui ne fut guère pour me surprendre, et je n'eus pas le courage de lui en donner. Quant à Anna, la veille de mon départ pour la maison familiale dans les Landes, j'avais eu droit à un court billet non signé : « Ne cherchez pas à nous revoir. » La lettre avait été postée au bureau de la rue de la Pompe, le plus proche du square Lamartine. A la finesse de l'écriture, à la teinte violet sombre de l'encre, ainsi qu'à l'évanescent parfum qui se dégageait du papier de couleur grise, je ne pouvais que reconnaître la marque de la jeune fille russe.

Je relus dix, vingt fois, cette unique phrase. J'en retins surtout le pronom : « nous ». Ne cherchez pas à nous revoir. Je finis par conclure, de l'analyse de ce « nous », qu'Anna avait fait la paix avec son frère. Était-il rentré à Paris ? Ou bien lui avait-elle rendu visite à La Bourboule ? J'imaginais qu'ils avaient eu une franche explication, qu'elle avait pardonné ses indiscrétions et que cela s'était fait sur mon dos — et j'en éprouvais une sorte de soulagement. Je préférais les savoir heureux tous les deux, même si cela signifiait que, désormais, je n'avais plus aucune chance de retrouver ce qui avait constitué notre complicité d'un côté, mon amour de l'autre.

Je ne pus m'empêcher, cependant, dès la rentrée scolaire, de rôder autour du square Lamartine. Alexandre n'était pas apparu en classe et j'étais seul, au « banc infâme » des redoublants, écoutant la voix de Dubarreuilles, dont c'était la dernière année d'exercice, et qui me regardait avec toute la réprobation du monde dans ses yeux de batracien fatigué. En fouinant dans les registres conservés dans sa loge de gardien par l'inamovible Capitaine Crochet, je pus vérifier que le nom de Vichnievsky-Louveciennes ne figurait plus parmi les effectifs du lycée. Alors, je m'enhardis, et allai jusqu'à frapper à la porte du concierge de l'immeuble d'Alexandre. J'appris que les Vichnievsky-Louveciennes avaient déménagé. Ils n'avaient pas laissé d'adresse. Peut-être étaient-ils « partis à l'étranger ». Je n'obtins pas plus de renseignements mais, petit à petit, dans le quartier et autour du lycée, les langues se délièrent. On raconta qu'il y avait eu un scandale et une rixe au cours d'une partie de poker ; que « Geooorges » avait vendu tous ses garages ; que la mère avait fait une tentative de suicide ; que la jeune fille s'était réfugiée chez des cousins en Angleterre ; que le jeune homme était parti pour Rome où il servait d'assistant à un metteur en scène de cinéma italien, aristocrate aux mœurs douteuses. Les Vichnievsky-Louveciennes firent beaucoup jaser entre la rue de Longchamp, le Trocadéro et la rue de la Pompe, mais je ne cherchai plus à en savoir davantage.

Un jour, sans le vouloir, je me suis adossé, sous le préau, à la colonne de fonte contre laquelle Alexandre l'Extravagant s'était tenu, le cou entouré de sa superbe écharpe vert émeraude, un an auparavant, face à un cercle d'enfants ébahis. C'est devenu mon coin, mon lieu d'observation — et personne n'est venu me le contester.

Petit à petit, je me suis fait de nouveaux amis. Ils ne possédaient ni la grâce ni la supériorité d'Alexandre, mais je me suis contenté de ce que je trouvais. Avec ce don de la fabulation qui est propre à cet âge, mais pour lequel, sans doute, j'avais quelque prédilection, j'ai commencé à laisser entendre que j'avais déjà connu « le grand amour ». Une passion violente, courte et dévorante, m'avait uni à une femme étrangère, une beauté russe aux cheveux noirs qui avait un corps de déesse et un tempérament de feu. Cela s'était mal terminé.

Pour conter mon histoire, j'adoptais une attitude fataliste, un ton romantique. On m'écoutait avec intérêt et quelque jalousie. J'étais un jeune homme qui avait souffert, et j'en savais plus que les autres sur les affaires du sexe et du cœur. J'excellais à doser les détails, à laisser de grands pans d'ombre sur ce qu'avait été cette liaison torride, terrible, et qui me laissait, à seize ans tout juste, déjà revenu des femmes, revenu de beaucoup de choses. Bientôt, pourtant, ces mensonges me firent honte. Je sentis le ridicule de mon imposture et choisis de me taire, ce qui me valut un renouveau de solitude.

Dans cette cour grise et ce monde étroit, je ne voyais pourtant plus rien comme autrefois et les couleurs de l'univers me semblaient moins sombres.

Un an auparavant, dans le même décor, j'avais souhaité qu'il m'arrivât quelque chose d'exceptionnel, qui modifierait profondément le cours de ma vie. Eh bien, ce quelque chose s'était produit ! Et même si ma mythomanie m'avait poussé à embellir l'histoire, il était vrai que j'avais aimé ! Je n'étais plus le même, et le lent travail de transformation qu'opérait en moi le souvenir d'Anna me propulsait vers d'autres rêves, d'autres « chimères et espérances » — comme l'avait écrit Rimbaud. Je me disais qu'une autre femme, un autre jour, viendrait à nouveau tromper l'ennui de mon existence.

Je me disais, ensuite, que cela se passerait loin — ailleurs. J'en étais sûr, maintenant : si ça avait eu lieu une fois, et même si ça s'était douloureusement terminé, cela recommencerait et cela se passerait loin, très loin d'ici. Je me préparais à d'autres imprévus.

De plus en plus, je pensais à la vie que menait Pierre Engiacamp. Je suivais assidûment ses correspondances de guerre, ayant pris l'habitude d'acheter le quotidien pour le compte duquel, grâce à son flair génial, il avait obtenu d'aller là-bas, en Corée, où il risquait sa peau et connaissait la grande aventure.

Alors, au verbe aimer qui avait tant accaparé mes esprits, venait insidieusement se substituer un autre verbe — et, comme un appel de train, un cri de bateau, un grondement de tonnerre, montait jusqu'à mes lèvres ce verbe que le journaliste avait un jour prononcé devant moi avec tant de ferveur et qui deviendrait mon leitmotiv, mon obsession, ma raison de continuer à vivre à travers l'insignifiance des jours : partir. Ah! Partir...

Ah! L'Amérique...

DU MÊME AUTEUR

COLLECTION FOLIO